秘闻录

系列

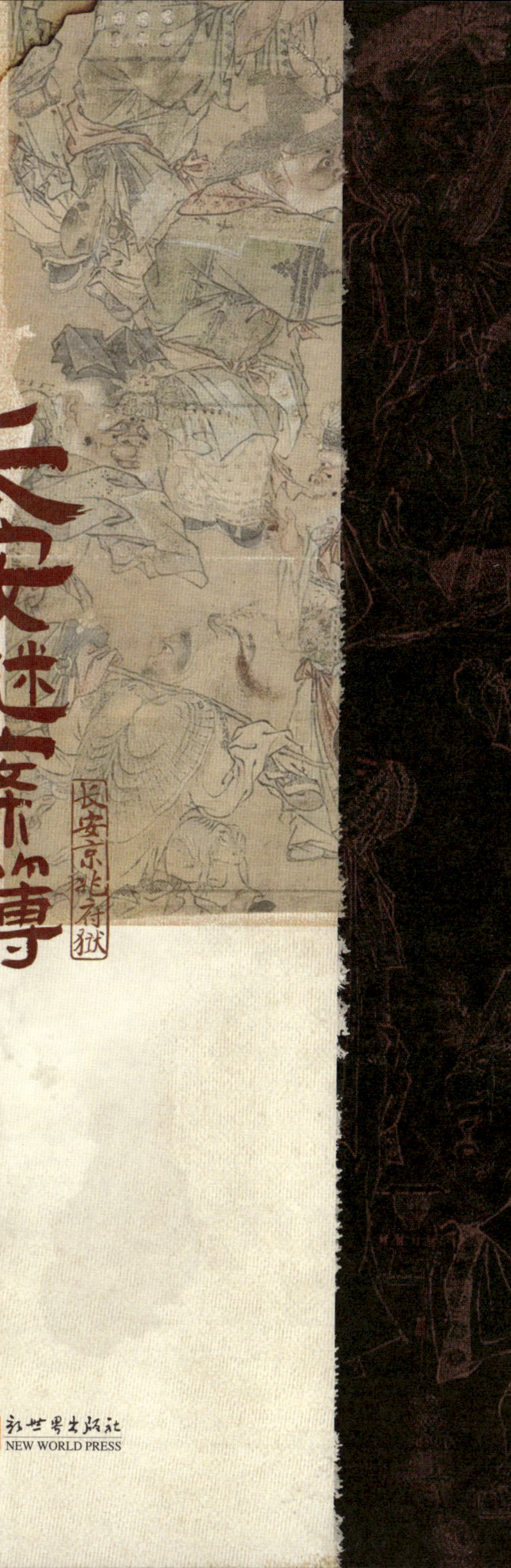

# 长安谜案簿

长安京兆府狱

司南——主编

新世界出版社
NEW WORLD PRESS

【一】

暮色浸透长安一百零八坊时，梆子恰在此刻敲响。湿雨沥沥，你护着怀里的仵作验尸单从大理寺角门出来，抄近路拐进暗巷时，忽见乐清茶楼后门撞出个青衣小厮，灯笼映得他面色煞白。

“死……死人了！”他踉跄着栽在满是积水的青石板上，玉色的茶盏在地上摔得粉碎，“莲娘……莲娘在雅间七窍流血了！”

暗巷的阴风卷着几缕茶香掠过颈后，恍惚间，你竟嗅到一丝咸臭腥气。

次日，晨雾裹着胡麻饼的香气飘过朱红官墙，你想起从西市来大理寺时听到的传闻——西市口卖酪浆的妇人嘀咕：“……昨夜在永安渠里捞着个娘子，听说已经报官了，好多人在那捞尸体呢……”

你攥着油纸包着的包子冲进大理寺东厢书房时，师父正在研磨靛青。羊毫笔尖悬在《长安谜案簿》上方三寸，他头也不抬，道：

“昨夜两波人同时报官，两起案件的尸体出现在同一时间。但报案人描绘的尸体样貌却指向同一个人，大理寺验尸房也只接回了一具尸体。”

师父忽然掷来一份泛黄的文书，纸角飞起又落下，你才看清那是一叠未完成的验尸单：“之前堆积的仵作验尸单，你可整理好了？”

你捡起文书，颇有些心急地冲着师父的背影喊道：“师父，完成后，我能不能跟着你去破一破昨夜那桩谜案？！”

“想碰这个案子？先让我看看你的本事吧。”师父拂袖而去，你静静看着他留下的东西，是师父一直在整理的《长安谜案簿》。

【任务指引】：

1. 仵作大人，请打开【大理寺卷宗】，拿出【仵作验尸单】，阅读《长安谜案簿》6 篇正文后，完成师父交给你的任务——完善【仵作验尸单】上的信息（填写死者姓名）。

## 【二】

烛火跳跃着，你终于补完所有验尸单，却发现多了一张。这具尸体十分符合昨夜茶楼血案的特征，师父却把名字空着没填。

“师父定是勘验到紧要处忘了归档！”你攥着验尸单冲出书房，却见大理寺的长廊漆黑如墨。守夜老吏正在廊下站岗。你向他们询问师父的去处，竟无一人知晓，“师父难道……去了验尸房？”

大理寺的验尸房在地下，按八卦两仪之样式修建，共有8间。为防止尸体存放出现纰漏，验尸房内布下重重机关。转动规则是——每隔三个时辰，机关便会让尸体转动一格。你需要找现在尸体正确的存放房间，若进错房间则会被大理寺士兵直接扣押。

你借着残烛查看起今日的验尸单，回忆起子时誊写验尸单时，序号一的尸体被记录在乾字房，卯时，序号一的尸体被记录在兑字房，而现在是酉时……你知晓其中有一间验尸房是空的，只需破解剩下七具尸体所在位置即可。

你赶忙搬来凳子从书柜顶部抽出一张泛黄的纸，你的目光依次扫过那几个墨字：

【大理寺验尸房营造图】

有了这张图，或许就可以破解茶楼血案尸体所在的房间位置。

【任务指引】：

1. 亲爱的仵作大人，请结合7份【仵作验尸单】，再根据【大理寺卷宗】中的【大理寺验尸房营造图】，找到茶楼血案尸体所在的验尸房 。

2. 向公众号【404乐园】输入验尸房名称，例“巽字房”，验证答案 。

【三】

侍卫刀鞘的碰撞声回荡在寂静的地下，你说出尸体所在的房间，侍卫面无表情地开启了机关，验尸房的大门在你面前缓缓打开。

你本以为能看到师父那熟悉的身影，可是四下无人，你的心中不免生出一阵寒意。瞧见台上的尸体，你稳下心去揭开那盖在上面的白布，冰冷的寒气侵袭着你的骨缝。你掀开白布后，除了一具静静躺着的尸体外，竟还有一份包裹得十分严密的大理寺卷宗。

师父熟悉的字迹映入你的眼帘："若你能得到这份字条和卷宗，证明你已具备仵作的基本能力。长安谜案接连出现，是时候让你成为一名真正的仵作了。我已将与此案相关的全部文书放至卷宗包裹之中，茶楼血案诡谲非常，但愿你能'以卑微之身，担正义之重'，早日破解此案。"

【任务指引】：

1. 结合前面的已知信息，根据师父留给你的整套【大理寺卷宗】，推理出长安茶楼血案的真相，破解凶手诡计，找到真凶，帮助大理寺主簿完善最后的【大理寺案卷调查正录】。

2. 在公众号【404乐园】，输入真凶名称，例"张三"，获取【真相解析】。

# 杀

尸体情况：仰面躺在床榻上，
嘴唇乌紫，面色苍白，脸部略
红肿，死前似受到极大的痛苦。
死者：李老头

壹

# 五鬼送财图

文 雁寄锦书

# 五鬼送财图

## 一

天授二年，腊月尾声，长安城内大雪纷飞。

祝行简从拾玉阁左侧的高墙一跃而下，五天过去了，他屁股还是痛得厉害，走路的步子都不敢迈大。他龇牙咧嘴地走在燕子归小巷，听见有小孩在念诗：

“明朝游上苑，火速报春知。花须连夜发，莫待晓风吹。”

“小孩，你刚才念的是什么诗？”他忙抓来一个路过的小孩问。

小孩抬头看着这问话的年轻公子，看年纪不过十七八岁，却穿着一身老头衣服，脸上还戴着夸张的假胡子。他想起长安坊最近的儿童拐卖案件，多了个心眼，往后退了几步。眼睛恶狠狠地盯着问话人。

“你不是长安本地人，竟然连这诗都不知道？”

眼见着小孩要跑去报官，祝行简忙伸手拉住他的衣服，分外严肃地对他解释：“我当然是。我不仅是长安本地人，我还是大理寺少卿之子祝行简。我不过是被祝少卿关了几日禁闭，不知道这首诗的缘由，还麻烦小兄弟告诉我。”

小孩一听见这名字，忍不住笑了：“原来你就是经常被祝少卿关禁闭的混世魔王祝行简？”

“嘿！什么混世魔王，我是才貌双全的祝行简。”祝行简想抓住小孩教育一番，以证清白。

小孩双手叉腰，下巴微抬，神气十足地道：“你比我还会吹牛，看在你求知若渴的分儿上，我就勉为其难告诉你吧。”

寒冬腊月，皇城之内冰天雪地，毫无生气。喜欢繁花似锦的天后突然异想天开，她想在寒冷的冬日看见百花盛放的春日景象，以此诗命令春神完成此要求，否则她将血洗上林苑。

这蛮横无理的要求，竟然真的上达天听，第二日一早上林苑的百花全部绽放，宛如春日。这仿佛是神灵在证明，天上地下，天后的圣旨不可违抗。

祝行简恍然大悟，难怪范惜林一再写信坚持要他去看看上林苑百花盛开的美景。

他一瘸一拐地走向燕子归巷的出口，再往左转走五十步，他就能租借到马车前往上林苑。

“小祝子！这儿！”

熟悉的声音从右侧传来，祝行简闻声望去，看见那老槐树下站着一个身穿蓝色长袍的年轻公子。此人正是祝行简的损友范惜林。

“我还担心你屁股开花，没法越狱呢！没想到你身子骨这么好，二十大板都扛下来啦？”范惜林一向嘴毒，他那双狐狸似的眼睛扫视着祝行简，视线落在他屁股上。

祝行简一听这话就来气：“我从福州老家刚到长安，你小子就不安好心，让我去醉月楼替你找一位姑娘。我家老头子最讨厌这种烟花之地，一听见我去青楼，立马把我抓回去打二十大板，更可恨的是我还不能供出你！”

“是咯，是咯，还得靠祝公子包庇我这个相思病人。”范惜林忙走过去搀扶病人，“你父亲是大理寺少卿，我父亲是大理寺卿。这两个老顽固，一直看不上醉月楼，可是人家采薇姑娘真的是清清白白的才女啊！”

范惜林和祝行简都是福州人，两人小时候好到穿一条裤子。

十岁时，范惜林的父亲范谷安入长安当官，两小孩还以为此生再不能见面，哭得你死我活，祝行简还犯病了。祝朝恩为帮他治病，在仕途上加倍努力，终于在两年前成为大理寺少卿。

昔年好友相聚，祝行简还没来得及诉说这几年往事，就被范惜林送进醉月楼办事。

到底是有了采薇，忘了兄弟。

祝行简被痛打二十大板，在家里无语凝噎。他耳根子好不容易清净五天，此刻不想再听见范惜林和采薇的风流往事。

他忙问道："上林苑真的开花了？"

"我就知道你会好奇这件事。"范惜林坏笑道，"你相信这世上有春神吗？"

祝行简摇头。

范惜林自顾自地说："没有春神，上林苑又如何开花呢？"

"也许开的不是花吧。"祝行简慢悠悠地道，"在腊月之前，我就曾在酒楼里听见风声，有人想谋反。"

"哦？"

祝行简自知这些事情不可在街头议论，他将声音压得极低："那群人想借冬日上林苑开花为由，骗天后前往上林苑，然后将其……"

祝行简比了个动作，范惜林心领神会："明知山有虎，偏向虎山行。我对天后着实佩服。"

祝行简忍不住在心里又将那首诗念了一遍。

"明朝游上苑，火速报春知。花须连夜发，莫待晓风吹。"

明面上是说天后要去上林苑赏花，让春神一夜之间绽放百花，实际上这是在警告那群密谋的反贼。

范惜林用手肘撞了他一下："你小子，是不是想多啦？"

祝行简如梦初醒："难道不是吗？天后为树立自己的威信，关于以前堆积的陈年旧案，她严令彻查，稳定民心……"

话音未落，便听见巷子里传出一声惊天大叫："五鬼送财了，五鬼送财了！我得到了三十两银子！"

这诡异的说法引得二人立马回头看去，只见燕子归巷口左边的一户李姓人家的门前，有一灰衣男子手捧银子仰天长啸。

祝行简心中警铃大作："不会有这么巧吧？"

他率先朝着那户人家奔去，范惜林立马紧跟其后。

"五鬼送财"这个说法流行于五年前的福州地区。

当时，福州地区有百姓无意间在黑市得到一幅古怪的画作，画上有五个形态不一的青面獠牙恶鬼，他们身穿五种颜色的衣衫，抬着一副血色棺材，棺材里堆叠着闪闪发光的金子。

画的右下角写着：每日供奉三次，每次三炷香，供奉七七四十九天，五鬼临门，送财送福。

这荒谬怪谈无人肯信，直到福州有百姓将死马当作活马医，依言供奉七七四十九天后，当真收到了五鬼送来的银两，靠着这银两改善了家里生活。后来，福州算是彻底流行起祭拜《五鬼送财图》来。

只不过，祭拜《五鬼送财图》也有一个弊端。

这世上没有白得的真金白银，五鬼会索取家中人性命。五鬼会根据死者的价值，来判定每次给多少钱合适。因此，在《五鬼送财图》的画中还有一句隐藏的话："五鬼索命，其尸置于北郊乱葬岗，亥时阎王会将它带去地狱。"

不过两年时间，《五鬼送财图》在福州当地就已经杀死近三十人。

当地官员唯恐死者人数再度增加，立刻下令禁止福州百姓在家中祭拜《五鬼送财图》。凡是私自祭拜此画者，痛打三十大板，关押十天。

如今五年过去了，这诡异画作竟然传到长安城内。

祝行简在屋内找到了一位被五鬼索命的死者。

那是一位六旬老者，仰面躺在床榻上，嘴唇乌紫，面色苍白，脸部略红肿，死前似受到极大的痛苦，一只手仍做出抓住床边桌子的动作。

## 二

“你们是什么人，青天白日强闯民宅！”李孝信看见有两个陌生人突然闯入家中，厉声呵斥。

祝行简指着床上死去的老者问：“这是你父亲？”

看见父亲死去的样子，李孝信忍不住哭了。

范惜林跟着进屋看见尸体，愣在当场：“小祝，你来这屋做什么，你认识他父亲？”

听见这声音有些耳熟，李孝信的哭声止住，他擦了擦眼泪看向蓝衣公子。

“小范公子！你怎么……你怎么会突然光临寒舍？”

李孝信认得范惜林，这长安城的百姓都认得范惜林，他可是大理寺卿范谷安的儿子。此刻，父亲突然暴毙身亡，范惜林又出现在家里，李孝信脸上的表情很是慌乱。

祝行简来不及解释，他快步走向墙上挂着的那幅鬼画，只见画的下方果然设有香烛祭台。

“你竟然在此祭拜《五鬼送财图》，用父亲的性命来换三十两银子？”

闻言，范惜林愕然，五年前他虽不在福州本地，但在与祝行简通信时，信件里多次说过“五鬼送财图杀人事件”。这件事相当恶劣，福州当地已经严令禁止祭拜。

李孝信哭哭啼啼替自己辩解：“我以为这是假的，我只是祭拜着玩耍，心里想着，若是五鬼把我带走，留下银两给我爹，这也是一件好事。”

范惜林追问：“这画是禁画，你从何处得来？”

李孝信声音微弱：“秘藏阁阁主卖给我们的……

“我也是喝多了，与人打赌，才会做出这种蠢事。若是知道我爹会死，我一定不会祭拜此画。”

祝行简无奈叹息，五年前发生在福州的惨案，当时无人能破，现在竟延续到了长安。

“两位公子放心，我立马把这幅画烧毁，你们大可报官，把我痛打三十大板，我也愿意。这是我不对。”

见他认错态度诚恳，范惜林便没想再多生是非，只让他把画烧毁便可。

祝行简却发现这画有异样。

“且慢，这画里似乎少了什么。”祝行简伸手去拿李孝信手中的画，李孝信加大力度握紧，似不想给他。

范惜林一把夺过画，拿给祝行简查看：“你在福州看过原版，与这有何不同？”

祝行简将此画放至光照充足的地方仔细查看，发现白衣小鬼身上当真没有那行字。五鬼送财后，阎王会来收尸，可是这次五鬼杀人，并没有留下线索，这李老头的尸体该如何处置？

他又走向李老头的身边，略微弯腰，嗅见一股气味。再看李孝信，其脸上肌肉紧绷，表情十分不自然。

“你叫什么名字？”

“李孝信。”

祝行简指着屋子里摆放的药罐子问：“你父亲一直卧病在床吗？”

李孝信点点头，眼眶又红了。

“父亲七年前患病，脑子时常不清楚，记忆似乎在衰退，今年的记忆回到了八九岁那段时间。”

“这种怪病，我也曾听说过。”祝行简安抚道，“你这些年应当很不容易，据说这种患者除了失忆以外，身体机能也会变成如小孩一般。”

祝行简的目光掠过李老头床边的墙壁。早年，他跟着母亲学医时，听母亲说过，照顾这种病患，只能靠熬。运气好点儿，两三年病人就驾鹤西去；运气差点儿，病人会把健康的家属熬走。

李家可以用家徒四壁来形容，李孝信身上穿的衣物都缝补过多次。

李孝信一脸苦笑：“是啊，这七年都靠我一个人照顾。周围邻居都说我人如其名，是长安坊最有名的孝子。”

祝行简又问：“你今年多大了？”

提及年龄，李孝信有些恍惚。

“我二十岁。”

“你从十三岁就在照顾你父亲？”

“是啊。父亲老来得子，母亲在生我时，难产去世。”

范惜林这才明白祝行简为何会问这句话，李孝信本人完全不像是二十岁的少年，也许是经年累月照顾病人，居然已生出白发，看着比正常人苍老许多。

祝行简百思不得其解：“倒是奇怪，听闻被五鬼索命的人，都会被送去阎罗殿务工，你父亲已年满六十，且身患怪病，他能去做什么活儿呢？”

李孝信干巴巴地咳嗽一声：“或许是，人死之后，身体能恢复健康？”

祝行简忽然道：“李兄，我能不能拿走这幅画？”

李孝信不明所以地看着这个陌生人。

“五年前，我没能帮助福州百姓破五鬼杀人案，深觉遗憾。不知李兄能否将此画借我，等我破了此案，一定原样归还。”祝行简介绍起自己的身份，“家父是大理寺少卿祝朝恩，他先前也在福州为官。”

“原来如此。”李孝信哪敢怠慢，今日突然闯入家中的两位可是贵客，他忙说，“拿去吧，这画就算是祝公子毁了，我也不会说半句不是。”

“多谢李兄。”

祝行简与范惜林拜别李孝信，临行前，他问了一个关键问题：

“李兄，你打算如何处理李老先生的尸体呢？”

李孝信摸了摸后脑勺：“我们长安坊过世的人，都会埋在东郊。”

“早些入土为安。”

“那是自然。”

从李家小院出来，祝行简跟着范惜林上了马车。

不等范惜林发声，祝行简就率先开口：“惜林，我需要你借我几个人。”

范惜林蒙了：“你小子又要做什么？”

祝行简表情严肃：“李家老头并非五鬼所杀。”

“你借我几个人，去东郊埋尸地守着，把这具尸体给我偷出来。”

“什么？！”

范惜林知道他这个损友祝行简一向胆子大，上天入地，掏鸟蛋偷桃子，无所不为。但他没有想到这次祝行简居然要去偷尸体。

祝行简提醒：“五鬼杀人后，他会要求祭拜者将尸体放在指定地点，尸体在亥时会神奇消失。”

范惜林点点头，他看见祝行简指了指《五鬼送财图》，白衣小鬼身上根本就没有这句提示。

“画是假的！”

“死者是真的，三十两银子也是真的。”祝行简抬眉看向范惜林，“你不好奇假画如何杀人吗？”

范惜林立刻叫来马车外牵马的仆人，让仆人去传信，监视李家小院。

没了仆人，范惜林只能自己驱赶马车，毕竟祝行简现在是个伤患。

行车不到片刻，有人拦住了马车。

“祝行简，赶紧从马车上给我滚下来。”

这熟悉而又威严的声音，吓得祝行简立刻掀起帘子，如同兔子一样跳下马车，恭恭敬敬地站在道路旁。

“祝少卿，下午好！”

他咧着个大嘴对着来人笑。

大理寺少卿祝朝恩阴沉着一张脸瞪着他，半个时辰前他就收到消息，家中逆子逃出书房。他料想到祝行简的损友范惜林一定会来接他去上林苑，便在此地等着，果然看见这两人狼狈为奸地从燕子归巷出来。

祝行简幼时感染风寒，差点早夭，全靠母亲谢霜将他救活。谢霜溺爱儿子，以至于祝行简今年已满十七，整日依旧没个正行。

祝朝恩对他是横看不惯，竖也看不惯。若不是看见祝行简这张脸，长得酷似逝去的谢霜，他早就把这小子皮扒了。

祝行简吓得大气不敢出，只敢给范惜林使眼色。

范惜林害怕自己的损友被亲爹打没了，赶紧上前解释：

“祝伯父，那件事真不怪行简，是我让他帮忙去醉月楼找采薇……”

祝朝恩不等他把话说完，便打断了他：“惜林，你父亲找你有事，你去一趟大理寺吧。剩下的是我们祝家的家务事。”

一句话将范惜林支开，范惜林只好给祝行简比了一个手势，让他自求多福。

祝行简欲哭无泪，天知道他爹发狠起来，跟地狱修罗没有区别。

祝朝恩率先上马，头也不回地说：“走吧，还要我背你上马车？”

“不敢不敢。”

## 三

“那地方是你能去的吗？”

回到府邸，祝行简听见这句话，以为父亲又是在说醉月楼的事。

“父亲，事情真的不是你想的那样。”

祝朝恩翻阅着卷宗，头也不抬地说：“上林苑花开，你以为那是给你们小孩看的玩物吗？”

祝行简这才明白，父亲刚才生气是在骂他跑去上林苑赏花。

看来“上林苑赏花”这件事果然和酒楼里说的一样，此花非彼花。

如今天下大势，朝中大臣敢怒不敢言，坊间更有传闻，此乃阴盛阳衰之兆。

这次“上林苑赏花”其实是天后以雷霆手段来回应流言蜚语，震慑群臣百官。

“父亲，行简有一事相问。”

“说。”

“您也去看过上林苑的花吗？”

“看过。”

“那您认为，那天的花好看吗？”

一语双关，祝朝恩于百忙之中抬眸，他今年已三十七岁，目光早已没有祝行简这般清澈明亮，更多的是深不见底的平静。这一抬眸，让祝行简看见了他身体里住着的那只狡黠狐狸。

“花开不开，我并不在意。”

“我只希望在这青天白日里做好自己的分内之事。”

两句话表明自己的立场，祝朝恩没有在这次行动中站队，他没有站在天后那一方，亦没有站在对立方。

这确实是祝朝恩能做出来的事。他为官十三载，云月心性，两袖清风，从不参与背地里的党派纷争。

祝行简又问：“范寺卿喜欢那一日的花吗？”

祝朝恩沉默了。他和范谷安不同之处，就在于范谷安擅长交际运筹，因此升官的速度比自己快很多。

“应当是喜欢的，对吧？否则，父亲也不会一连数日忧心忡忡。”

祝行简一语戳穿祝朝恩的心事。

祝朝恩一声叹息。

祝行简并不想停止讨论，他继续追问：“父亲，在您眼中天后是一个什么样的人呢？”

祝朝恩直言：“不可妄议。”

“那您认为现世当真阴盛阳衰吗？这几年，长安难道没有变好的地方吗？”

祝朝恩静下心，思索自天后上位以来举国上下发生的变化。她在朝政上打击门阀；在文化上发展科举、重用寒门弟子，让许多人拥有新的机会；在军事上，稳定边疆。不仅如此，就连闺阁之中的女性地位也大有提升，甚至还有女官出现。

“时代的改变，并非全然是错。”

祝行简知道祝朝恩的心有些动摇，从他的脸上，其实可以看出他对天后的欣赏。

当然，他们也知道，伴君如伴虎，每一位君王都有暴戾的一面。

这位天后也曾滥杀无辜。

“如此说来，你也喜欢上林苑的花？”祝朝恩反问儿子。

祝行简抿唇一笑：“谈不上喜欢，是欣赏。这世上有千万种花，只有独特的才能吸引人。可是天下百姓需要的并非吸引，而是安居乐业、稳定求生。”

祝朝恩点了点头，他当然知道祝行简话中深意。

“不提这个了，往后，你还是少与范惜林来往比较好。”

“父亲是怕范家牵连到我？”

“也不全然。”

说到此，祝行简拿出那幅鬼画摆放在祝朝恩的桌案上。祝朝恩一见到这幅诡异画作，当即便瞪大眼睛。

“这是《五鬼送财图》！”

“不错。”祝行简补充道，“五年前在福州杀害三十人，三十具尸体不翼而飞。如今它又在燕子归巷里杀了一位老人。”

“老人？”祝朝恩愕然。

祝行简将今日在燕子归巷里的所见所闻一一交代。

“父亲，可想到了什么？”

“此人绝非五鬼所杀。”

“哦？父亲并未看见尸体，如何一口断言？”

祝行简好奇。

祝朝恩十分肯定：“五年前，我仔细统计过死去的三十人，里面从未出现过老人。坊间传闻，这《五鬼送财图》只会杀三种人，姿色上乘的年轻女人、身强力壮的年轻男人，以及聪明乖巧的小孩，是因为阎罗殿要招揽新人做工，因此他们不想要没有用的老弱病残。”

祝行简微微弯腰：“父亲，这件事可否交给我来办？”

祝朝恩心下明了，五年前祝行简有一位同乡好友死于五鬼杀人之手。那时，他的好友才十四岁。

失去这位好友，祝行简郁郁寡欢，他曾在这位好友的空棺前发誓，一定会找出杀人真凶。他不相信这世上有鬼，更不相信尸体是被阎王带走的。

祝朝恩问："你有几成把握？"

"三成。"祝行简说，"这三成足以抓到杀死李家老人的真凶，若是想挖出五鬼杀人案的主谋，怕是有些困难。"

祝朝恩拍了拍祝行简的肩膀："不碍事，关于当年旧案我已经查到一个关键人物。"

"什么？"祝行简抬起头眼里亮起光，他就知道父亲不会放过任何一个案子。

"《五鬼送财图》的第一位发现者是付有佳下属的远房亲戚……"

祝行简知道朝堂里参加党派斗争最多的便是御史中丞——付有佳。若此事真的与他有关，那案件性质就复杂多了。

"你暗中调查，若需要帮手就让崔奉阳陪着你。"

崔奉阳是祝朝恩手下的得意门生，也是大理寺的办案人员，他武功高强，有他陪着，祝行简不会出事。

## 四

祝行简自父亲的书房出来，回到自己房间。既然父亲同意他办案，那他现在出门不用伪装，也不用翻墙。

他从衣柜里取出一套暗红云纹常服，一封泛黄的信件突然从旧衣服堆里滑落出来。

他弯腰捡起信件，展开一看——

**祝公子，吾乃福州故人徐昌，现今在长安药铺为仆，前几日我在药铺看见一位故人，此人竟与藏珠相似。若是得空，请祝公子前往长安安康药铺，徐昌静候。**

祝行简大惊失色，这封信是几时塞在他的旧衣里的？莫非是他先前生病卧榻休息，福州老宅的管家祝威给他的，他忘记看了？

仔细核对信件日期，竟然是一年前所写。

信中的“藏珠”便是祝行简的好友，福州贫苦人家的一位女孩。也是祝行简幼时的秘密好友，他甚至没把这事告诉范惜林。

祝行简九岁时，与范惜林约定去蝴蝶山游玩，那一日他偷偷从小路绕去蝴蝶山，却遇见了人贩子。若不是偶遇藏珠上山采药，将他救走，他怕是早就死在了人贩子手上。

祝行简害怕把这件事告诉范惜林，以小范公子的大嘴巴，必定会转告他父亲祝朝恩，若是被祝朝恩知道，他接下来三年出不了门。

因此，这事便成了他和藏珠的秘密。

藏珠是个苦命的女孩，她仅仅比祝行简大两岁，却老成得厉害。祝行简每次来找她玩耍，她手上总有做不完的活。

藏珠家中贫穷，父母却十分溺爱哥哥海明。哥哥海明比藏珠大五岁，整日好吃懒做，家里的活都交给藏珠。藏珠做事稍有不对，便引来哥哥和父母一顿责打。

祝行简甚是气愤，他不止一次把藏珠父母告官，等藏珠父母去官府交完罚款挨打结束，回到家中藏珠承受的痛苦却是双倍的。

父亲劝他不要插手别人的家事。

他质问：“尚无命案发生，官府不能插手，发生命案后，我们再插手有何用？”

幼时的祝行简不懂，这个世界有许多隐藏规则，人根本无法打破。

他提出想要购买藏珠做家中侍女，以此来换藏珠自由，藏珠父母却拒绝了祝行简的要求。

后来《五鬼送财图》盛行于福州，藏珠父母为给哥哥海明娶媳妇，竟在家里祭拜起来，他们每日祭拜时都在默念，请求五鬼带走藏珠。

一个多月后，藏珠果然死在榻上，她浑身没有任何伤口，双目紧闭，嘴角含笑，仿若睡着进入美梦一般。

藏珠家人在拿到八十两银子后，将她的尸体放入北郊乱葬岗的红色棺材里。第二日一早，祝行简听说此事，赶去北郊，只剩下一副空棺。

祝行简怒不可遏，他跑去藏珠家中质问，却发现人命换来的八十两银子，不过是哥哥海明娶媳妇的钱。

女儿的尸体不翼而飞，家中无人关心，一群人敲锣打鼓吹奏喜乐，迎接新娘进门。

当时刚满十二岁的祝行简冲过去就砸了这喜堂，他怒问海明：“你既然缺钱，我提出要收她为奴，也答应给你银两，为何你就是不肯放过她！她是你亲妹子！”

海明的喜事被一个小孩搅乱，若不是看在祝行简的父亲是当地官员，他定要揍死这小孩。

他看见祝行简额角青筋暴起，忍不住笑道：“因为她不配，我都得不到的幸福，她凭什么得到？”

祝行简完全不理解海明说的是什么意思。

海明说：“我出生之后，父母找人给我算了一卦，若是他们只养我这一个儿子，今生今世荣华富贵。可她不懂事，在我五岁时，投胎进我母亲肚子里，母亲连吃几碗药都无法打掉她。我们家的生意也一落千丈，她就是个祸害！”

“这种祸害，她凭什么幸福？我早就看出来，她在勾引你，想嫁进祝府。我岂能让她去祸害别人，我这是在帮你啊，小祝公子！”

祝行简听完只觉荒唐至极，他忽然明白父亲让他多读书的原因。如海明一家这种愚昧无知的百姓，他们脑子里有一套固有的逻辑。自身条件差，怨天命不公，怨家中妹妹，就是不怨自己不思进取，蠢钝如猪。

这种人最可怕的地方就在于，他们的嫉妒心绝不允许和自己处在同一个阶层的人能够活得比自己更好。

海明发现亲妹妹能够攀附高枝，反而亲自砍断了这条唯一的路。

祝行简怒意更甚：“在你眼中，男子与女子较为亲近，一定是勾引，一定是爱情？”

海明反问：“那不然呢？难不成祝公子真的想当在世菩萨救苦救难，这天下人那么多，你救得过来？”

这次轮到祝行简沉默了。

他救不过来，单靠他一己之力，别说救天下人，就是一个藏珠，他都救不了。更何况，那年他才只是一个十二岁的小孩，尽管他拥有比同龄人更成熟的才智，可他依然救不了藏珠。

祝行简越想越气，竟当场吐出血来。

随身仆从立刻将他背回家中，他病了整整两个月。从那以后，家里没有人敢在他面前提起藏珠。

大病初愈，祝行简似变了一个人。人们都只当他忘记了这段往事，其实他一直记在心上。

只因他答应过藏珠，他会带她去看遍万里河山，吃遍天下美食。人生不只这方寸之地，藏珠应有无限可能，而不是被人藏匿于家中，抑或囚禁于家中。

时隔五年，祝行简竟再次得到藏珠的消息。他收好信件，立刻准备去长安坊安康药铺找寄信人徐昌。刚出大门，便有一玄衣青年拦住他。

“崔大人？”

崔奉阳双手环胸，甚是冷酷：“祝少卿让我保护你。”

“我这是去安康药铺找一位熟人，崔大人不必跟着我。”

“保护，就是寸步不离。”

“好吧。”

## 五

祝行简与崔奉阳赶到安康药铺，果然见到故人徐昌。他曾是藏珠的邻居，也是在藏珠黑暗岁月里，对藏珠施以援手的善良人。

此时，徐昌已经年满二十，在安康药铺胡泰康手下做拣药的伙计。

五年前，藏珠出事，徐昌的难过并不比祝行简少。

算起来，徐昌与藏珠算是青梅竹马。祝行简知道，徐昌喜欢藏珠，他一直在暗中攒钱想娶藏珠为妻。奈何天不遂人愿，藏珠先去一步。

此刻，徐昌正在给患者抓药，看见祝行简出现，他以为是自己做梦，揉了几次眼睛才确定这不是梦。

“小祝公子，你终于来了，我还以为你丢掉那封信，忘记了曾经的一切。”

徐昌忙完药铺的事，将祝行简迎进里屋。

里屋的中药气味更浓，却让祝行简觉得安心。以前他娘亲谢霜也是医师，整日都要与药材、患者打交道。

在层层叠叠的药罐后，坐着一位绿衣小姑娘，应该是老板胡泰康收留的流浪女孩茵陈。

茵陈看见祝行简进屋，立刻背过身去，躲起来研磨药粉。

“祝公子别见怪，茵陈她怕生，除了我和老板以外，她不跟任何人讲话。”

“没事。”

两人落座，祝行简下意识往身后看了一眼，崔奉阳没有跟进来，也许他又找了一个隐蔽的地方把自己藏了起来。这怪人不合群，总是躲在阴暗角落。

“祝公子，你还记得藏珠吧？”徐昌提起这两个字，眼眶不自觉地又红了。

祝行简问：“你当真在药铺看见她了？”

“是的。”

徐昌回忆起一年前，他在药铺看见藏珠的那天，正值中秋。

临近药铺打烊，徐昌和茵陈正忙着闭店，这时有个男人抓着一个女人走进药铺，让徐昌开一些治疗风寒的药给她。

徐昌要替女子把脉，他把脉时看见那女子右手食指上长着一颗红痣。这痣实在熟悉，竟让他心跳加速，迫不及待朝女子看去，女子戴着斗笠，周围还有一圈薄纱，看不清面容。

他说：“姑娘，我需要查看你的脸色，能否取下斗笠让我看看？”

那女子照做，取下斗笠，一张熟悉的脸在他面前变得清晰。

那就是藏珠，他不会看错的！

“藏珠姑娘，你体内有寒证，病了几日可还记得吗？”他声若蚊蚋叫她的名字，那女子却没有任何反应，表情木讷。

“身体还有哪里不舒服的地方吗？”

女子伸手指了指脑袋：“空……空了。”

“嗯？”徐昌没听明白。

女子又指了指自己心脏的位置：“每日都痛。”

旁边的男人已失去耐心，一把抓起女子手腕，厉声呵斥：“你这女人哪来那么多事儿，不就看个风寒，搞什么心痛。你是不是又皮痒了，想勾搭男人？”

眼见着男人就要动手，徐昌赶紧拦住他：“我给她抓药，你记得按照我的药方按时给她服下。”

“快点吧，还要把她送回去照顾孩子，我好去赌坊呢。”

徐昌在抓药期间，装作不经意地问：“客人不是本地人吗？我们药铺可以送药上门，你把地址告诉我，我可以……”

“不用那么费事儿，贱皮子娘们儿若真是死了，倒也省事儿。”男人拿到药，把斗笠给女人戴上，抓着她出门往东走了。

徐昌悄悄尾随其后，找到他们的住处——星南街绿泥小院，他们是刚搬来的外地人。

在这小院里，徐昌还看见了一位熟人，那也是死于五年前的福州故人——宋喜。

宋喜比藏珠大两岁，也是贫穷人家的孩子。

当初，她父母祭拜《五鬼送财图》，用宋喜的命换来三十两银子。

徐昌听见宋喜的父母还骂了一句：“都怪这丫头生得难看，没有藏珠丫头好看，人家能得八十两，我们只能拿三十两。”

两位死而复生的福州故人都出现在绿泥小院，她们都呆呆傻傻、眼神空洞，宋喜甚至怀有身孕。

徐昌听见绿泥小院里的男人说：“这大丫头虽然丑，但是能生。不像这个二丫头长得好看，生了一个之后，就再也生不出来，要我说，当初就不该买她！”

安康药铺里，祝行简愤怒拍案。

“这根本就不是五鬼送财，是买卖人口！”

徐昌含泪点头：“是啊，我当天听见这个事，就连夜给你写信了。”

祝行简略感愧疚，当时他身体抱恙，忘记了检查信件。

“如今一年时间已过，不知藏珠和宋喜可还安在？”

徐昌叹息：“我在得知这件事的第二天便去报官，官府说我没有证据，不可随意诬赖他人。他们带我去绿泥小院，那院子里的人互作伪证，都说藏珠和宋喜是他们明媒正娶的妻子。”

“我真是别无他法。明的不行，我只能走暗处。我托人打听到，绿泥小院里面有三个男人，老大叫杨仁，老二叫杨信，老三叫杨义。他们是从抚远镇来到此处做生意的。藏珠嫁给杨信作妻子，成婚的第三年生了一个小孩叫杨满。宋喜嫁给了老三杨义，成婚第一年就生了一对双胞胎女儿，这两个女儿都没活多久。然后，她又怀孕了。”

祝行简微微蹙眉：“当真是没活下去，还是被他们卖人了？”

徐昌摇摇头：“这个我就不知道了。”

“老二、老三都娶妻生子了，那老大呢？”

“这老大啊……”徐昌压低声音说，“他似乎有难言之隐，之前也娶过媳妇，说是跟别人跑了。不过这三兄弟一个贪财，一个好色，一个好酒，他们说的话没有一句能信。”

祝行简咬牙切齿：“真是可笑，名字里讲的是‘仁、信、义’，行事作风却卑鄙下流。”

“他们还在绿泥小院住着？”

“嗯。”徐昌补充道，“经过那件事，我不能再靠近绿泥小院，便委托别人一直帮我盯着绿泥小院。这一整年里相安无事，但是宋喜在生产时大出血，孩子保住了，大人没了。”

祝行简听得气血逆流：“那藏珠呢？”

“也死了。”

“什么？”

徐昌安抚道：“小祝公子别急，她是被我毒死的，不过那药是假死药，是我偶然间发现的。服用此药会造成假死状态，三天之后会复活，我等杨家兄弟将她抛尸荒野之后，就将她挖出来带回家里养着了。”

“假死药、抛尸荒野、带走……”

祝行简将这简单的三个词汇组合起来，已经完全想明白《五鬼送财图》究竟是如何运作的了。

这并不是五鬼送财，而是贩卖人口！

## 六

五年前，福州民生凋敝，莫说百姓衣不蔽体，食不果腹，就连祝朝恩这个两袖清风的父母官也没多少银两。

当地百姓祭拜《五鬼送财图》实际上是在与背后的贩卖组织通风报信，他们早就将自己家中年轻人的信息贩卖给了黑市老板。黑市老板会根据他们家里人的样貌、能力进行估价。因此每一户人家收到的“五鬼送财”金额都是不一样的。

如果卖出去的人皮囊上乘，价格就会高许多。其中，漂亮女子和幼儿最为值钱，那些年轻力壮的男子则是被卖去做苦力。

按照徐昌所言，藏珠和宋喜“死而复生”后都变得眼神空洞、呆若木鸡，极有可能是因为她们被药物所控制。

母亲谢霜在世时曾说过，这世上有一样狠毒的药，叫作“遮天”。

服用此药者，会假死三日，待他醒来后，你若想继续控制他，需定期喂药。直到他终于失去自我意识变成你可以操控的傀儡，那么属于他的天空，你便是彻底遮住了。

五鬼以“遮天”杀人，死者家属将他们放入北郊乱葬岗的红色棺材里，尸体不翼而飞，一定是因为棺材底部有密道。所谓的阎王接人，不过是他们半夜“偷尸”罢了。

祝行简悔恨不已："这么简单的道理，五年前我竟然看不破！"

徐昌安慰道："祝公子无须自责，当时我们都被'五鬼杀人，阎王接人'这种噱头迷惑了，谁也没有想到这背后，竟然是凶手和家人联手所做的恶事！"

祝行简忽然想到什么："你知道'遮天'，以此种方法将藏珠救走，那杨家三兄弟能不知道吗？"

"我也觉得好奇。"徐昌说，"我用这种办法救走藏珠，他们竟然没有发觉。我认为其中有两层意思。第一层，他们确实不知道'遮天'，五年前他们是在黑市买到的藏珠，那时藏珠已经神志不清。第二层，他们或许知道'遮天'，但五年时间已过，他们对藏珠已经不感兴趣，她是死是活也无所谓了。毕竟这群人不想养一个不能继续生育的女子，他们认为浪费钱。"

祝行简听完觉得有道理。

徐昌在闭店后，带着祝行简赶往朱雀大街自己的住处。

推开梨花小院的木门，来到徐昌的秘密小屋，祝行简终于看见了藏珠。

藏珠比从前更加消瘦，她的皮肤像纸一样白，眼底一圈淡淡的青黑，朱唇已毫无血色。从前她的眼睛清亮得像是深山泉眼，里面映着世间万物的色彩，不管日子多苦，她也总是笑脸相迎。现在，她好像一个被人缝补多次的破布玩偶，眼睛木然地看着前方。

看见有人推门进屋，藏珠立即警惕地缩成一团，躲在角落里。

"藏珠，这是我们的朋友小祝，你还记得吗？"徐昌温声细语地替藏珠介绍来人的身份。

藏珠偷偷地从双臂之间露出一个缝隙，暗淡无光的眼睛小心打量着祝行简。

祝行简感到万分揪心，他艰难地扯动嘴角，挤出一个比哭还难看的微笑："藏珠姐姐，我是小祝，是你曾经救过的小祝。"

藏珠歪着脑袋，眨眨眼睛，似在回忆与小祝有关的事情。

“我九岁时，在蝴蝶山遭遇人贩子，是你救了我。是你拿着锄头帮我把坏人赶跑了，你还记得吗？”

藏珠呆呆地转动脑袋，祝行简见她有反应，立刻拿出一个竹哨，那上面刻着一个“珠”字。

“这是你送我的，你说下次遇见危险就吹哨，只要你听见，就会来救我。藏珠姐姐，你想起来没？”

祝行简拿着竹哨，按照藏珠之前教的方式吹起来，三声长一声短。他反复吹了三次，藏珠的眼眶红了，她捂住脑袋叫痛。

徐昌忙说：“我已帮她治疗半月有余，见效很慢。”

祝行简捏紧竹哨，对藏珠承诺：“我一定会帮你讨回公道。”

他心中难过大于气愤，难过的是藏珠这般聪慧的女子，即使拼尽全力也逃不过被命运安排，被家人遗弃。五年前的藏珠以为只要自己年满十六岁，就可外出赚钱养活自己，因此她日日夜夜期盼自己十六岁的到来。家里人却赶在她十四岁前将她卖掉。

藏珠又是幸运的，她能遇见徐昌帮忙。可是这天底下有多少不幸的藏珠，她们遇不见徐昌，早早地便客死异乡。

“五鬼”这帮人一日不除，天下又会出现多少个藏珠。

不多时，已经到吃晚饭的时间，祝行简与二人道别，走出小院。崔奉阳再次现身，如同鬼魅出现在祝行简身边。

崔奉阳那张没有表情的冷酷脸，终于露出了一丝表情。关于藏珠的事，他也听见了。

“那个女子，她还有恢复的可能吗？”

“我会想办法让她恢复，我母亲有一本医书，上面有对‘遮天’的记载。”

“有什么需要我帮忙的，请告诉我。”崔奉阳说，“我有一个妹妹叫崔奉月，我十四岁时与她失散，这么多年都没能找到她。”

祝行简与崔奉阳相视一眼，一切尽在不言中。

崔奉阳又问：“五年前发生在福州的命案，三十多起，还能查吗？

时过境迁，那些证据应该早就被人销毁了。”

祝行简朗声道：“查。如何不查？这青天白日，朗朗乾坤，鬼就不该出现！”

崔奉阳暗道，他之前果然错怪祝行简的为人，以为他每日打着父亲大理寺少卿的旗号游手好闲。此刻，他从祝行简的身上看见了祝朝恩年少时的影子。

二人朝着巷外走去，祝行简提议去鸿运酒楼吃饭。他来长安城已有一年，去鸿运酒楼的次数只有两次，那美味教他无法忘怀，此时到了饭点，他肚子里的馋虫乱爬。

到达鸿运酒楼，菜香扑鼻，祝行简忙招呼店小二点菜、上菜，一气呵成。

“藕丝糖、梅花酥、樱桃毕罗、葱爆羊肉。客人，您的菜上齐啦！”

店小二报完菜名，祝行简已经拿起筷子。被罚禁闭这几日他一直吃得清淡，此刻看见美味恨不得直接上手抓。再看旁边的崔奉阳，他吃得倒是文雅。

祝行简吃着吃着，听见邻桌有人在讲话，那嗓门大得很，口中故事竟一字不落地全部进入他耳中。

“朱雀街发生了一起离奇命案你晓得吗？”

“我知道啊，我刚从那地方过来，林崇祭拜《五鬼送财图》得了十两银子，他的妻子和儿子被五鬼索命了！”

“难以置信，五鬼送财居然不是假的。只是这林家两条人命也太不值钱了，这母子二人加起来也没有李家老头一人值钱啊。前几日我还看见林家娘子，她哭哭啼啼的，据说是跟林崇吵架了。”

“嗐，能不吵架吗？他家小孩天生哑巴，如今长到十二岁了，林崇脸上无光呗。”

“哑巴就脸上无光？那之前的十二年算什么呢？”

“你还不知道呢，一个月前我在这酒楼喝酒，林崇也在这里喝酒，他娘子来叫他回家，他喝多了，指着娘子一顿臭骂，骂她给自己戴绿帽生了个哑巴不说，还瞒了他十二年。”

“竟有此事？我就说他林家也不缺钱，好歹也是经商做买卖的，怎么沦落到去祭拜《五鬼送财图》，原来是他想借五鬼之手除掉……”

祝行简立刻走到二人面前，沉声追问：“你们刚才说的林崇，确有此事？”

那二人看见这不太眼熟的年轻人并不想理会：“我们喝多了胡说八道，关你何事啊？你又是何人？”

“大理寺办案，尔等敢有半句虚言？”

崔奉阳亮出身份，二人立马求饶，他们当然认识铁面修罗崔奉阳。

“崔大人，我全部交代，刚才所言是真的。林崇家里确实死了妻子和儿子，他也确实祭拜过《五鬼送财图》。你们若是不信，可以去林府查明真相。”

## 七

祝行简和崔奉阳赶去林府，看见府内一片雪白，府上内外都贴着“奠”字。看门仆人想阻拦，看见崔奉阳拿出令牌，只得让路。

进入灵堂，只见一具大棺材和一具小棺材并列，旁边跪着一个锦衣华服的中年人，他脸上没有一滴泪，表情也并不悲伤。

“林崇何在？”

看见大理寺的神捕崔奉阳突然造访，林崇的表情微变：“崔大人？”

“听说你府中出现命案。”崔奉阳冷眼一扫两具棺材，林崇立马护住棺材。

“是啊，我妻儿感染风寒离世，走得太过突然，我都反应不过来。”林崇假装抹眼泪。

祝行简上前一步：“明明是你私自祭拜《五鬼送财图》，好让五鬼索取你妻儿性命！”

林崇还想反驳，崔奉阳拔刀威胁：“是你把图交出来，还是我送你去大理寺打三十大板？”

林崇知道崔奉阳说得出做得到，只好让仆人去房中取画。

画交到祝行简手上，他仔细观察那白衣小鬼，依然没有隐藏的那句话。

“这是禁画，你从何处得来？”

“回大人，这是林某从秘藏阁那里买来的。”

“你家中并不缺钱，买它作甚？”

林崇干笑道：“我喝多了，与人打赌此画真伪。若是我祭拜七七四十九天，那画中鬼没有送财，此画便是假的。”

“又是喝多了。”祝行简疑虑更重，“你与何人打赌？又在何处定下赌约？周围可有人证？”

一连三个问题，林崇双腿有些发软，他不想回答这个少年，崔奉阳的眼睛却紧盯着他。

“说！”

“既是喝多，那肯定不记得。”

“是吗？”

林崇哆哆嗦嗦地道：“好像是在……鸿运酒楼，人证是鸿运酒楼的店小二，还有当日的客人。”

“客人的名字还记得吗？”

“回大人，这是真不记得，已过去一个多月，我又怎会记得清楚。”

祝行简问：“五鬼送你的银两，你还留着吗？”

林崇点头，从腰间钱袋里取出十两银子。

祝行简接过银子发现这银子周身有一些油污。

“你妻儿是在什么时辰去世？”

“具体时间不清楚，我是今日早晨才回的家。”林崇补充道，“昨夜我没在家，有一位好友请我喝酒，我喝多了，便留宿在他家中。”

“那位好友叫什么名字，家住何处？”

“吴弛，住在燕子归巷附近。”

祝行简怔住，李孝信的家就在此处。

他问："你认识李孝信吗？"

林崇立刻摇头："不认识，没听说过。"

祝行简下颚微抬，睥睨而视："是吗？李孝信跟我说他很有名，是长安坊有名的大孝子。"

"妄下雌黄。"林崇评价道。

崔奉阳已粗略查看完棺中尸体。

"你妻儿的尸身不可下葬。"

"为何？"

"我们已经初步掌握五鬼杀人的计谋，这两具尸体是关键，需带回大理寺验尸。"

明明是冬天，林崇的额角竟生出细汗，他忍不住动手擦拭"这……"

见他犹豫，崔奉阳面色阴冷："你想阻拦办案不成？"

林崇连连摆手："不敢不敢。"

"那就把尸体给我送去大理寺，由我亲自监督你们送尸。"

临近戌时，抬尸队伍终于到达大理寺验尸房。

祝行简跟着他父亲学过仵作验尸，他检查了尸体的眼耳口鼻，发现这具尸体的异状果真与燕子归巷子里的李家老头一模一样——嘴唇乌紫，面色苍白，脸部略有红肿，瞳孔缩小。

是中毒所致。

五年前，福州被五鬼所杀的百姓，并没有这种死亡特征。

"这母子二人是中乌头毒死亡，与我今日午后在李家小院里所见李老头的死亡特征一样。"

"这三人绝对不是被五鬼所杀。"祝行简当即断言，他让崔奉阳帮忙去查查林崇和李孝信到底有无往来。

"你怀疑是这二人合谋杀人？"

"不错。朱雀街位于长安南面，燕子归巷则在长安北面。林崇妻儿死去时间应当是在昨夜亥时，林崇醉酒，在吴弛家中借宿，此言如果属实，他便无法返回家中毒死妻儿。因此你需要去查明，昨日夜里李孝信在何处。”

崔奉阳瞪大眼睛：“难道他们交换杀人？”

祝行简取出刚才林崇交给他的十两银子。

“五年前，五鬼赠送的银两上面都有一个鬼头印记。这银子上没有，不仅没有，上面还有一股葱油饼的气味，你看，这上面有油。”

崔奉阳当即明白，燕子归巷口边确实有一家葱油饼摊贩。如果他没记错的话，那摊主就姓李。

## 八

第二日午后，祝行简在拾玉书阁将那两幅画作进行比对。他决定去一趟秘藏阁，毕竟这两起命案的家属都说画是从秘藏阁所得。

秘藏阁是长安有名的货坊，整栋楼的构造美轮美奂，就连门牌都雕琢得十分精美，这里随便一件珍宝都价值千金，偶尔也会展出一些异域奇货，引得民众争相观赏。

祝行简生平第一次走进秘藏阁，只见那一排排货架上摆放的宝物琳琅满目，有古玩、字画、奇花异草，甚至还有宠物猫狗。

“好俊俏的后生。”

魅惑的声音引得祝行简闻声望去，只见那奇花异草后面站着一位身姿窈窕的美艳女子，她那双勾魂的眼睛在祝行简的脸上打量，毫不避讳的炽热目光让祝行简耳朵微红。

“敢问姑娘可是秘藏阁的老板凤七娘？”

“是啊，小公子找我有事？”女子抿唇轻笑，更是风情万种。

祝行简拿出随身携带的鬼画：“这两幅画是从你这里卖出去的？”

凤七娘眼波流转，轻轻颔首。

“你还记得你卖给了何人？”

凤七娘笑出声：“小公子是不会问话，还是故意刁难我？我这货坊每日迎客百人，我怎会记得他们。再说了，秘藏阁是不会透露客人信息的。”

祝行简拿出大理寺的令牌，表明自己身份。

凤七娘又是一阵笑：“原来是大理寺的人，真是后生可畏，小公子这么年轻就在大理寺当差了。”

“这画作你卖给了什么人，可还记得吗？”

凤七娘故作思索：“记得呢，一张卖给林崇，一张卖给了李孝信。”

“《五鬼送财图》是禁画，五年前流行于福州，你是如何拿到此画的？”

“秘藏阁是货坊买卖，我想得到这画不是手到擒来吗？”凤七娘似想起什么，眼睛忽然瞪大，“不过这两幅画是客人指定要的。”

“这是何意？”

“他们二人要我卖《五鬼送财图》，但又不想要真品，便让我找画师临摹一幅赝品。”

祝行简忙问：“你这里还有真品吗？”

“当然有。”

“能卖给我吗？”

凤七娘诧异：“公子不像是贫苦人家啊。”

“我不是为了要钱。”祝行简说，“五年前的案子是我的心病，我想查清楚这些人到底是如何死亡，又是如何离奇消失的。”

“原来如此，那我便将这画赠予你。”凤七娘叹道，“我有一个姐姐也在福州，五年前她家小孩才六岁，因丈夫祭拜鬼图，小孩死了，得到了二十两银子。”

“多谢老板。”

“我有一事相求，等此事真相大白，公子能告诉我吗？”

“那是自然。”

凤七娘立即派人去密室取出一幅《五鬼送财图》真迹，祝行简果真在那白衣小鬼身上找到了那句话。

他又询问凤七娘这真品的来历，凤七娘说，五年前她姐姐在小孩死后便疯了，后来拿着画作投奔她，她才得到这幅真品。这些年她不敢向外售卖，一直将它藏于密室。至于她那可怜的姐姐，在来到长安的第二年便咯血而亡。

祝行简叹息，又是一个可怜人。

这世道，让一个人彻底消失，实在太过容易。只因他们贫穷，家中亲人并不在意，死一个是死，死两个也是死。若是能用死亡换金钱，穷人恨不得把家中亲人全都送给恶鬼做交易。

祝行简与凤七娘道别，抱着画走出秘藏阁，刚巧撞见范惜林要去祝府找自己。

“小祝子，你怎么在这里？”

祝行简讲明缘由，说自己是来查鬼画杀人案的。

“那你可得跟我走一趟，李大孝子父亲的尸体被我偷来了，你不是要验尸吗？尸体在大理寺。”

两人坐上马车赶往大理寺。

验尸房里停放着三具尸体，分别是林崇妻儿和李家老头。

祝行简验尸时发现李家老头与林崇妻儿都死于乌头毒，只是死亡时间前后有一天差距。

两个毫无联系的家庭，一个住在南面，一个住在北面，一个富裕，一个贫穷。他们的亲人竟然都死于乌头毒，并且亲人都曾买过《五鬼送财图》的赝品，且都以玩笑形式祭拜此图。

这答案已经呼之欲出。

“交换杀人。”

说这话的正是从外面赶回来的崔奉阳。

昨日他听完祝行简的分析，便派人去查李孝信和林崇二人。

李孝信与林崇并无往来，两人八竿子打不到一块儿去。

街坊四邻反映，他们从未见过李孝信和林崇说过话。鸿运酒楼却有一个记忆力很好的店小二，他做证，林李二人在一年前，曾于鸿运酒楼一起饮酒畅谈。

李孝信家里贫穷，几乎不去高端酒楼消费。那天夜里，李孝信去鸿运酒楼喝酒是为了见一个姑娘。当时鸿运酒楼请来了一位弹琴助兴的姑娘芍药，她与李孝信是旧相识。

鸿运酒楼的客人曾多次看见李孝信给芍药送葱油饼表达爱意，芍药每次都冷言拒绝，理由是她不想过苦日子，更不想嫁给李孝信照顾疯癫老爹，她认为这样的日子暗无天日。

李孝信数次遭到拒绝，脸上无光，为了撑面子，他竟向店小二要了一壶最贵的千金酒在鸿运酒楼二楼处豪饮。

与此同时，隔壁房间的林崇看见这桩趣事，竟朗声大笑："天下女人都一样恶心！"

李孝信以为林崇是在取笑自己真心追爱，胆小如鼠的他，竟平生第一次骂人："你们这些有钱人才不会懂真爱！"

林崇非但没有生气，还叫店小二送来两壶千金酒，他竟坐着和李孝信畅饮起来。

两人你一言我一语，喝到最后竟然称兄道弟起来。最后还关上了门，不知道在密谋些什么。

后来，两人又在街上遇见对方，竟装作不认识。

时隔一年，林李二人才决定杀人，他们一定是认为一年时间过去了，肯定不会有人记得他们当夜的饮酒畅谈。没承想那店小二却记得很清楚，因为他也喜欢芍药，从而对李孝信的事情分外在意。

林崇妻儿死去当夜，他没在家中，去燕子归巷找好友吴弛喝酒，制造了不在场证据。而李孝信则在当夜混入林府，对林家妻儿下毒。

李孝信父亲死去当夜，李孝信则是去朱雀街亲戚家吃饭，席间也喝多了，众人都目睹了他当夜不在自己家中，制造了不在场证据。而林崇，则在当夜偷摸混入李家，在李老头的水杯里下了毒。

两案案发时间，前后仅间隔一天。

"装作不认识对方，方便交换杀人，令我们查不到信息。两人故意拉长犯案时间，不想让旁人记得他们曾经共同饮酒。”

“故意装神弄鬼祭拜五鬼，混淆视听，若不是刚好撞见李孝信父亲死亡，恐怕这次真让他们逃脱律法制裁。”

“要想人不知，除非己莫为！”

三人推测完整个案发过程，范惜林皱着眉问：“眼下再去他们家里搜查，证据怕是早已被毁，我们该凭借什么证据抓他们？”

祝行简从腰间袋子里摸出银子：“这便是证据。”

“李孝信没钱，因此五鬼给林家妻女的只有十两银子，这银子上有葱油饼的油污。”

崔奉阳拿出一张单子，这是他从李孝信经常去的那家谢家药馆拿到的铁证。

“李孝信在一个月前买过乌头。”

祝行简和范惜林对崔奉阳竖起大拇指，不愧是大理寺的铁面修罗，判案速度惊人。

## |九|

李孝信和林崇一同被抓，二人在公堂上看见彼此，依旧装作不认识。

“你们二人还要继续装下去？”

林崇率先狡辩：“崔大人，我拿银子时，刚好吃过葱油饼，这难道也怪我吗？

“这天下有这种道理吗，就因为我吃过葱油饼，将银子染上油污，我就成为杀人凶手了？”

“你！”崔奉阳被激怒，他的手按在刀柄上，恨不得立刻杀掉这个满嘴谎言的男人。

见林崇的诡辩让崔奉阳无话可说，李孝信也发挥起他的诡辩才能：“崔大人明察啊，乌头它仅仅是一味中药。我买它也是为了治病，我父亲患有风寒湿痹，乌头可祛风湿止痛，崔大人不会不知道吧？”

李孝信一阵喊冤，让门外围观群众都以为是崔奉阳错判。

他们以为自己的诡辩说辞能够扭转乾坤，竟变得有些放肆。

“我说，崔大人你不会被这小鬼头给骗了吧？你看他初来乍到，想在长安立功，抢夺你的位子啊。”

林崇直指祝行简。此刻，他尚且不知祝行简的真实身份是大理寺少卿之子，以为他只是个爱好破案的富家公子。

祝行简笑着摇头：“林崇，你还真是不到黄河不死心，既然你这么想要铁证，那便将人证带上来。”

话音刚落，只见那堂后走出来一位紫衣女子，她脸上挂着笑，眼里却没有笑意，此人正是皮笑肉不笑的秘藏阁阁主凤七娘。

“凤七娘，麻烦你告诉大家，一个月前在你店铺购买鬼画的是哪两位客人？”

凤七娘站得端正：“那两位客人虽然刻意装扮自己，可凭借我这一双眼睛，我一眼就能认出来，他们正是林崇和李孝信。”

“他们二人前后来购买《五鬼送财图》，都要求我阁中画师伪造一幅假的画作。”

语毕，满堂哗然。

祝行简俯视堂下跪着的两名罪犯：“人证物证俱在，你二人还敢抵赖？你们二人要求凤七娘卖赝品，就是害怕五鬼错杀你们自己！”祝行简拿出三幅画作，将它们全都挂在展架上，“这三幅画作里，两幅赝品，一幅真品。你们可知这真品画有什么不同？”

李孝信和林崇面面相觑，他们确实不知。

“这幅画的玄机并不在于五鬼杀人，而是在于阎王取尸。”

“什么？！”

看客们纷纷交头接耳，他们知道这幅画盛行于五年前的福州，没有人见过真品，因为这个怪谈流传到长安时，此画已成禁画。

“五年前，五鬼会从祭拜者家中选出最合适的人，杀掉他们后，要求家人把尸体放置在北郊乱葬岗的红棺材内。亥时过后，阎王会来取走尸体。死去的三十人当中，有年轻貌美的女子、年幼的小孩，还有年轻力壮的男人。注意，这些人的皮囊上乘、体质优良，所以他们才会成为五鬼选中的人。”

祝行简指着堂上摆放的三具尸体：“请问，这三位死者符合五鬼选人的特征吗？”

“失智的六旬老人，年满三十八的妇人，以及一位不能言语的小孩。”

“这三人无论怎么看，都不符合五鬼选人的特征。五鬼却要拿钱买他们的命！并且，母子二人两条人命价值十两银子，六旬老人的命却价值三十两。”祝行简怒极反笑，“难道，五年时间过去，五鬼抓不到人，竟开始做亏本买卖？”

“他们有这么蠢，还是说你林崇亲自出三十两银子给李孝信，让他替你连杀二人。李孝信出十两银子让你杀掉他父亲！”

林崇和李孝信垂下脑袋，再无力气反击。

祝行简再度开口追问：“林崇，你为何毒杀发妻、儿子？”

“还不是她背着我偷汉子！”林崇提起此事就来气，“去年，我和她回乡吃席，席间有人嘲笑我儿子与我长得不像，却像肖萍儿以前的老相好。她的老相好就是个哑巴！”

“因她背叛你，你便想毒杀发妻，你明明可以去官府举报她，名正言顺地和离。”

林崇怒道：“若我去了衙门，那我这顶绿帽子岂不是会被天下人耻笑。我还替那哑巴养了十二年孩子！”

“你是怕被耻笑吗？”崔奉阳上前一步，“你经营的油粮铺能有今日，还不是靠肖家帮忙。你是怕和离之后，再也得不到肖家助力，所以才故意使出这种龌龊手段吧！”

林崇声嘶力竭：“她可以偷汉子，我为何不能杀她！”

祝行简沉声：“你可有证据证明她背叛你？”

“没有。”

“既无证据，又不去官府举报妻子私通外人，你拿律法当摆设？”

问完林崇，祝行简又审问李孝信：“你为何雇人毒杀父亲？”

李孝信内心早已崩溃，他哭着骂自己不是人。

“我鬼迷心窍了。自父亲患病以来，我每日都守在他病榻旁，整整七年，我没有属于自己的时间。我们家积蓄本就不多，全都耗费在他身上，我已经到了娶媳妇的年纪，却无人肯进我家门。我喜欢芍药，她拒绝我，不想与我一同照顾父亲。

“我以为只要我父亲死了，她便会嫁给我。我便将人生所有的不顺都推在父亲身上……

“昨天夜里，我替父亲整理遗物，才发现他曾经写过手札，上面字字句句写的都是我。我看完已是泪流满面，他如此想把我记住，我却费尽心思想要忘记他，想要抹除他的痕迹。”

闻言，祝行简拿出一封信件，这是他从李老头贴身衣物里搜出的信件。

“这是他最后想对你说的话。”

李孝信拿过信件一看——

**孝信吾儿，生性憨厚，不识人间谎言，父许你三根金条，娶好妻，享好运，无病无灾，活至儿孙满堂。**

李孝信泪流满面，号啕大哭。他拿父亲的命换来三十两银子，父亲却用一生的勤俭节约为他存下三根金条。

“是我不孝，是我不孝，我对不起父亲。求崔大人赐我死罪！”

李家惨剧刚收尾，就见人群里挤出两个人来。

一个年轻女子不顾衙役阻拦，冲到林崇面前，狠狠甩了林崇一巴掌。

“林崇，你对得起我姐姐吗？你说她背叛你，那你可晓得，那流言蜚语本就是离间你夫妻二人的计谋。”

她让旁边那个男子跪下。林崇定眼一看，此人正是传播谣言的刘蚊子。

“我嫉妒你们夫妻琴瑟和鸣，你又日进斗金，我便想出离间计谋。肖萍儿从未背叛你，那些都是我造的谣。”

林崇不敢相信，认为刘蚊子在欺骗自己。

肖萍儿的妹妹肖翠儿说："你知不知道，我姐姐为何会和哑巴分开，那是因为她认为自己更爱你，你那时指天发誓说绝不辜负她，愿意今生用命来伺候她……"

林崇看向妻儿尸体，觉得天地忽然崩塌。他明明和肖萍儿恩爱十二年，从不曾起过争执，却在那一日听信谣言后，不由分说打骂肖萍儿，害她流产。

他们本该拥有第二个孩子……

因为他的不信任，失去了三条人命。

## 十

林李交换杀人案告破，祝行简成了长安百姓口中的少年神探。范惜林也对祝行简刮目相看，每次见面都叫他小祝神探。

祝行简每日除了去大理寺学习，剩下的时间几乎都泡在安康药铺里，他在和徐昌、茵陈一同研究如何解藏珠体内的毒。一来二去，三人逐渐熟络，成为朋友。

天授三年初夏，茵陈去屋里帮藏珠针灸后，喜滋滋地跑到院子外找祝行简。

"小祝、小祝，藏珠姐姐刚才叫我名字了！"

茵陈开心得要命，抓住祝行简的手臂跑进屋里。

只见藏珠坐在椅子上，神情温柔地抱着小猫，哼唱着歌谣。

祝行简推门进去，藏珠微微侧首，夕阳余晖洒在她的脸上，她在这金辉里看起来神圣又高贵，像极了殿中神女。

"小简。"她念这名字时，嘴角有两个漂亮的梨涡。

祝行简以为自己听错了："你叫我什么？"

"小简，爱哭鬼小简。"

闻言，祝行简的眼泪瞬间滚落，他确实爱哭。

藏珠伸手替他擦去眼泪。

"小简，你相信吗，人真的有魂魄。我的魂魄时常飘浮在半空中，看着你们为我医治，我却没有办法回到体内，更没有办法与你们交流。我用力挣扎，终于回到人间。”她轻轻搂住祝行简，在他耳边轻声说，“不要哭了，我回来了啊。”

祝行简擦干眼泪，暗骂自己没出息。

“小简，我在黑窑醒来，看见周围都是被五鬼杀害的可怜人。那时，我以为自己真的到了阎罗殿，后来我才知道，我在人间地狱。”

藏珠气息微弱，缓缓地讲述五年前她在黑窑的所见所闻。

黑窑里有三十位死而复生的人，藏珠便是最后一位。

那些人每日都会给他们喂药，用药物控制他们的脑子，使他们失去记忆。

藏珠心想，她还在人间，那她一定要让作恶之人得到应有的惩罚。因此，她趁着自己大脑还没完全失去控制之前，将这些死而复生的人全部记住。她趁着黑窑的看管人不注意，偷偷藏了一根筷子，把筷子削尖，等到周围人都睡着，她在自己腹部刻了一些旁人都看不懂的文字。那是她自己发明的文字，歪歪扭扭像是鬼画符，每当她刻字时，旁人只会觉得她已经疯了。

殊不知，这些鬼画符记录的全是人名。

藏珠掀起衣服，露出腹部，洁白的腹部上留着密密麻麻的伤疤。

五年来，因为过多服用药物，她只有三次清醒时刻，她尝试着去官府报案，每次走到官府，撩起衣服给他们看腹部，那群官员只会笑骂她是疯子。久而久之，连她自己都不知道肚子上的伤疤究竟是什么东西。

藏珠也曾绝望，失去记忆的她，就像是抱着浮木在大海里漂浮。大海随时会卷走她，可她相信海浪终有平息之时，人终有一日会上岸。

“藏珠，你当真是一位聪明绝顶的女子。你的名单足以将当初的犯案家庭都送入监狱，我们可以顺藤摸瓜找到幕后真凶。”祝行简毫不吝啬地夸赞。

藏珠含泪问：“真的吗？”

“真的，你的努力没白费。”

“太好了，太好了。”

藏珠喜极而泣，她忙叫徐昌去取纸笔，她要将这个名单写出来。

茵陈在旁边忍不住偷偷抹眼泪，她小声对祝行简说：“我终于知道你和徐大哥为何忘不掉藏珠，她是一颗不应该被藏匿的珍珠。她比这世上大多数人都坚强、勇敢，即使身处绝境，她依然想着自救，甚至救其他人。”

祝行简叹道：“我小时候便十分佩服她，看见我被人掳走，她居然能不顾一切来救我。若不是我知道这世上没有神仙下凡，我当时真以为她是来救我的神仙。”

“还好，她等来了正义。”

名单抄写完，祝行简立刻将它送去大理寺，交给祝朝恩，祝朝恩立马安排人手前往福州查明五年前的真相。

夏季将尽，祝行简一行人终于收到消息。

当年涉案的三十户人家全被押上公堂，包括杨家三兄弟。他们讲明，《五鬼送财图》来源于黑市商贩商棠之手。顺着商棠查下去，查到付有佳身上。这付有佳是前任福州司马，如今的御史中丞。

当年福州贫瘠，付有佳以此事敛财，节节高升，成为朝中要臣。天后当政时，朝廷彻查旧案，他才偃旗息鼓。没承想安稳了五年，却在今日败在一个黄毛小儿手里。

案件告破，天后下令，付有佳全府上下二十口人，满门抄斩。其余涉案人员多达十八人，皆被处决。

朝野震惊，原来这世上当真无鬼，只有人装神弄鬼，买卖人命。

中秋当夜，天后大赏此案有功者，藏珠自然也在其中。

天后问藏珠想要何赏赐，藏珠向天后求了一间女子医馆，她想跟着徐昌、茵陈行医，救济当中被“遮天”谋害的可怜人。天后亲自提笔写下——藏珠医馆。

天后赠言：“但愿天下女子，都能如同藏珠，即使天无星光，自己亦能熠熠生辉。”

这话也被长安坊的写书人写进书里，一时间百姓们对天后改观，言辞里多了赞美。尤其是女子，她们似受到鼓舞，在面对压迫时敢于反抗，为自己讨回公道。

祝行简认为，如今才是真正的花开了。

这天下女子百态，有温柔娇憨的，有风情万种的，也有英姿飒爽的。她们都是不同颜色的花，不仅会盛放于春日，也会在冬日绽放。

两个月后，医馆建成，祝行简他们都去了。

他站在远处，看着藏珠站在人群中间，笑得那样明媚好看。

明珠不再蒙尘，她终于拥有属于自己的天地。

尸体情况：头脸青中透紫，嘴
唇黧黑，嘴角无沫，四肢没有
剧烈挣扎的痕迹。
死者：赵大

鬼作伥
贰
文 温裘

# 鬼作伥

“崔郎，崔郎……”

崔知节躺在行将就木的躯壳里，看着自己的几缕神魂飘荡而起，没个依凭处，被一股冷风卷着，缓缓向京郊飞去。

他仿佛是在做梦。

梦里，他又回到了那片距长安城二三十里的荒野中，那里芦叶枯黄，摇荡如海，残阳夕霞将天地间映得昏黄，空气中闻得到香灰飘散的气息。

那是他与妻子临娘初次相遇的地方。

他永远不会忘记，那日他带着仆僮祭祖归来，行经此处，忽听见哭声隐隐，闻之哀苦。

他不禁放慢了脚步，循着哭声望去，却见一年轻女子身着丧服，通身雪白，站在芦苇深处，对着一座孤零零的新坟恸哭。

在她身边，另有一老妇在焚香烧纸，纸灰飞扬时，那女子的身形便变得亦真亦幻，看不真切了。

听见身后有脚步声传来，女子后知后觉地回过头，一滴眼泪犹挂在明洁如玉的脸上，映入崔知节眼中，饶是半点脂粉也未施，一眼望去也是梨花带雨，容色绝代。

那一瞬，他只觉得自己的呼吸都停住了。

向来端庄克己的崔小公子只这么一眼，便爱上了自己未来的妻子。

一见钟情乎？不，没那么纯情，回顾当时的场景，他觉得自己多半是见色起意，临娘太美了，美得他失了魂魄，也要追随过去。

想到这儿，他不禁有些耳根发烫，为自己的轻薄而赧然。

可他忘了，他是读着孔孟诗书长大的人，性子颇有些执着，认准一件事，便如顽石般不可转也。即便是见色起意，起的也是一生只一次、一次便认定了的忠贞情意。

当然，这些内心的惊涛骇浪是不足与人言的，所以彼时的他只是站在距那新坟有些距离的地方，对着二人道：“天色已晚，娘子何不早归？”

天黑后长安城便要闭门宵禁，女子深夜流落在外，难免危险重重。

听到他的话，女子哭得更加厉害了，雪白的衣袖遮住面容，整个人背过身去，单薄的肩头犹在轻轻发抖。

那烧纸的老妇站起身，对他躬身道：“郎君有所不知，我家娘子自幼父母双亡，前年夫君又战死在了边境沙场上。娘子孤零，本欲回京投奔舅父，怎奈千里跋涉而归，才知道舅父老爷也在三年前去世了，娘子无处可投，只得在城外设此衣冠冢祭拜夫君。惊扰了郎君，实是无奈，郎君莫怪。”

崔知节望向新坟前竖起的木板，以此作碑难免简陋了些，但木板上字迹娟秀，字如其人，写着女子亡夫的姓名。

他又看向女子藏于袖下的手，纤细的双手因劳作而生了粗茧，微微发红，紧张地绞在一起。

“娘子欲将何往？”

女子摇摇头，又一滴泪珠滚落：“妾实不知。”

既无亲眷，又无家产，亦无生计，如此美貌佳人流落在外，怕是多半要堕于风尘了。

崔知节的心如同被什么刺了一下，不知是因为同情女子的遭遇，还是骤然升起的恋慕。

看着眼前的女子，他仿佛着了魔一般，满心满眼地只想着呵护她，疼惜她，再不让她受一天苦，旁的便什么都顾不上了。

“在下清河崔知节，家住长安崇业坊内，现为刑部员外郎，家中虽非巨富，亦不甚贫。娘子若无处托身，可先与我同归，来日再做计较。”

转眼，临娘随崔知节归家已有三月。这三个月她被安置在崔家的别院中，崔知节虽恋慕于她，却始终待之以礼，秋毫无犯。

于是终有一日，有情郎守得月明，金石为开，丧服换作喜袍，崔家吹吹打打，大宴宾客，迎临娘过门。

那一天的临娘手执扇子，美得惊心动魄，崔知节也难得喝得大醉，在一片祝福声中回到了洞房。

他拿起合卺酒，对临娘道:“喝了这杯酒，你我就是真正的夫妻了。”

临娘却没有回答，他转过身，看见临娘在床尾蜷成一团，背对着他，似承受着什么巨大苦楚似的，痉挛着发抖。

“临娘，临娘，你怎么了？”

“崔郎，奴家的背好痛啊，痛得像快要断了……”临娘牙齿打战，“你替奴家揉揉好不好？”

崔知节焦急不已，连忙将手抚在临娘剧痛欲裂的背后，轻轻按揉。

这时他才后知后觉地意识到，从进门到现在，临娘还未正眼瞧他一下。

“如何了？还痛得厉害吗？”

崔知节微微探过身，想凑近了与临娘说话。不料想就在这时，临娘忽然转过头来，出现在他眼前的却不是那张绝色的面容，而是一张青面獠牙的狰狞脸孔。他吓得失声尖叫起来，却喊不出声，想要从梦魇中坐起，整个后背却已被冷汗湿透，死死黏在床板上。

无法，他只得动了动浑身上下唯一能够活动的手指，用垂死的声音发出最后的遗句:

“鬼……耐重鬼……”

## 一

陈谏决定回去就找高人替自己算一算，他今年是犯太岁了还是怎么着，要不好好的人怎么能倒霉到这种地步？

事情还得从这天上午说起。

这天是个大晴天，陈谏出门前还顺手翻了黄历，日子是好日子，三月十五，宜出游、婚嫁、赏花。

常言道："人随春好，花与人宜。"或许是为了呼应这个亮晃晃的春日，长安崇业坊玄都观昨天还半开半合的桃花竟一夜之间争相盛放，惹得全长安的百姓倾城而出，城中许多权贵也乘着香车宝马，争道赏花。

这么好的商机，官道两旁的歌楼酒肆自然不会放过，于是酒旗高高挑起，家家户户门外都倚上了一两位揽客的胡姬。作为这条街上最大的酒肆，宜春楼二楼人声喧沸，这家南向靠窗的位置极好，不仅恰好能俯瞰玄都观内的花海，楼内还有歌舞助兴，此刻这处席面早被十六七个锦衣书生占据。

在一阵哄笑中，这群平日里埋首书案的读书人也渐渐失了端庄斯文，正热闹时，忽有人叫了一声："文直到了！"原本还如滚粥般沸腾的宴席顿时就安静了。

宜春楼的装潢向来以奢华浮夸著称，但这人来后，他们却不约而同地有了天差地别之感——明明这人只是站在这里，什么都没有说，便矜贵得与这座俗楼很不相称了。

直勾勾看了半晌，书生们方才回过神来，邀二人入席，央着陈谏好好介绍这位嘉宾。

陈谏落座后，也颇为自得，理了理衣摆昂然道："这便是我先前对诸位提起的花琎，花大才子。"

花琎敛襟一笑，意外地和气，叉手道："在下花琎，字嗣恭，承蒙文直兄引见，有幸结识诸位，深感荣幸。"

"好风仪啊！"

“真天人一般！”

在一片称赞声中，管弦再度奏起。花琎作为这群读书人中的后来者，显然并没有给陈谏这个引荐者丢人，他悠然倚在席间，始终面带微笑，侃侃而谈，不仅能够引经据典，就连一些三教九流之事也能说得生动。

酒过三巡，花琎更是在这群醉客的三催四请下，起身奏了一曲羯鼓。鼓点声中，坐客们的眼珠子都快瞪出来，筷子噼里啪啦往下掉。

“文直在哪里结识得这般人物？怎的不早介绍给大伙认识？”有人在他耳边问。

陈谏道：“我与嗣恭也刚相识没几日，说起来也是惭愧，那一日我心中郁郁，喝得大醉，在船头吹笛遣兴，想不到岸上竟有人击节赞叹，我二人由此便结识了。”

“文直兄吹的莫不是《梅花三弄》？”有人在对面调侃。

“那我倒是乐得做一回王徽之。”花琎丢下鼓杖坐回陈谏身边。

“王徽之出身名门，世代簪缨，花兄想必出身也是不凡吧？”有人打量着他，旁敲侧击。

花琎依然噙着微笑，默然不语。

众人了然，眼下京中声名最煊赫的，乃“崔卢李郑”四大姓，另有“城南韦杜，去天五尺”之说，却不曾听说有什么花家。

于是又有人问了：“花兄才情如此卓然，在朝中现居何职？”

花琎低头理了理身上的青衫，却无卑色：“无官无职。”

人群中有人哗然，也有几人脸上露出了不屑之色。不少人都在腹诽自己是否以貌取人，对此人估量太高。也有人暗自心怀窃喜，原来花琎这般人物说到底，也是白身，与自己没什么不同。

宴席间一时洋溢着轻松欢快的气氛。

“那花兄就和我们一样，是待考的士子了？”有人伸手半揽着他问。

花琎依旧正襟危坐：“非也。”

“哦？”

他眼中波光潋滟，似有惋惜之意流转：“实不相瞒，在下家中有些不足与人言的状况，因此失却了赴试的荣幸。也是这个缘故，我对在座各位士子都分外倾慕，这才央着文直带我前来赴宴。”

花琎的话一出口，陈谏只觉得有一股冷风在席间兜了一圈，气氛顿时降到了冰点。

所有人都不说话了，就连方才揽着花琎问话的那位也默默将胳膊收了回去。

无官，无职，无出身，家世糟糕到就连参加科举的资格都没有。

如果说方才观赏奏羯鼓时，众人还在感慨他风姿卓然，那么此时此刻，书生们则开始怀疑，花琎的这项技艺是否与他不体面的出身有关。

在场除了仍闲闲擎着酒杯的花琎外，所有人都变得如坐针毡起来，还有人以目怒视陈谏，无声指斥他这么好的日子，什么人都往席面上带。

陈谏被盯得面皮发烫，心中也涌上一股隐然怒意，他委实没有想到，这些昔日诗酒唱和的所谓孔孟门生竟拜高踩低到了这种程度。家世不好又如何？没有身份地位又如何？花琎倾倒众人的风姿难道是假的吗？

于是他起身敬了花琎一杯，勉强笑道：“诸君岂不闻李太白虽未科举，却仍名满京华，诗才动天下？”

这样的说辞却并没能扭转局面，人群中有人讥笑：“依陈兄看，世间又有几个李太白？”

“即便是李太白，若没有贺监和玉真公主激赏，恐怕也只有老死家中的份儿！”

陈谏愤愤得几乎坐不住，还想再说，却被轻轻按住了手臂，刺耳的笑声在他耳边回荡着。

如此明显的轻视，花琎也并未与众人争执，他只是垂头看着玉杯中自己的倒影，似在隐忍什么。

陈谏却是再忍不住，站起身冷冷道了一声“告辞”，便拉起花琎，头也不回地快步下了楼梯。一直到了门口，他犹紧紧拉着花琎的胳膊，手指微微颤抖。

## 二

“呸！人无好人，宴无好宴。这腌臜地方，不待也罢！他们还当自己包的是花萼相辉楼吗？”

听了他的话，方才还不动声色的花琎却“扑哧”一声笑了出来：“陈兄去过花萼相辉楼？怎知花萼相辉楼的宴便是好宴？”

“啊……这，自是没有去过。”

气话罢了，花萼相辉楼又岂是他们这些平民百姓能够饮酒作乐的地方。

说起这座奇楼，全长安上下无人不知，无人不晓。想当年，中宗驾崩，朝政大权由韦氏一族独揽，李唐江山危如累卵。

社稷将欲倾覆之际，彼时还是临淄王的当今天子当机立断，与姑母太平公主联手，率万骑擒杀韦后及安乐公主等人，将这伙祸乱朝纲的势力一举铲除。直到被迎上皇位，先帝，也就是睿宗皇帝才知道那晚发生了什么。

可就在先帝仓促地再度登基后，尴尬的事情却发生了——按照兄弟序列，今上李隆基乃先帝第三子，而嫡长子李成器还健在。按照宗法，太子之位跑不了是李成器的，可坐在这把三郎夺回的龙椅上，就连先帝都颇觉不适，李成器又哪敢现捡这个天上掉下来的滚烫山芋？

于是这位前太子很识时务地表示，自己绝无继承大统的雄才。此话一出，满朝大臣也无不附和。

而今上作为仁善孝悌之君，也绝没有与长兄争抢的道理，故而也在朝堂上几度潸然泪下，拒不受此太子之位。于是兄弟二人便这样泪水涟涟地你推我让了数日，皇位才终于稳稳落到了今上怀里。

许是觉得这样还不够孝悌，今上登基后，改名李宪的李成器更是率几位王爷献昔日居住的“五王宅”为离宫，也就是如今的兴庆宫。

今上亦是十分感动，特将兴庆宫四周的宅邸赐给几位王爷居住，还在宫殿西南建起了一座举世无双的名楼，便是陈谏提起的那座“花萼相辉楼”。

皇权摆在面前，却没有同室操戈，兄弟之间还相处得如此和睦，这样的亲缘关系在李唐开国以来，也算是罕有了。因此这花萼相辉楼便与今上兄弟的事迹一起，传为一段佳话。

见花琎还有心思与自己说笑，陈谏方知他并未将方才的事放在心上，于是长长松了一口气。

两人沿着宜春楼外的官道默然走了片刻。为了补过似的，他轻声邀请道：“我的住所就在附近，嗣恭可愿随我到舍下坐坐？”

“好。”花琎眉眼弯弯，依旧是很好说话的样子。

一路上，两人有一搭没一搭地聊着，心情也轻松了不少。

忽然，花琎停下脚步道：“你听，好像有人在哭。”

两人贴着墙边竖起耳朵去听，果然听到女子阵阵悲戚的哭声，哭声之间，忽而又响起了谩骂，听语气，似乎是一老妪在厉声训斥墙内女子，言辞极尽犀利恶毒。

花琎犹在分辨争吵的内容，陈谏却骤然瞪大了双眼，对他张了张嘴，没等说出什么，临街的那扇黑漆小门就被撞开了。伴随着一阵聒噪刺耳的争吵声，什么东西被噼里啪啦丢了出来，险些砸到两人的脚面。

紧接着，院中老妪扯着一位年轻女子的衣袖，骂骂咧咧地将女子推了出来，那女子身形纤弱，云鬓散乱，被年衰气不亏的老妪一推，又被门槛这么一绊，登时直直地摔向二人面前。

陈谏和花琎的第一反应都是伸手去接，好歹合力将女子扶住了。

在看清女子面容的瞬间，陈谏霎时倒吸了一口凉气，他退后两步，对着女子恭恭敬敬行了个大礼，唤了句：“嫂夫人。”

而后，他又满脸有苦难言地对着另一个朝向，向着方才撕打女子的老妪行了个更深的礼，又唤了声：“崔伯母。”

## 三

陈谏今日真是倒霉透了。

先是抱着热切的好心，引见新朋同旧友认识，却闹了个不欢而散。此刻又碰上了这种天杀的鬼热闹，他当真不知眼前的局面该如何收拾。

听人墙角被迎面撞了个正着，已经很难堪。若是与争吵的双方都相识，那便是加倍地难堪。要是被争吵的双方同时邀请进门去坐坐……

陈谏死死扯着花琎的袖子，很有种想当即一头撞晕在崔宅门框上的冲动。

“二位，请进来歇歇脚吧。”

方才那惨遭殴打的女子名叫临娘，是宅子主人崔知节过门不久的妻子，她衣着清素，容貌却如春光般照人。

美中不足的是，这样一位佳人，走路时却总带着几分蹒跚之意，薄而窄的后背似乎时时紧绷着，迎客时的微笑中也带着些许凄楚，看得人不由得心生怜意。

陈谏叹了口气，只想着人家屋顶着火，自己万万不好进门叨扰，便要推辞离去。孰料这时身旁花琎自来熟的毛病又犯了，见陈谏与主人像是旧相识，竟也不见外，拉着他就跨过了门槛，和颜悦色道：“莫慌，车到山前必有路，且去吃他一杯香茶。”

想到知节如今的状况，怕是今后的日子见一面也就少一面了，陈谏心中一软，便将另一只脚也跨了进去。

崔知节虽出身清河崔氏，但他这个“崔”却是旁支中的旁支，在门荫上并没有借到多少力，再加上崔父去得早，崔知节从小到大过得也并不容易。

不过正所谓“瘦死的骆驼比马大”，饶是如此，崔知节仍能在寸土寸金的长安城守有一套两进的宅院和一所别院。加上他本人又十分争气，靠自己的努力考中了进士，进了刑部，迎娶了娇妻，日子可谓是蒸蒸日上。

然而就在陈谏还在替他高兴的时候，崔知节却忽然罹患重疾，一病不起。前几天他与友人们一同前来探病，刚好遇上郎中，郎中说崔知节的命也就在这两个月了。

想到两人去年相约一同赏花的约定，他又是一阵心痛，如今桃花就开在门前，命在旦夕的崔郎却无法去看了。

坐在崔知节的床边，崔母顿时露出了慈母的神态，温声在儿子耳边说道："儿啊，看看是谁来看你了！"

崔知节原本白皙的皮肤已变得枯干青黄，薄薄的眼皮虚盖在眼珠之上，就连头发都没了光泽。见过重病之人的都知道，这赫然便是油尽灯枯之态。

陈谏矮下身子，不抱希望地凑近了，唤了他一声。

让他没有想到的是，听了他的呼唤，原本还昏睡着的崔知节竟眼皮颤了颤，当真慢慢睁开了双眼，眼睛亮亮地看着他，认出了他，声音却是含糊的：

"文直……"

"是我！"陈谏激动地双手握着他的手，几乎要流泪。

"你来了。"崔知节吃力地抽动着嘴角，朝他笑了一下。

陈谏也笑了，嘴咧得大大的，看上去有点傻。

"玄都观的桃花开了吗？"

"开了，今年的花开得极好，极盛。"陈谏听了就要往门外去，"你等着，我这就为你折一枝过来。"

崔知节却虚虚握住了他的手，阻止道："不看了，看了……就当真舍不得走了。"

说起舍不得，他慢慢转动眼珠，将目光落在了站在角落里的临娘身上，方才那几句话已经耗尽了他今日的所有力气。他眼睛死死盯着妻子，手也抬向她，青白的嘴唇颤动着，似有什么重要的话要说，嗓子里却只发出气喘的声音。

临娘见状，便也上前，满眼含泪地等着。

在场所有人都在等着崔知节的这句话，仿佛不说出来，他就无法瞑目一般。这般努力了几次，几个字终于艰难地从他僵硬的舌根间挤出来。

听清这句话后，临娘再也无法自持，痛哭着扑倒在崔知节床边，竟一口气没上来，晕死过去，而崔知节也再度陷入了昏睡。

陈谏和花琎帮着崔母将临娘扶到小榻上安顿好，彼此对视了一眼，方才那句话他们都听得很清楚，崔知节说的是：

“临娘背痛否？”

一直到出了崔宅的门，陈谏还在感慨崔知节的情深义重：“方才知节只醒了那么一会儿，却仍不忘关心夫人，定然是爱夫人爱到了骨子里，可惜了这一对薄命鸳鸯。知节有天若去了，崔夫人在崔母的手底下，真不知道该如何度日。”

花琎却没有接话，只是低头瞅着自己的鞋尖，不知道是不是他的错觉，方才崔知节在说完那句话后，做了一个十分古怪的举动——他似乎是深深地望了自己一眼。

## 四

陈谏将花琎请进自己的小院内，又上前打开了房门的锁。

“寒舍鄙陋，见笑。”

屋子不大，里面的东西却一应俱全，只是一看就是独身男人住的地方，整洁有余，但温馨不足。

陈谏招待花琎里里外外转了一圈，便取了酒，放在院内的竹桌上，眼下春光澄明，篱笆小院内榕树新绿，正好浅酌。

“这院子一个人住，着实惬意。”花琎望着院中的腌菜缸和篱笆内开得一丛一簇的野花。

“科考在即，寻个栖身之所罢了。”陈谏道，“实不相瞒，这院子便是知节低价出赁的。”

陈谏和崔知节相识在几年前，当年二人同届参加会试，崔知节高中进士，陈谏却不幸名落孙山。但崔知节却并没有因此疏远陈谏，不仅常常在细微处接济照顾家贫的他，甚至连大婚都请了陈谏前去喝了喜酒。

“当时，不仅是崔母，知节的几位朋友也在背地里议论过，说临娘配不上知节。”

“哦？”花琎抿了一口酒，被勾起了好奇，“照我看来，这两人确是郎才女貌，天作之合。”

“你有所不知。”陈谏压低了声音，凑过去小声道，“知节初次将临娘介绍给我们的时候，临娘还是个寡妇，不仅是寡妇，还是个来路不明的寡妇！”

随后，陈谏便将崔知节如何在长安城郊偶遇临娘，又如何将临娘带回的来龙去脉讲了一遍，讲得绘声绘色。

花琎扬眉：“你若不说这是崔家之事，我还当这是你从哪里看来的志怪传奇。”

“是吧？”陈谏瞪着眼睛道，“荒野、孤坟、美貌的白衣寡妇，叫谁听去都定会以为是胡编的奇诡艳遇，可偏偏就让知节遇到了。知节常在刑部，胆子也大，竟敢公然将这女子领回来，还敢娶回家，当时可没少遭人议论。崔母也闹了好几场，她先前一直盼着儿子扬眉吐气了，娶一位名门贵女回来，给族里那些人瞧瞧呢。”

陈谏说，临娘刚回来时，就住在这个别院里，后来二人成婚，院子空下来，崔知节便好心给他住了。

花琎了然：“这也就是崔母为何这般看不上临娘，不过二人既已成婚，崔母还接受不了现实未免就……”

“不只是这样。”陈谏神神秘秘道，“知节曾提过，这婆媳二人常有矛盾，与双方所信教派不同也有着很大的关系。”

花琎回想了一下：“方才崔母将那些东西丢出来的时候，我无意瞥了一眼，发现都是些经书和陶瓷佛像之类的东西，但崔家堂中供奉的却是道教神祇。”

陈谏道：“崔家举族几乎都信奉道教，除此之外，一概视作异端，但崔夫人在嫁过来之前，便已吃斋念佛多年，生活在同一屋檐下，难免互相看不顺眼。再加上知节染病，崔母叫天天不应，叫地地不灵，心中烦闷焦躁，可能就将这事归罪到了时常念叨佛经的儿媳头上，说到底，不过是迁怒罢了。”

花琎叹道：“这临娘也是可怜，如花似玉的容貌，眼看又要做了寡妇不说，还要被婆母欺凌。”

两人又天上地下闲侃了一会儿，一壶酒见底的时候，花琎忽然望着那口大缸道：“文直还自己在家腌菜？”

“我哪里会腌什么菜？那是崔家放在那里的，我没有用到过，也一直没动。”

花琎笑笑：“在下粗知风水，文直科考在即，腌缸放在院子东南角，怕是不吉。”

“还有这样的事？我平日也爱看看黄历，但对风水就没有研究了。”陈谏起身挽起袖子，又看了看那口大肚子腌缸，有点不好意思地说，“那就劳烦嗣恭帮我一起将它挪上一挪，你说哪个方位好，就挪到哪儿。”

花琎也爽快，两人当即铆足了力气，上前抬缸，却不承想那大缸并不像看起来那么沉重，竟是个样子货，轻轻一搬就起来了。陈谏放开一手在缸壁上敲了敲，笑道：“薄得很，怕是妇孺都能搬起。”

花琎的注意力却没在缸壁上，他满脸惊异，似是不可置信般俯身又确认了一遍，方才抬起眼帘，用一种很凝重的神情对陈谏说：

“你这院子下面，有密道。”

## 五

两人将水缸放到一边，一个偌大的地洞就这么出现在阳光下，显露在两个人的眼前。

“这儿怎么会有洞呢？哪来的洞？谁挖的？”

陈谏日日住在这里，好端端的院子却凭空藏了个地道，想想实在叫人后怕。他绕着那个比缸底小了半圈的地洞转了好几圈，困惑得几乎要抓耳挠腮。

“这恐怕就要问问崔家的那位临娘了。”

别院近年来只有临娘和陈谏住过，崔知节是主人，没有在自家院中挖密道还要藏起来的道理，那便只剩下一种可能。

“哎……这……这这……”

一个昭然若揭的答案在陈谏脑子里炸开，他的脸上白了又红，末了跺了跺脚，道：“难怪都说这女人来路不正，我还当那只是闲言碎语！知节这么好的人，她……她怎么忍心……”

他再说不下去，一拳砸在榕树粗壮的树干上。

“现在该怎么办？”花琎问。

“人在做，天在看，今日这事既然被我们发现了，那就没有当作没发生的道理。我们现在就到崔家去，问问临娘，若她解释得出就罢了，若解释不出，作为知节的至交好友，我怎能坐看着他临终到了，被如此背叛羞辱，竟还蒙在鼓里！”

“你等等，我先下去看一看，万一这根本就不是什么地道，就是个死洞，别平白冤枉了人，再与崔家结了仇怨。”

陈谏点了点头，花琎竟先他一步撩起衣摆跳下了洞，全然不顾会弄脏了衣服。他也想下，洞内却传来花琎的声音：“你就站在那里不要动，此洞神秘，难保里面会有什么，若是发生什么不寻常或我没有上来，你就赶紧去报官。”

他应了一声，挨着洞口坐下，只觉得时间过得无比缓慢，每过一会儿就要朝洞内喊一声，确定花琎的踪迹。花琎的回应刚开始还响亮，到后来却渐渐弱了，直至完全听不到了，应当是走得很远了。

陈谏此时越想越后怕，这么大的洞，能藏人走人的洞，就在自己的眼皮底下，自己住了这么久竟都没发现。临娘，看上去那么好的临娘，暗地里竟然是这样一个人！知节这一辈子，可悲，可怜！

乱七八糟想了许久，花琎却还是没有上来，陈谏的心提到了嗓子眼，都要跑去报官了，却听见洞底传来了人声，是花琎的声音。

“这密道可着实不短，你猜猜，都通到哪儿了？”

陈谏伸手将花琎拉上来，看他青衫和半束的长发上都沾满了土，原本光莹如玉的脸也蒙了尘，连忙用衣袖为他擦干净。

花琎上来，喝了口水道："一开始我顺着密道匍匐着向前，到后面我发现这密道竟意外地很宽敞。往前走了许久，我发现密道的另一头被一块旧木板压着，上面似乎还零零散散放了几块石头，我费了好大劲才上去。结果你知道我看见了什么？"

"我看到了玄都观的后墙！"

"你的意思是，她与道士……"

花琎按着陈谏的手，急忙打断他的话："我可没这么说，且不说这密道出口在后墙外，不管是不是道士都有机会出入，就算它在墙内，也不能肯定对方就是道士。"

"况且此密道与临娘有关，本就是一种可能的假设，但你怎么肯定它不是旁人挖的？就不可能是有惦记崔家财物的窃贼，或是对临娘心怀不轨，想要悄无声息潜入的歹人？"

陈谏蒙蒙地点了点头："还是你想得周到。"

花琎道："我们还是报官吧。"

被陈谏送出门后，花琎掸了掸衣上浮尘，步态悠闲地走在路上。

他走过繁花似锦的官道，转入一家酒肆，却未做停留，而是直接从后门穿出，那里早有朱轮钿车在等候，车夫诚惶诚恐将花琎请上车。花琎坐在软垫上，吃着玉盘中的新鲜瓜果，犹在想着今日发生的种种。

方才，他和陈谏锁好屋门，已经准备去报官了，可是走到大门口，陈谏的脚步却忽然停下了。

"要不……还是算了。"

"为何？"

"知节的日子已经不多了，常言道，人死如灯灭，生前看到的是什么，那就是什么。即便是弥天大谎，又何苦在此时戳破，让他动气，临了难以瞑目呢？"

“那真相就不重要了吗？”

“重要！当然重要，我会好好盯着崔家，暗中留心，之后或许也会去报官，只是我不想现在……况且这毕竟是临娘与知节成婚前发生的事，或许临娘真的对此一无所知呢？又或许她早就定下心来，和知节一起好好过日子了呢？疏不间亲，我不想在知节弥留之际再起风波，也不愿因为一点好奇心，牵累无辜之人。”

花琎心悦诚服：“文直真是好人。”

陈谏摇摇头，望着头顶无云的蓝天。

刑部、崔家、临娘、密道、玄都观、陈谏，今日经历的种种犹如数片碎片，拼出了画卷的一角，而画卷真正描绘的景象，却还隐藏在云雾之中。

花琎固然为崔知节的遭遇感到遗憾，可他也感觉今日之事就像是一颗圆润的石子一样，在他平静无波的生活中激起了层层波纹，让他忍不住想要探寻下去。

进入胜业坊后，马车窗外的景象慢慢变换，层楼叠起，街上的行人变少了，门庭却越发宽阔，仆婢出入，香车往来，街景更是富丽到了寻常百姓难以想象的程度。

马车停在一处高阔的大门外，人还未下车，便有一群穿锦着缎的侍者自门内鱼贯而出。

为首的是一位五十多岁的无须老者，他急切而恭敬地上前将花琎请下车，先是上上下下将他查看了一番，而后才拍着大腿高声叫道：“您可回来了！这……这一身的土是怎么弄的？伤着没有？真磕着碰着可怎么办才好哟，这不是要了老奴的命吗？”

“忠叔多虑了，怎么都在这里候着？有事？”

忠叔急得如同热锅上的蚂蚁：“可不是嘛！圣人还等着您侍宴奏乐呢，小黄门都来催了三回了！”

花琎扬眉道：“太常寺一个像样的乐师都找不出来了，便非得等着我？”

"这不是圣人爱重您吗？旁人的乐声便都不入耳了！"

花琎却没有被这番话取悦，他分花拂柳地进了内院。府中仆人早已备好了要换的衣裳发冠和沐浴的热汤，匆匆梳洗过后，他便再度出了门。

人靠衣装，若是如今金冠束发、紫云蛟袍加身、腰系蹀躞带的他站在陈谏面前，恐怕那呆书生会连抬眸看他一眼都不敢吧？要是宜春楼那群士子知道，被他们鄙夷的花琎，便是当今圣上长兄宁王的长子，汝阳郡王李琎，更是要吓得魂飞魄散了。

李琎并非有意在耍弄他们，他生于宫闱，身份尊贵无极，平日里被"殿下殿下"地捧着，连正常结交朋友也难。但他生性烂漫，又正是爱玩的年纪，几日前他微服出行，偶然与陈谏结为好友，心中欢喜，本想借着陈谏的引荐，再多结交一些青年才俊，一起玩耍。谁料那群人势利得很，听到他无法参加科举，竟就毫不掩饰地将他排挤出局了。

当时他端着酒杯，强忍着没有笑出来，同时自认并没有扯谎——毕竟还真没听说过哪位王爷去应试科举的，这也赖不得他，要赖就赖他那位圣人也要叫上一声"大哥"的亲爹吧。

## 六

李琎进入宫门时，天已经开始擦黑，花萼相辉楼的灯光依次亮起，在夕霞的映衬下，显得美轮美奂。

车行到不能再进了，他被搀扶着下了车，在提灯宫人的指引下，李琎轻车熟路地上了池台浮桥，奔着聚宴方向而去，正阔步走着，忽听身后有人轻唤：

"前面的可是花奴？"

"花奴"是当今皇帝为他取的小名，今上曾言李琎资质明莹，肌发光细，非人间人，必然是天上神仙谪坠，又好似御花园的花成精了一般，故而赐名"花奴"。

此事听来似乎有些戏谑，但李琎和他爹却并不为此气恼，像他们这种至尊至贵之人，也有一些听着不那么尊贵的小名，譬如太宗文德皇后小字观音婢，高宗皇帝小名雉奴，都有亲昵爱护之意，今上唤他花奴，也是出于叔父对侄子的疼爱。

不过，此时唤他花奴的却并非圣人，而是一道女子的清音。李琎回过头，只见一身形高挑、形容清丽的女子手挽着拂尘，自阶下缓缓而上，走到浮桥上来。这女子看着已经有些年纪，但气度不减，一袭道袍硬是让她穿出了贵气。

李琎脸上立刻露出笑容："侄儿给姑母请安了。"

来人正是当今圣上的同母妹玉真公主李持盈，看样子她也是受邀前来。

玉真公主为人洒脱，又嗜酒爱才，几个侄子都很喜欢这位姑姑，李琎也不例外，边走边说："待会儿侄儿要与姑母同坐。"

玉真公主拂尘一甩："又闯了什么祸了？怕你阿耶唠叨你吧？"

李琎摇头："阿耶才不会管我呢，我自是想干什么就干什么。"

一行人来到花萼相辉楼前，教坊舞伎们望见来人，便跟着乐曲徐徐地向两侧散开。玉真公主和李琎拾级而上，在御座前下拜，齐声口称"万岁"。

"顶数他们两个来得迟。"宴席上首，大唐天子满眼含笑，向着客座首席的宁王李宪道。

"当罚，快取酒来。"宁王也笑道。

"着什么急？就算要罚酒，陛下也总得先为臣妹和花奴赐座，届时千杯万杯都随兄长们罚。"玉真公主爽快道。

诸王众人一时哄笑，李琎扫了自己父亲一眼，便随玉真公主入席了。歌舞继续，李琎一边饮着杯中酒，一边向席间望去，除了他的几个亲弟妹外，太子李绍、荣王李滉和今上的几位皇子也到了。除此之外，前来侍宴的还有几位臣子，为首的便是新近正炙手可热的宰相李林甫。

在李林甫身边，还坐了一个李琎从未见过的人，此人头戴子午莲花冠，身披鹤氅，不时点头微笑，很有几分仙风道骨的意思。

“那作道士打扮的是谁？”

玉真公主疑道：“你不认得他？”

李琎茫然。

“他是李林甫向陛下举荐的方士，古鹤鸣，听说很有些本事，最近陛下也很抬举他，这样的场合都准他前来侍宴。”

李琎满脸认真道：“方士？那他会变戏法吗？”

“他可不是变戏法的。”玉真公主边饮酒边说道，“他会炼丹。”

玉真公主说，这些年她身在观中，也见识过不少擅长炼丹之术的高人，但那些人却一致推古鹤鸣为魁首，声称其炼制的丹药不仅能够治病护体，还能够延年益寿。

李琎不屑：“我看也不过是欺世盗名之徒。”

“倒也不能这么说，前段时间陛下龙体一直不佳，太医们开了好几服药都没有用，结果吃了古鹤鸣的丹药没几天，就这般精神矍铄，依我看，此人还是有些本事的。”

说着，玉真又从袖中取出了一只通透的琉璃小瓶，捏在两指之间，在李琎面前晃了晃。

李琎看着那金黄闪烁的小瓶子：“这是何物？”

玉真公主将小瓶轻抛给他：“这便是我从古鹤鸣那里淘来的，这东西叫作错金泥。”

“干什么用的？”

“姓古的说是可以炼制金丹，他那里有好多这种金泥，但我不懂这些，只是觉得好看，又听说无毒，便索来赏玩。”

李琎望着那透明琉璃瓶中滚动的一小团流动的泥团，那东西状若水银，色若流金，然而倒出瓶口后，却不会像水银一般散入空中，而是像团泥一样可揉可捏，不知是用什么材料炼的。

## 七

月上中天，宁王一曲笛音奏罢，满座无不喝彩，圣人也道：“宁王的紫玉笛冠绝天下，今日卿等有幸聆听，那是三生修来的福分。”

宁王叩头称谢，圣人又说：“不必如此拘礼，今日只是亲人相聚，我们只管欢愉，不谈国事。花奴呢？酒已满上，花奴为何还不奏羯鼓？”

一轮明月下，李琎缓缓敲起鼓点，乐曲声中，他暂时忘记了此时自己身在何方，忘记了席间的君君臣臣，他眯起双眼，思绪飘飞到了很小的时候。

那年夏天，李琎骑着自己的小马，随诸皇子前往上林苑围猎。当时的他正是不服管束的年纪，借着追逐一头小鹿的机会，他敏捷地策马甩开了随行的侍卫仆从，向山林深处奔驰而去，却在驰骋一番后，于山间迷失了方向。

找寻来路的时候，马儿更是失蹄跌下了山坡，而他也在滚下去的时候，被山间突出的石头磕到了后脑，一时之间晕了过去。

当时，天已经黑了，没人知道宁王嫡长子到底去了哪里，他的皇帝叔父几乎发动了所有能出动的金吾卫，找寻他的踪迹。在找到他之后，皇帝叔父又将他接到了宫中，住了将近两个月，让他和忠、瑶等几位皇子一起玩，甚至亲自替他上药，关心他的起居。

当时宫人们都说，陛下对自己的皇子都没有这么疼爱的，年少的他也十分感动，认为叔父很爱自己，甚至比父亲更疼自己。

直到很久之后，他才知道就在自己入宫养伤的时候，长安城中发生了一件大事。

先天二年七月，天子李隆基诛杀其姑母镇国太平公主全部党羽，将太平公主赐死于家中，至此，所有威胁他皇位的敌对势力被全部铲平。

也是过了很久之后，李琎才知道，当时大事在即，宰相姚崇、宋璟都上书劝说过皇帝，为免除后顾之忧，应当将以他父亲为首的亲王全部外调，以保京城安稳。而皇帝则认为，应当将众亲王和其子全部留在京城，只有牢牢握在手中的，才最安全。

若再往深处想一些，当日如若他不是摔下山坡，而是真被别有用心的人掳走，一旦长安发生什么变故，以他睿宗嫡长孙的身份，即便被拥立登基与长安遥相对峙，也是大有可为的……

皇室之事，有太多的不能想，不堪想，无法细想。

李琎深吸一口气，敲响了最后一个鼓点，将惊涛骇浪般的鼓声收束在轻盈的余韵中。

圣人拊掌而赞，幽幽道：“花奴今夜所奏羯鼓，比之宜春楼中如何？”

这句话说出的瞬间，李琎只觉得周遭所有的声音都停了，数道目光集中在他身上，还有人默默地咽了咽口水。

“什么宜春楼？”

“大哥还不知道？今日花奴在崇业坊宜春楼上大会今科士子，席间奏起羯鼓娱情，宾主尽欢，出了好大的风头。”圣人依旧笑着。

宁王心下一沉，会试历来由礼部主办，按惯例，每届通常都要遣一位亲王或重臣负责协理。当时，朝中多位大臣都上书言道，宁王德高望重，是最适合的人选，但不知怎的，最后这桩差事却绕过了宁王，落到了李林甫身上。

虽说李琎游宜春楼只是出于少年心性，但此事若是被提起，被传扬出去，便难免有人说宁王世子对此心怀不满，笼络士子云云。

一阵衣袍窸窣之声过后，宁王已从座席间走出，双膝跪地，叩拜道：“李琎身为宗室，却公然与今科士子集会，致使舆论哗然，实是臣教子无方。”

见父亲都跪下了，李琎也没有站着的道理，取下羯鼓，也在后方跪得老实。

“花奴怎么说？”

李琎稽首，而后慢悠悠回禀道：“回陛下，今日臣的确曾在宜春楼上敲羯鼓，不过是偶然遣兴罢了。‘出好大的风头’，那自是没有的，‘宾主尽欢’更是不存在，或许是因为臣当时穿着打扮落拓了些，又或许是臣怕丢了皇室的人，从头到尾都没自报身份，所以那群士子压根没把臣放在眼里，臣连一口好酒都没讨着，就被胡乱打发出去了。”

说到这里，他轻轻叹了口气，不无委屈道：“侄儿算是尝到教训，下次再有这种场合，便是八抬大轿请侄儿，侄儿也是决计不去了。”

听了李琎的话，圣人笑了两声，脸上的纹路也慢慢舒展了，随着这笑声，席间冰消雪融般再度热闹起来，玉真公主也出来打圆场道：“陛下想必也不是真生花奴的气，只是古语道：‘千金之子不坐垂堂’，若是出了什么危险，可如何是好？”

“还是皇妹明白朕的心意。”圣人笑道，“大哥又把朕想得不近人情了。”

一旁侍候的高力士见状，连忙上前将宁王扶起，送回座位上，又为他倒满美酒。

圣人又道：“大哥不必过虑，朕亦知相术。夫帝王之相，且须英特越逸之气，不然，则有深沉包育之度。花奴是秀迈人，举止娴雅，上面说的这些，他身上都不具有，朕猜忌他做什么呢？”

宁王道：“陛下明断，臣惭愧，若是论起这些闲情逸致上的小事，臣也自认不如花奴。”

圣人道：“听说大哥在王府中遍种奇花异草，为防鸟雀啄伤鲜花，便在花梢上系上金铃，号曰‘护花铃’。若单论这一条，朕还要输给大哥呢。”

兄弟二人相视一笑，其余众人也跟着笑了起来。

“朕如今是天子，赢得毕竟是要多些。”圣人扬了扬英挺的眉宇，望着虚空低声道，“只是有的时候，朕倒是很羡慕，大哥有花奴这样一个好儿子。”

李琎随父亲与诸王大臣们一一作别，又应了当晚去荣王府秉烛赏花的约，便上了自家钿车，出了兴庆宫的大门。

一直到在车上坐稳了，李琎才发现，父亲虽方才笑得一派从容，但藏在袖下的手却是在微微颤抖的。

“满意了？畅快了？”父亲的声音低沉，脸上少有这么冷峻的神情。

“我知道这么多年，你心里一直不痛快，你天资不差，生得聪明，又正当年少，自然想做个有本事有作为的人。读书的想做状元，习武的想拜将封侯，天下的父母没有不希望儿子如此的，可你生在了皇家，成了我的儿子，所以你没有向上的路可以选，只能藏拙，只能事事如履薄冰。”

李琎垂下眼帘，只看向车内的昏暗处，并不应声。

宁王叹了口气，又道：“你知道吗？自从那件事发生后，每当他与我说‘大哥有一个好儿子’的时候，我都会成宿成宿地做噩梦。”

开元二十五年，帝因听信小人之言，废李瑛、李瑶、李琚三位皇子为庶人，不久赐死于城东驿，天下冤之。这样一位一日杀三子的帝王，夸别人的儿子好，他实际上是在说什么？心里又在想什么？君心难测，没有人能够揣摩估量。

李琎听着父亲的话，耳边忽然又响起了陈谏的那句“人无好人，宴无好宴”。

“儿明白，儿全都明白。”

李琎望着窗外，讥讽一笑道：“儿只是觉得，真是没意思透了。”

“那你觉得什么有意思？”出口的话过于低沉微弱，以至于宁王自己都觉得儿子没有听清，于是他又低低地重复了一遍，“那你觉得什么有意思？”

李琎没有回答，只是依旧望着沿路景致，那双总是盈着璀璨光彩的眼眸此刻却有些空茫。

忽然，他神情一动。

“停车。”

李琎跳下车，不顾身后的唤声，只招呼了平日里贴身保护自己的近卫牧风随行，便脚步如风地一头钻进了路旁的首善寺内。

就在方才，他自车窗看到有人影于庙门内一闪而过，看身形，竟像是崔知节的妻子临娘。

## 八

首善寺方丈智永禅师不知汝阳郡王为何突然驾临，一时之间不知该如何招待，赶忙披上自己最拿得出手的那件袈裟，亲自出外迎接，请汝阳郡王上座喝一杯香茶。

谁料汝阳郡王的目光却全然没有落到这个小老头身上，只是在寺中一味穿梭寻找，半晌才转过身问他：“方才那穿白衣、头戴玉簪的女子到哪里去了？”

智永禅师连连摇头：“殿下怕是看错了，佛门清净地，怎会有女子？”

李琎冷冷地看着他：“好你个大和尚，有意欺瞒本王不成？”

“不敢不敢。”智永禅师叠声道。

这时有小沙弥在背后提醒道：“这位殿下说的，莫不是刑部员外郎崔知节的夫人？”得到肯定后，智永禅师也恍然反应过来：“哦哦，崔夫人方才确实来过，殿下请随贫僧来吧。”

原来，首善寺虽然规模不小，却并非皇家寺院，而是昔年由长安百姓捐献供奉建成的一座大寺。寺中有佛殿厢房几十间，为了补贴寺内支出，平日里寺庙除了广纳香客外，一些比较冷僻的偏殿和厢房也是向香客们开放的。

说是开放，其实不过是按月或按年出赁，一些家中无法设佛堂的香客们可以出香火钱包下一间属于自己的佛堂，不定期过来礼佛。

“崔夫人是三个月前定下了一间佛堂，每月都会来数次，或早或晚。”

智永禅师将李琎带到临娘所在的佛堂门外，却从守门沙弥那儿得知，崔夫人已经离开有一会儿了。李琎也不令牧风去追，只是望着那房门紧闭的佛堂，吩咐道：“将门打开。”

两扇木门缓缓打开，几个小沙弥入内掌灯，李琎走进门去，最先撞入眼帘的，便是一座正对着门口的多闻天王塑像。

多闻天王是佛教四天尊王之一，民间多有供奉。这座塑像虽然有些老旧，一些彩漆已经剥落，但庄严怒目、身穿甲胄、手托三层宝塔，依旧威风凛凛，分外摄人心魄。

“平日里崔夫人就只在这间佛堂拜佛？”

“回殿下，没错，崔夫人虽然来的时间不长，但礼佛风雨无阻。”

“她在拜佛的时候，可有旁人来过？”

智永禅师询问了一圈，摇了摇头道：“贫僧听闻崔大人病重，故而崔夫人才常常独自前来，别说旁人，就连婢女都不曾跟随。本寺僧人虽不曾入内，但也会在佛堂外守候，从未见过崔夫人与任何人见面。”

李琎负手望着那尊多闻天王的塑像，眯了眯眼，这座天王像似乎和他平时看到的不大一样，在多闻天王的右脚下，竟还踩着一只仰着身子、青面獠牙的狰狞魔物。

“那是什么？”

智永禅师道：“回殿下，此魔名为耐重鬼，曾为祸人间，终被多闻天王镇压，踏于脚下，踩断了背骨，不得翻身。相传，每三千年耐重鬼便会化形为人，到人间寻找替身，届时被它迷惑杀死的人，便会接替它成为耐重鬼，再在天王脚下受三千年苦楚，循环往复。”

李琎道：“这本王倒是头一回听说，被生生踩断后背，踏上三千年，那鬼必然痛苦不堪，难怪要找替身……”

说到这儿，他忽然怔住了，不知为何，脑海里忽然回想起临娘僵着后背蹒跚走着的背影，和崔知节那句“临娘背痛否”，不禁原地打了个寒战。

“殿下？”

“无事，你们先出去，本王想独自在这里待一会儿。”

于是众僧散去，合上了门，只留下牧风和李琎一起站在屋内，仰望着这座天王像。看了一会儿后，李琎踏上石台，突发奇想地对牧风道：“我们一起试一试，看能不能将这塑像挪开？”

牧风点点头，二人各站佛像一边合抱，使尽了浑身的力气，挪了半天，然而高耸的佛像却纹丝不动，李琎叹了口气，只得作罢。

今天白天时，他与陈谏在小院腌缸下发现密道时便想，若临娘与什么人是通过密道保持往来，那成婚后又该怎么办？崔母盯得那么严，她总不好在崔宅内也搞出一条密道来。

这会儿得知了佛堂的存在，李珽便突发奇想，或许这间佛堂中，也连着一条密道，临娘便能够通过来礼佛的方式，与那神秘人见面了。

“只是牧风可拉三石之弓，竟都不能将此像移动分毫，临娘不过是一纤弱女子，就更不可能了，莫不是我想错了？”

正这般怀疑着，却听牧风低声道：“殿下，你看这里。”

李珽走过去一看，原来那耐重鬼的猩红双眼乃红铜制成，两眼凸出，在灯烛的映照下亮得异常，就像是时常被人摩挲一般。他伸出两只手指，稍稍用力，向耐重鬼的两眼同时按去。随着他的动作，两眼慢慢后陷，顿时，塑像下方便传来阵阵不甚明显的机栝之声。

“殿下小心退后。”牧风拔剑护在他身前，只见随着机栝运转，塑像慢慢转过身，在它的身后，竟赫然出现了一个方方正正、足可以通人的大洞。

牧风上前查看，讶异道：“佛像后竟真连着密道！殿下，要召寺中僧人和崔夫人前来问话吗？”

李珽笑了笑，道：“不必，暗中看好这间佛堂，不要擅动，本王自有主张。”

## 九

翌日一早，李珽在牧风的陪同下，来到了京兆府门外。

刚行进巷子，车夫便回头报告，说前头府衙门口被人堵得水泄不通，应是过不去了。李珽也不着急，便下车步行，可还没走几步，他便被一道莽撞身影撞了个正着。

“文直？”

“嗣恭……”陈谏两只眼睛肿得如桃核一般，一见了他，两边嘴角更是向下一撇，哽咽道，“知节……知节他不在了……”

说罢就当街号啕大哭起来。

李珽将他拉到一边，安抚了一会儿，才问：“什么时候的事？”

“就今天一大早。”陈谏鼻涕一把眼泪一把，“谁承想昨天刚见过面，当时还和我们说着话，转眼人就没了，我……我……”

“先不要急，这事是谁通知你的？你又为何会出现在京兆府门外？”

陈谏这才说到正题，扯着他的两只袖子道：“是知节他娘告诉我的，他娘说知节不是病死的，是被临娘害死的，要告官申冤，状子已经递到了京兆府，人也进去了。现在府衙门口挤满了人，我在外面急得要命，也不知道里面到底是什么情况，知节怎么会是临娘害死的呢？”

他抹了把眼泪道：“我现在心里特别难受，嗣恭，你说若是我昨天不那么优柔寡断，而是听你的，发现密道后马上去报官，叫官府的人把临娘抓起来，知节是不是就不会死了？是不是我害了知节？”

“你先别急，那只是崔母的一面之词，她为何这么说，临娘又是怎么害的人，她不是一概没提吗？”说到这儿，李珽抓住陈谏胳膊道，“这样吧，你随我来。”

三人沿着京兆府院墙，轻车熟路地找到了京兆府的后门，后门紧闭，被李珽拍得直响。未几，门开了一条缝，一个长相凶狠的皂吏探出半个身子，吓得陈谏往李珽身后缩了缩。

令他没想到的是，见了李珽后，那张堪称冷酷的脸却如冰河解冻，笑着将三人迎入了后院，口中道：“府尹大人仍在坐堂，各位请在书房小坐。”

陈谏贴着李珽一路走来，只觉悚然，即便上了茶，既不敢喝不敢坐，只是站在一旁发愣，李珽却颇为随意地在京兆尹的书案后坐下了，还随手翻了翻堆在上面的公文。

与此同时，京兆尹王裁正被今日的没头案子搞得心烦意乱，那告状的民妇刁蛮聒噪得很，攀扯起来又不讲道理。

她儿子崔知节明明是自己病死，她却非要状告儿媳妇是耐重鬼转世，抓了自家儿子做替身，在堂上百般号啕，引得附近居民都来看热闹，实是让他这当官的心力交瘁。

本想先行退堂，歇一歇脑子，刚转入后堂，却听皂吏小跑来报：“汝阳郡王殿下到了。”

王裁理了理身上的官服，改换了满面笑容，带着京兆府少尹大步流星地进了书房，老远便对着李琎一揖道：“汝阳郡王殿下驾到，下官有失远迎，还望殿下见谅啊。”

李琎抿着碗中茶水，含笑看着他装相。王裁出身名门，世代簪缨，与诸皇子都是自小的玩伴，与李琎尤为亲密，向来不分彼此，更不讲这些虚礼。

王裁找了把椅子坐下，正想将今日案情与老友说上一说，却听“啪嚓”一声，茶碗粉碎，茶水四溅，他这才注意到书房中那位凭空多出来、没什么存在感的年轻士子怔怔望着李琎，手仍维持着托杯的姿势。

竟像是傻了。

“汝……汝阳郡王殿下？”

哪个汝阳郡王殿下？当今圣人最宠爱的侄儿汝阳郡王殿下吗？那位差一点就做了皇太子的汝阳郡王殿下？陈谏的脑子前所未有地乱，明明衣摆都被飞溅的茶水湿透了，嘴巴犹张得如鹅蛋一般大。

王裁一看就明白了，摇了摇头对李琎道：“你啊，又在外面披着这张皮招摇撞骗。”

“稍后再向文直好好赔礼。”李琎笑眯眯道，“这案子怎么回事？”

王裁从少尹手中接过状词递给李琎，又将方才的所见所闻和他们简单说了一遍。

“崔母与崔妻不睦已久，口中所说又尽是一些神鬼志异的荒唐之言，不足为信，但让我们感到困惑的是，耐重鬼之言，却不是崔母最先提出的，而是崔知节临终前的遗言。崔母听了儿子的话，自然抓住不放，深信不疑，这才告上了公堂。不过说来也巧，去年在一件案子上，我刚好与崔知节打过交道，他不止一次明明白白地在断案中强调，他这个人是不信鬼神的。”

身为刑部员外郎，崔知节断案只讲实据，对于案中出现的一些怪异之事，也一概以人为视之。这些日子，他罹患重疾，性命垂危，是人所共见，为何临终之时，却直呼“耐重鬼”这种玄怪之说？

着实是令王裁想不通。

不过对于已经勘破佛堂之谜的李琎而言，这就像是写在明面上的答案——崔知节必然是留意过妻子的异常举动，也曾着手调查过，但一场急病打断了这一切。千丝万缕的线索游荡在他的脑中，让他在病重之际不断思索，但也拼凑不出真相。

直到生命的最后……

他觉得自己有必要在临死前将这个重要的线索告诉世人——只是他所说的耐重鬼，并非真的是游荡世间的鬼魅，而是另有所指。

李琎将自己的想法同王裁简单说了说，王裁顿时露出惊异之色，随即下令道：“速将崔知节之妻抓捕入狱，严加看管，本官与汝阳郡王殿下要立即严审此人！”

李琎却伸手拦住他道：“不必，且将崔母和崔妻赶将出去，就说神鬼玄怪乃虚无缥缈之事，不足为证，不予立案，让崔家不要再告了。”

## 十

三月已至下旬，夜空中的皓月已不似原来那般圆满，就像人间事，无论如何强求，也总免不了残缺。

天降小雨，淅淅沥沥地在地面积成水洼，临娘打着一柄竹伞，绷着背慢悠悠在路上走，身上犹披麻戴孝，脸上却看不出神情。

在廊下收了伞，她对着前来迎接的僧人合手道：“妾身来为亡夫祝祷冥福。”

顺着连廊一路走进厢房，临娘像以往一样，请求僧人们站远些，自己对伽蓝菩萨有话要说，僧人们答允，一个不剩地退出了佛堂所在的小院。在一片寂静中，房门被关上，门内灯烛亮起，不多时，里面传来了低低的说话声。

如果有僧人一直守在外面，很快他们就会发现，房中说话的不止一个人，还有男子压抑的声音。不过今日男子似乎是有些控制不住脾气，声音也高了起来，而临娘似乎是在哀求他什么，话音中透出止不住的哀苦和哽咽。

小雨仍在千丝万缕地下着，掩饰着院中发生的一切。

所以临娘不会知道，在这所佛堂两侧和背后的廊下，潜藏着十几位身手了得的得力捕快，他们所佩的钢刀此时已全部出鞘，只待时机一到，便冲入房中。在正对着厢房的屋脊上，弓箭手也已就位，箭头雪亮，对准了屋门，一旦他们企图逃走，便会被射成刺猬。

这是一次准备就绪的抓捕。

首善寺偏殿中，李珽和王裁吸吸溜溜地吃着寺中刚出锅的斋面，等待收网。

王裁道："真想不到，崔知节头七还没有过，他妻子便按捺不住，出来和人见面了。"

李珽："但我还是不明白临娘为何要如此。"

王裁道："你常在宫闱，哪里听过这些事情。民间常有妇人谎称寡妇或逃难的孤女，迷惑懵懂青年与其成婚，实际上这女子早有姘头，双方里应外合，就是为了害死青年榨取钱财。想不到崔知节作为刑部官员，竟也入了套，只能说美色使人盲目。"

二人正说着，就听一片喧嚣兵刃之声，没过多久，寺中便又恢复了沉寂。

"成了。"王裁放下碗筷，看着前来回报的捕快，满心轻松。

却见那捕快慌慌张张进门，对着二人拜了拜，高声道："不好了，大人。"

王裁和李珽同时看向他，变了脸色。

"与崔妻私会的那个男的……死了。"

在场捕快说，那男子看见捕快们冲进来，自知脱逃无望，竟当场服毒自尽了，而临娘望着他的尸体，也没有露出多么悲伤的神色，甚至冷笑了一声，便束手就擒了。

一行人回了京兆府，收拾局面，临娘被下狱提审，而男子的尸体也被小心抬走。

经审问，临娘一口咬定，她与那名叫赵大的死者乃是一对奸夫淫妇。二人在崔知节眼皮底下通奸多日，因为行事隐秘，直到崔知节过世，都一直未被发现。

此次她冒险出来见面，是不堪崔母的打骂，想要赵大带她私奔，发生哭闹争执也是因为赵大说，若她不肯卷走崔家的大笔财帛，是决计不肯带她走的。厮闹不下之际，捕快们便冲进来了。

听了临娘的供述，王裁连连摇头，感叹真是一摊子烂账。原来什么耐重鬼找替身都是二人奸情的障眼法，说到底，还是“财色”二字惹下的祸事。

但李璡却觉得，事情真相远非临娘交代得这样简单。

首先一条便是，按照唐律，男女通奸确是大罪，但也罪不至死，那赵大看样子也不像是把颜面看得比天大的人，怎的会在被揭发后，第一时间选择服毒自尽？这太不合常理。

唯一的解释便是他做出的事情，远比通奸要严重得多。那么按照逻辑，他最有可能犯下的大罪便是伙同临娘一起，里应外合，谋杀了身为朝廷命官的崔知节。

通奸案引出杀人案，赵大尸身被送入官署，连夜由仵作验尸，临娘也以谋杀亲夫的嫌疑被投入京兆府狱中待审。王裁无奈对李璡赔笑道，今晚京兆府所有人都别想睡了，还请殿下先行回府好生休息，恕他不能相陪了。

李璡笑道无妨，却转头就随仵作钻进了验尸房，就着房中泛蓝的灯光，低头审视赵大的面孔——赵大的头脸青中透紫，嘴唇黧黑，嘴角无沫，四肢也没有剧烈挣扎的痕迹，应当是服毒瞬间便立即毙命，快到所有人都没来得及反应。

怪，实在是怪。

件作告诉他，赵大所中的是一种杀人不见血的剧毒，随后又用镊子的尖头颤颤巍巍从赵大的喉中取出一片薄如蝉翼、几不可见的皮膜。

李珽道：“这种毒药难配吗？”

件作摇头：“不难，无非是将红矾、乌头等几种剧毒之物经过淬炼，混在一起制作而成，只是……”

“只是什么？”

件作随后的回答验证了李珽的猜想：“不常见的反而是这种包裹毒药的毒囊，这种毒囊由一种鱼胶制成，一般被做得极为细小，藏于齿后，极端情况下咬开以求速死。不管是要下毒杀人，还是自我了断，寻常人家又有谁会准备这种东西？”

李珽挑了挑眉：“一般都是什么人会用？”

件作沉默片刻道：“死士，暗卫。”

方才看见赵大死状的时候，李珽就在想，赵大又不是早就知道自己会被抓，怎么会随身携带如此烈性的毒药？件作说了这种毒囊的样子后，他便更加肯定了此事的不寻常——

赵大之死绝不是普通的畏罪自杀，这是训练有素的人才会有的熟练和狠绝，他是在用自己的死遮掩什么事，而这件事的可怕程度，远不是内宅凶案所能比的。

这背后，或许藏着一个他们所有人都无法想象的惊天秘密。

## |十一|

除了那枚杀人于瞬息的毒药，李珽此行还有了一个新发现。

他从件作手中借过镊子，走到赵大双脚所冲的方向，俯下身，从赵大的鞋底上小心翼翼掀下了一片什么，而后拿出手帕将它放在上面细细观察。

那是一团被踩扁的金色泥饼，不到铜钱大小，但成色纯正。李珽不久前才看过这东西，他从怀中取出那只玉真公主送给他的小瓶子，倒出来比对了一下。

确认无误，被赵大踩在鞋底、不慎带走的那团泥，就是传说中的错金泥。

可是赵大一个与官眷通奸的粗鲁之人，说开了也不过是诈骗钱财的匪徒，怎么能接触到这么稀罕的东西呢？

李珽将那个名字暗暗念了一遍，心头蒙上了一层薄雾。

“古鹤鸣。”

身为圣人御用方士的他，与此案到底有什么关系？

李珽进门时，焦头烂额的王裁仍坐在那里，按着太阳穴翻阅着卷宗，见他进来，便抬头道：“你说的事情我已经查过了，临娘的身份并没有作假，长安户籍上的确查得到她和她那位亡夫的记录。”

“还有什么新发现吗？”

王裁摇了摇头：“还在查，难，嫌犯已经认罪，但事实却与她所供还有出入，我不知道她在隐瞒什么，又是因为什么而隐瞒。”

李珽瞥到他案上那堆山一样的公文，又拿起来翻了翻道：“这是怎么回事？长安城中何时多出了这么多道士？”

依照唐律，因为涉及税赋等问题，各地百姓不管是做了和尚还是道士，都要到当地官府去报备记档才行。平日这些记档也会送到京兆府来，少的时候不过每月几人，多的时候也不过十几人。可近几个月想要出家入道的竟每月都有百人，还多是一些年纪尚小的道童，看得王裁眼都要花了。

“别提了，圣人要兴盛国教，又在长安兴修了好几座新道观，各地入京的道童络绎不绝，就这还有一部分被送到了玄都观和万安观等大道观去。再这么下去，我看过几年没人再做寻常百姓，都跑到观中当道士去了！”

李珽这就不明白了：“当道士有什么好的？让那些做父母的就这么狠心把幼子送到清苦的道观去？”

“好处自然是有的。”王裁笑道，“不然你的两位公主姑母也不会出家入道。”

“那怎么能一样？”玉真和金仙两位公主选择进入道观修道，名义上是为皇室祈福，但私下里玉真公主曾告诉过他，自己是为了避婚。

王裁道：“没什么不一样的，都是有所求罢了。”

随后，他又与李琎絮絮说了何为“终南捷径”，道士与和尚如何利用这层身份逃避应缴的赋税云云，听得李琎大开眼界。

半晌，李琎起身告辞，王裁问他是否要直接回王府，李琎对他眨眨眼，临走之前，他还想见一见那位临娘。

李琎在狱卒的陪同下，来到临娘牢门外的时候，戴着沉重镣铐的临娘正专心地用狱中铺地的稻草编织着什么。

狱卒喝了几声，她都没有反应，纤长泛红的十指翻飞，仿佛只醉心于手上的活计，直到最后一个结打好，才抬眼朝他们看去。

“临娘。”

“小郎君。”临娘扶着墙，吃力地站起身，讥诮道，“那日我见过你，不承想你竟是衙门的人。”

李琎绷着脸盯着她，仿佛要看清她葫芦里还在卖什么药。

临娘却不怕他看，掩着嘴笑道：“罢了，也是我沈临娘命中有此一劫。”

说着，她竟随手把手中那团乱草往他怀里轻轻一抛：“送你了，小郎君。”

李琎低头一看，那是一只枯草编成的，虽用料粗糙但颇为精细的草编兔子。狱卒想要训斥她的无礼，却被李琎拦下：“你为什么要杀崔知节？”

临娘瞬间红了眼：“我没有杀他！”

李琎没有想到她会在此时翻供，正想着人记录，却见临娘哀哀戚戚地抹了一把自己的碎发，正色道：“我对不起他。”

临娘似乎已经有些疯疯癫癫的，她膝行到李琎面前，隔着监狱的门，仰望着他：“小郎君，你知道伥鬼吗？”

李琎平日里看过不少志怪杂谈，也听说过伥鬼之事：传说，被虎所食之人，死后灵魂也不得解脱，还会继续受恶虎役使，给虎开道，引诱更多无辜者葬身虎口。

“人人都道伥鬼可恨，可奴家只觉得，伥鬼难为啊。这些年，每当夜里醒来的时候，我都会想，我如今到底是人还是鬼？我想不明白，我想不明白……我只是觉得我的背好痛啊，痛得快要从中间折断了，受不了了，一天也受不了了……刚成婚的那段时间，每天晚上知节都会替我揉背，轻轻地，温柔地，一边揉一边问我：‘还痛不痛？’”

说到这，她的眼中已经盈满了泪水。

“只是如今替我揉背的那个人已经死了，我想我也……”

说到这里，她忽然止住，无论如何也不肯再讲了，她别过脸去，幽幽地对李琎道：“你走吧，我没有什么能告诉你的了。”

回去的路上，狱卒一直在同他解释，这女人从昨天开始，就有些疯疯癫癫的，说话也前言不搭后语，不足为信。但李琎却相信，此刻的临娘比谁都要清醒，只是有东西塞住了她的口，让她明知真相而不敢吐露，她怕是有什么比性命还重要的把柄在对方身上。

到底是什么呢？

然而，就在他走出监牢大门，准备再找王裁聊聊此事时，忽有一人急匆匆地向自己奔来，他定睛一看，竟是府中的老管家忠叔。

忠叔跑得急了些，喘得够呛，一看到他眼泪都要下来了，疾呼道：“殿下，您快回去看看吧，王爷……王爷他病倒了！”

## 十二

“殿下，王爷他老人家说了，这几天您就好好在府里待着，京兆府的案子，自有京兆府去办，就不劳您操心了。王爷也派小人和王府尹那边通过气了，说您要是再去那边给他们添麻烦，就用棍棒将您打将出来，您便死了这条心吧！”

宁王府下人话音刚落，就听什么东西“咚”的一声砸在了墙上，吓得他缩了缩脖子，小跑几步，有多远滚多远了。

房门之内，府中小主人气得又摔了一套茶具，李琎咬牙切齿地想，这回算是让自己亲爹给阴了，阴大发了！

当日，他听闻父亲病倒，急急忙忙地策马赶回家中，可推门一看，他那老狐狸成精一般的亲爹正托着一只白毛鹦鹉在那“噱噱噱”，笑得脸上的皱纹都舒展开了，哪有半点重病的样子？

于是，半世英名的汝阳郡王就这么被请君入瓮，软禁在了府中。

李琎知道，父亲是不想让他插手公案，不愿他卷进是非之中，可眼下案情过半，却迟迟没有侦破，这些日子目睹的一切，又着实让他心痒。

崔知节生前到底调查出了哪些线索，为何隐瞒不报？

临娘到底是被谁拿住了命脉，她说的那些话又是什么意思？

通往玄都观的密道、长安突然多出的几百道童……当然，最关键的还是赵大和古鹤鸣之间到底有什么关系。此案难道关系圣人安危？

李琎越想越心焦，但亲爹禁令在上，他又着实难以脱身，指望王裁那个糊涂虫更是想都不要想，该怎么将案情推进下去呢？他把玩着拴在腰间的草兔子，忽然嘴角一勾，计上心头。

狼毫蘸了徽墨，在蜡纸之上写成小楷，李琎思如泉涌，不多时一封奏章信笔写成。

宁王不是病重吗？病重的宁王不是做梦都想要个老实听话的孝顺儿子吗？

他就来一个将计就计，看他老人家到时候还有什么话讲？

说起最近发生在长安城中的大事，排在头一名的，便是即将在兴庆宫中举行的那场无比盛大的祈福法事。

前不久，汝阳郡王李琎上表，称其父宁王李宪偶染疾病，连日不朝。作为长子，他深感忧心，特斗胆请求圣人为其父办一场隆重的道场，请终南山中有大神通的道长前来开坛作法，另在长安城中择选道童八十一人护法，为宁王却病延寿，为大唐祈祷太平。

这样一封全忠全孝的表文刚递上去，便受到了圣人的首肯和全力支持。按圣人的意思，宁王患病，作为骨肉兄弟，他心中的忧愁并不比李琎这做儿子的少半分，既是为宁王祈福，这道场也自然办得越盛大越好。

李琎拿着全权负责此事的钧旨，高坐于玄都观几百级石阶之上的华盖下，想着“被迫”在府中装病的父王，强忍着没有笑出来。从中使手中接过名册，他扬眉道：“长安城所有道童都在这里了？”

中使恭敬答道：“按殿下的吩咐，十五岁以下的道童均已在列，共五百零三人。”

早在出发之前，李琎便对协办此事的官吏们说，为祈福道场择选道童乃是大事，半点马虎不得，需在全长安的道童中选出至纯至净、多福多寿之人，这事他必得亲自来办。

众人虽不知汝阳郡王如何靠肉眼判断出他人是否多福多寿，却也不敢拂他的意，遂连夜将各道观的道童一个不差，全部召出，等候挑选。

李琎走出华盖，背着手在石阶之间慢慢逡巡，凤目扫过这群个头相近、长相各异的道童，不知道在观察些什么。

道童们临行前，应是都被嘱咐过，不准直视郡王殿下尊颜，故而有的四下乱看，有的低着头一味地揪自己的袖子，还有的假装不经意地飞快扫他一眼，便看向旁边。

李琎围着道童们转了好几圈，忽然发现，靠近最后方一棵大树的阴影里，站着一个小个子道童。此刻他正睁着一双圆溜溜的眼睛，直勾勾地盯着他，仿佛生怕眨一下眼睛，自己就会飞走不见似的。

李琎没有妄动，也没有询问道童的姓名，只是偷偷记住了道童的长相。

他知道，那道童看的并不是自己，而是他腰间挂的那只草编兔子。

兴庆宫的道场大办了三天三夜，在这之后，按照流程，李琎和道童们还需要为宁王诵经三日，此事才算告结。

和道场一样，这三日的诵经仪式的每个步骤，包括道童们如何站、如何坐、谁执法器、谁在内室为汝阳郡王护法，都有着明确的规定，有年纪小的道童跑错了次序，还被低声呵斥了。

只是到了第二日后半夜，道童们都忍不住打起了瞌睡。汝阳郡王殿下也撑不住，在内侍们的多次请求下，才答应暂停诵经，到偏殿小憩一会儿。

黑灯瞎火下，道童们目送着郡王殿下在侍从的陪同下离开，都松了口气。只是他们不会想到，方才还在哈欠连天的郡王刚进了偏殿，便顿时变得神采奕奕。

他转过身，对身后那个小个子侍从道："此处再没有旁人了，你有什么要对本王说的，现在尽可以说了。"

那小个子侍从扑通一声跪下，抬起脸，竟就是当日盯着草编兔子看的那个小道童。方才李琎使了一招偷梁换柱，众目睽睽之下将他带走，他便心知李琎是那个能救他出苦海的人。

"不知王爷腰间这草编兔子从何而来？"

李琎将蹀躞带上的兔子扯下，放到他手上，道童豆大的泪珠便落在了上面。

"本王问你，沈临娘是你的什么人？"

道童听后，哭得更凶了，匍地而拜道："是……是我娘亲。"

听到这几个字，李琎就知道他赌对了。将道童扶起，让他在对面的椅子上坐好，李琎对道童说："把你知道的告诉我，我就能救你娘亲。"

## 十三

道童说，自己名叫霍宝，他的父亲名叫霍铮，是为国守边的大唐将士。

当年，十六岁的霍铮和大唐无数有志男儿一样，投身行伍，带着刚刚过门的妻子响应朝廷的号召，远赴北庭，想要在那里建功立业，留名青史。

他们在那里定居、屯田、戍守、生子，像北庭所有戍卒人家那样，艰苦而平凡地生活着，既渴望战场杀敌，又唯恐突然的战斗打破他们平静的生活。霍铮常常对妻子说，自己既然选择了这条路，就做好了随时为国献身的准备，还问：“临娘，你怕不怕？”

临娘摇摇头，道：“我既成了你的妻子，便与你同进同退。你做士兵，我就在这里耕田织布，为你守好这个家；你做了将军，我便高高兴兴去做将军夫人。你若……”

说到这里，她不忍再说了，泪水盈满了她年轻而美丽的眼睛。

“你若马革裹尸，牺牲在战场上，我便把我们的孩子好好抚养长大，让他记住他的父亲是一位英雄。”

然而他们的孩子还没来得及长大，霍铮也没能做得了英雄。

开元二十六年，剑南节度使王昱率兵攻打吐蕃安戎城，因部署失利，唐军大败，只有王昱一人逃回。那一年，北庭不知有多少随军的女子一夜之间成了寡妇，她们的哭声回荡在北庭的上空，久久不散。

这战过后，圣人大怒，王昱被贬括州，不久身死，而临娘和这片土地上无数带着孩子的寡妇，也成了活着的孤魂野鬼。

北庭生活清苦，半开荒的土地无法支持一户的生计，到了寒冬腊月，更是难熬。几千官军的遗孀们带着孩子堵在节度府门外，追讨抚恤，却被赶回。上面的说法是兵败之人，朝廷不追究他们的过失也就罢了，哪里来的抚恤？

其实，抚恤还是有的，虽然少了些，但那些将官知道她们离不了北庭，也无法鸣冤，便悄悄将这份抚恤吞下了。

接下来的两年，临娘带着孩子过着食不果腹、衣不蔽体的生活，仿佛谁都能欺负他们，仅剩的粳米吃光了，口袋里的钱花光了，到最后，连那点土地都被以这样那样的名义征用了。

她们这些遗孀也曾联合起来，向一位风评很好的官员诉说冤屈，那名官员也向朝廷呈上了奏章，只是没过多久，那名好官也不知道哪里去了……

不少人撑不下去，一根麻绳就送自己上了路。

但临娘还有怀中嗷嗷待哺的孩子，她不敢死，她怕死了无颜去见亡夫，于是只能挨着，直到有一天，有个人来到了他们面前。

“那个人对我们说，他能带我们回长安。”

长安，多么大的诱惑，霍宝不曾见过长安，却从娘的口中无数次听说长安。怀着最后一点希望，临娘带着孩子跟随那个人偷偷潜回了长安，却不承想，回京之日，便是母子分离之时。

霍宝不知道娘去了哪里，他被打扮成小道童，整日困在玄都观中，不准出去，也不准见娘。但李琎却能猜得出，这些人八成是以孩子为人质，从这些遗孀中挑选美貌妇人，逼着她们去执行一些秘密任务。

这便是临娘当日所说的“伥鬼”。

而长安城中的伥鬼，远不止临娘一人。

## 十四

听了霍宝的话后，李琎整夜无法入眠。长于京师的他一方面为人性之恶感到震撼，但另一方面，他还有些事想不明白。

比如说，潜入刑部官员家中，无疑是为了收集情报。究竟是什么样的人需要暗中掌握刑部的动向？除了刑部外，他们是否也在其他五部派出了临娘这样的“伥鬼”？

再者说，如果要以这些孩童为人质，只需要找个不起眼的地方，将他们关起来，就足够挟制这些母亲，为何他们还要大费周章将孩童们塞进道观，这不是多此一举吗？

思及此处，他又想到了方才霍宝狼吞虎咽吃糕点的样子。

当时，他一边讲述着过去的事情，眼神却忍不住往桌上的糕点上飘，说上两句便要咽一下口水。李琎便把米糕拿给他吃，问他是不是饿坏了。

霍宝点点头，告诉他，师父每天都让他们辟谷，只能吃一点点很难吃的丸子。

道童、辟谷、方士、古鹤鸣……

“前段时间陛下龙体一直不佳，太医们开了好几服药都没有用，结果吃了古鹤鸣的丹药没几天，就这般精神矍铄，依我看，此人还是有些本事的。”

姑母的话没来由地在李琎耳边响起，他忽然睁开双眼，三月末的夜里，他忽然感到有些不寒而栗。

他想，他必须得去见见那个人了。

离开道场后，李琎没有急着去承受父亲的雷霆之怒，而是骑马来到了终南山脚下。循小径而上，绕过两道山谷，仰头可见一山洞，山洞中建有飞阁，李琎上了栈道，便有青衣小童在此等候，道：“我家主人恭候已久，请殿下随我来吧。”

那小童将李琎引入飞阁，便转身离去了。李琎穿过层层纱帘，最终在一座巨大的书架下，看到了熟悉的身影。那人身披鹤氅，穿着打扮上与古鹤鸣颇为相似，回过头来，却是一张稚嫩的青年面孔。

“长源。”

少年逐级而下，从容道：“李泌拜见殿下。”

李琎又气又笑：“果然是你。这些日子，本王一直觉得发生的种种都过于巧合了，虽说所有的事情都是本王推断出来的，但总像有一只手在冥冥之中牵引着我往前走。”

“殿下明断，陈谏虽不知殿下身份，但他吹奏的那首《梅花三弄》确为我所授，我知殿下自幼倾慕王徽之，又雅好音乐，此曲定能吸引殿下驻足。随后发生的几件事，不管是偶然途经崔宅，还是听到崔知节言语，再到崔知节死后，其母根据遗言状告耐重鬼杀人一事，也是我一手安排。”

李泌倚在书架旁：“殿下又是如何找到长源的？”

李琎失笑，从袖中取出一团纸条：“长源算无遗策，只是派出的这位先锋向来有点糊涂。”

原来，陈谏在接到李泌安排后，一直惴惴不安，生怕自己出了丁点纰漏，影响了李泌和崔知节的大计，竟将李泌飞鸽传书给他的部署纸条随身携带，时时查看。那晚，崔知节刚刚去世，临娘又身陷杀夫嫌疑，心情复杂的陈谏与李琎在街头酒肆喝到酩酊大醉，起身之际，袖口中的纸条竟掉了出来。

“我当时看这手字越看越眼熟，只是猜不到这幕后之人究竟是谁，直到那日被父王关在家中，偶然翻到我们昔日的雅集，才想到是你。但我仍不确定，又去向太子殿下核实，太子说若不是长源，本宫便将这纸条吞了，我这才下定决心，前来寻你。”

身为大唐最有名的神童，李泌自幼便深得圣人青睐。只是他喜好神仙之术，不常行走在朝廷中，平日里只在名山中隐居，若不是这字条，李琎是万万想不到他会搅进这桩事中。

李泌和李琎在蒲团上相对坐下，望着袅袅线香，李泌将当日之事娓娓道来。

“事情的起因是，某日贺监酒后同我提到，他听说刑部内部最近有些蹊跷。”

不知道因为什么，半年来，原本办案以稳准狠著称的刑部，却屡屡在一些大案要案上失察，常常是刑部的人后脚到了，案犯前脚却已经逃之夭夭，或者是刑部刚刚要抓某贪官现形，可等他们赶去查抄时，那官员却摇身一变，成了家徒四壁、清清寡寡的绝世好官了。

这事不用想，定然是刑部官员内部走漏了风声，刑部尚书一怒之下，要求彻查，竟查出了数条香艳绮闻——原来，这半年来，刑部竟有数位官员莫名邂逅了艳遇，不是添了娇娃美妾，便是与家乡来投奔的远房表妹情意绸缪，屋檐下，枕席间，一些机密的消息也就不胫而走了。

“就在刑部尚书勃然大怒，打算将这群妖妇逮捕归案之时，又发生了一件怪事，所有妇人竟在一夜之间，如鬼魅一般全部消失了，突然得就像她们凭空出现时那样。当时，就连刑部也有不少人觉得，此事怪异得过分了，莫不是真有妖邪作祟？再赶上当时千秋节在即，也怕在长安传出些什么不好的话，所以此事便暂时搁置了。”

李琎笑道：“什么妖邪作祟，只怕是刑部有内鬼吧？”

“不错，当时我听后便怀疑，这些女子可能是同一个组织派去，在事发后为避免背后的阴谋败露，便被统一撤离或被灭口了，此事自此查无可查。可就在这时，我收到了一封特殊的信，信的主人求我，救救他的妻子。”

## 十五

李泌告诉李琎，写这封信的人，便是已经过世的崔知节。当时，崔知节托陈谏将这封信秘密带给他，说世上若还有一人能解开此谜题，也唯有他的故交李长源了。

崔知节在信中写到，从成婚之初，他便意识到自己的妻子临娘似乎有些不对劲。临娘手上有冻疮，背上有伤，伤至筋骨。他问临娘，临娘只说她父亲酗酒，这是儿时父亲责打所致，但崔知节经手案件颇多，哪能瞒过他？

“我妻为歹人所制，不得解脱。据我推断，我妻初不就范，歹人恐伤其面部，便用木板寸寸击打其背部，直至血肉模糊，筋断骨裂，念之令人痛心疾首。”

这之后没多久，崔知节便病了，朝廷特许他告病在家，好好养病。半个月后，刑部泄密之事爆发，或许是因为崔知节那些日子不在官署，刑部便没有专门去调查他，也就漏掉了他的妻子临娘。

“此时我方知，临娘之事事关重大，非我一人之事，一家之事，竟关乎朝廷安危。如今，其余犯妇皆不知所终，欲追查贼首，全部线索皆系于临娘一身，切不可打草惊蛇。而由犯妇失踪之事可见，刑部早有内鬼，亦不可将临娘交予刑部，如何如何？我命旦夕之间，安能解此死局？”

于是，进退两难的崔知节做了一个决定，他假装自己在病重期间，仍在替朝廷偷办一桩要案。他将这桩并不存在的“要案”的线索，一点一点透给临娘，他要看临娘是如何与对方交涉，对方又会在何时真正现身。

然而，崔知节查到了玄都观，查到了佛堂，可他的病躯却再不能支撑他继续查下去，于是他便假装梦呓，告诉临娘，自己将此案的重要证据藏于家中。只要对方还惦记着这份证据，临娘便还有用，便不会被灭口，而后来人也可以顺着这条未断的线索继续查下去。

“近日，吾妻览传奇之书，读伥鬼之说时常落泪，问余其为人耶？鬼耶？余知其心中愧悔，不能言，故寄余以伥鬼之意，告余彼非良人，乃鬼也。吾妻良善，为人所迫，故至此，恶人不欲现身，乃驱良人为鬼，为其作恶。如今吾将身死，但求长源为我做一回伥鬼，此伥鬼不为作恶，但为锄奸。愿长源早日告破此案，救吾妻于孤苦，还社稷朗朗青天。伏唯愿天下再无伥鬼。”

读完崔知节的信，李琎万种感慨涌上心头，在这看似平安繁荣的长安城地下，居然隐藏着这么多不为人知的阴暗角落。朝中奸臣作祟，京师暗流涌动，六部被玩弄于股掌之间。

当初，崔知节一个将死之人，立于这滚滚浊流之中，该是何等的绝望？

绝望到只能写信给一个避世在外的旧友，求他想办法救救朝廷，救救自己的妻子。

“当年知节将此事托付与我。”李泌下拜稽首，“今日我也求一求殿下，替长源做一回伥鬼。”

“其实我一直很好奇，你为什么会让陈谏找上我？我只是个闲散郡王，这辈子从没做成一件好事。”

李琎跟随着李泌，向飞阁深处的甬道走去。

“李泌只是一山人，无权无势，此事又干系重大，绝非我能插手。如今张九龄罢相，李林甫当朝，能够管得了这件事的便也只有圣人的长兄，宁王李宪了。只是，宁王深谙明哲保身之术，处处谨慎，陈谏作为一无名士子，要接近宁王殿下，说动他施以援手，恐怕是不可能的事。”

李琎莞尔：“于是你们就从我身上下手？”

李泌颔首：“不错，殿下生性不甘寂寞，又专好探微解谜，且疾恶如仇，无论什么事，都要求个是非明白。只要将你引入局中，即便你想收手，天性使然，你也只会不由自主地一步步地追查下去。你若已蹚了这浑水，宁王总不会真的袖手旁观。”

原来自己也不过是座过河的桥。

“你还没有告诉我你的推断是怎样的，古鹤鸣与此案到底有怎样的关系？那些人为什么要将这么多道童带进长安，又为什么要让他们辟谷多日？难道是……难道是有人想要借古鹤鸣之手，谋害圣人……”

李泌打断他道：“殿下忽略了一点，这些人为什么要跨越千山万水，非要从北庭将这些妇孺带到长安来？这是因为各地都会有户籍，倘若人口一下子减少了数百人，调查起来，当地的县令乃至刺史都脱不了干系。”

“但这些来自北庭的妇孺却不同，北庭本就有人恨不得他们全部消失，如今他们自己做了逃民，便正遂了那些人的意。”

李琎渐渐明白过来，霍宝一直以为，自己和娘亲是被人诱拐到长安的，但在一个地方短时间内诱拐数百人，谈何容易？他们这些人可以算得上是被某些官员打包送给长安的。

送给谁呢？自然就是这场阴谋的始作俑者了。

二人走到一面高大的博古架前，李泌轻轻转动架上花瓶，那博古架便向旁边缓缓转动而去，露出一间密室和一室的藏书。

“殿下可听说过那罗迩娑婆寐？”

李琎思索了一下：“听过。”

“那殿下可知道，古鹤鸣正是那罗迩娑婆寐的弟子？”

这一点李琎确实没想到，一时愣在了原地。

那罗迩娑婆寐是太宗年间的一位天竺方士，他自称通晓长生之术，太宗晚年对他颇为宠信。到了高宗年间，此人再次现身长安，向高宗皇帝大谈长生之术，但在李勣等忠臣的劝谏下，高宗并没有听信那罗迩娑婆寐的话，而是将其赶出了长安。

李琎道：“高宗皇帝英明睿智，对李勣道：‘自古安有神仙？秦始皇、汉武帝求之，疲敝生民，卒无所成，如果真有不死之人，今天这些人又到哪儿去了呢？’”

“不错，殿下的记性很好。”李泌捧起一本书道，“但殿下认为，高宗皇帝所说道理，难道太宗皇帝不曾想过？秦皇汉武又从未想过？”

“长源这是何意？”

“不死之人，大部分人都没见过，就连天子也不例外，然而历朝历代帝王对于长生不死的追求，却没有停止过。人总是如此，虽知不可能，但又有几人能抑制住自己心中的贪念？”

李泌的脸被壁上的灯光笼罩着，半明半昧，他轻声说：“当年，高宗皇帝之所以将那罗迩娑婆寐赶出长安，其实另有原因。殿下可知，那妖人要为高宗炼制长生丹的药引，究竟是什么？”

## 十六

李琎深夜回府，脚步踉跄，是肉眼可见的失魂落魄。

等候已久的奴婢们上前想要扶他，都被他挥挥手赶开了，站在花荫中的忠叔也想上前送醒酒汤，却被“大病初愈”的宁王拦住了。

宁王作为过来人，抱臂看着年轻的儿子，意味深长道：“这是知道利害了。”

李琎醉得厉害，一步三晃地过院穿廊，走到了一座湖心亭中。低头望着自己的倒影，他想起了李泌的话。

“殿下可知，那妖人要为高宗炼制长生丹的药引，究竟是什么吗？”那人晃了晃手中那份秘密记录，“是三百个男童的心肝。”

多可笑啊，把大好男儿送到战场上，榨干他们妻子的利用价值，最后还要将他们的孩子炼成供人吞食的金丹。

李泌告诉他，按照这份记录推断，下月十五，便是起炉炼丹之日，届时一切都无法挽回。

然而，听到这句话，最先涌上他心头的却不是义愤，而是深深的恐惧。那一瞬间，年轻的汝阳郡王忽然懂得了他的父亲——

用男童炼丹的事无疑是古鹤鸣在做，但他是为谁在做？李林甫吗？坐在兴庆宫中的那位至高至明的圣人，对此真的全然不知吗？

李琎一个字也说不出了，眼睛红红的，仿佛咽了那掺着道童们血肉之金丹的是他自己。

他似乎踏进了一个自己无法走出的深渊。

李琎就这么形如槁木地坐了三日。第四日，他被接上了父亲游湖的画舫。

忠叔将他请上画舫后，便带着所有下人划着小舟离开了，在湖心飘飘荡荡的画舫上，一时只剩下宁王父子两个人。

宁王缓带轻裘，依旧面色从容。他挽起袖子，亲自剥了一个橘子，而后将一半递给儿子，用并不沉重的语气问道："来，跟阿耶说说，这些日子都发生了什么？"

李琎接过橘子，在父亲身边坐下，却没有放进嘴里。此刻他只觉得如鲠在喉，但他还是尽量冷静，尽量条理清晰地将案情从头到尾说了一遍。说到最后，他心中的情绪再控制不住，拿着橘子的手也不由自主地颤抖起来。

"我没有想到事情的结果会是这样。

"我以为这只是一桩普通的案子，我只是想靠自己的努力，查清这桩案子，给他们看看，让他们知道我宁王府的人不是一些只会纵情声色的酒囊饭袋，阿耶，我……"

他再也说不下去，一时间眼尾通红，深深垂着头，像是一个不慎打碎了贵重瓷器的小孩子。

"阿耶明白，阿耶知道，你是个聪明良善的好孩子。"

李琎将头慢慢地靠在宁王的膝上："阿耶，我是不是做错了？"

他不敢看父亲的眼睛，在此之前，父亲明明不止一次警告过他，不要插手这些事情，不要沾染上这些他不该了解的是非，但他还是一意孤行地打开了这个不能打开的鬼魅盒子。

可是当他真的打开之后，他却无论如何也不敢向里面看了。

李泌说，他须得在下月十五之前，说服他父宁王出面，在圣上面前谏言，这数百受害者方能有一线生机。但想到君心难测，今日父子兄弟，明日便可能翻脸无情，他便不敢让自己年近花甲的父亲再去涉此险境。

没有人比他更清楚，父亲隐忍半生，多么渴望全家人平安终老，也没有人比他更清楚，自己那位皇帝叔父一旦无情起来，会变得多么残酷——

过去的几年，不论是父亲还是儿子，都在反复做着同一个梦。

明明三位皇子被处死时，谁都不在现场，但他们都梦到了那三个熟悉的、年轻的亲人被活活缢杀在他们面前。

原本鲜活可爱的面孔变得青白灰败，原本总是挺直的脖颈无力地垂下，再不能挺起。

温良忠正的兄弟子侄化作冤魂厉鬼，日日夜夜咆哮嘶吼，而夜半猝然惊醒的又何止圣人一人？

你没有错。

宁王在心里说，是他这个做父亲的错了。

这些年，他常常想着，百花生于深苑之中，若不为它系以悬铃，时时提防，处处小心，如何防范雀鸟的啄食？牡丹生于断崖之上，若不替它筑起温室，遮风挡雨，它如何抵御四时之风的无形摧残？

父母对孩子的爱大抵如此，但他却忘了，铃铛系得太紧，温室筑得太窄，向上生长的花儿也是会枯萎的。

过去那些年，他对儿子限制太过，但他若真的渴望风雨，那风雨便来吧。

“你做得很好，聪明机灵，明辨是非，你想要保护弱者，严惩朝廷中的蛀虫，这没什么不对。”宁王道，“但你心怀顾虑，不敢请求我出面接手此案，担心我避祸多年，如今会因为此事再度被卷进朝堂是非中，牵累家人，这也绝不是软弱。”

宁王摸了摸儿子的头：“你做得已经很好了，接下来的，交给阿耶。”

## 十七

翌日，宁王李宪在早朝之时久违地递上了奏本。在这份奏本之上，他只字未提案件之事，只说自己年事已高，又多病痛，近日已深感疲惫，欲向圣人乞骸骨，携诸子前往桥山，为先帝及亡母守陵。

此事一出，朝野哗然。大臣们之所以如此震惊，不仅仅是因为宁王突然自请守陵，也是因为他在奏本中提到了昭成和肃明二位先皇后。

众所周知，圣人与宁王是异母兄弟，但他们的母亲却有着相同的结局。长寿二年，昭成皇后和肃明皇后被户婢韦团儿诬陷对天后行厌蛊诅咒。正月初二，两位皇后入嘉陵殿朝拜天后，而后便再没有回来。

先帝复位后，想要安葬二位皇后，却连半片尸骨都找不到，只能用招魂的方式下葬。

如今宁王却要前去为亡母守陵，守的是什么？

一时间，这个疑问盘旋在满朝君臣的头顶，圣人改颜，当场驳了宁王的请求。

隔日再奏，仍是不准。

是夜，圣人召宁王李宪于花萼相辉楼。

宁王身着常服，下了辇轿，缓慢地在御阶上走着，望着巍巍层楼，他忽然想起，那日，在离开画舫前，李琎问了他一个问题。

“阿耶，在你心里，圣人真的会做出那样的事吗？”

“不会的。”宁王宽慰儿子。

剩下的后半句话，他没有说，若是他的弟弟，他的三郎，那必然是不会的。但自从开元二十五年，那位君王一日杀三子后，他就再也认不清坐在御座上的那位圣人到底是不是他的弟弟了。

连自己孩子都不珍惜的帝王，会珍惜别人的孩子吗？

但他还是对李琎坚定地说：“不会的。”

他只能这样深信不疑。

宁王走得很慢，但是很稳，八面玲珑如高力士，马上便看出不对，连忙让两个小太监上前搀扶，对方却笑着道：“高翁有心了，本王自己走上去便好。”

宁王没有告诉儿子，自己从来都没有装病，以他近来对自己身体的感知，他的寿数只怕就在这一年了。

仰望着长长的阶梯，他想，生命的最后，作为臣子，作为父亲，作为兄弟，无论如何，他都得走上这一遭。

宁王被请上花萼相辉楼顶楼时，圣人难得陷入了对往事的回忆。过去的那些年，他总是向前看，只要前进，总是光明的；只要他想做，便没什么做不到；而往事暗沉，又岂堪缅怀？

可这一夜圣人就是想起来了，想起了那个幼小的自己和那个还被叫作李成器的大哥。

当时，唐宫正逢多事之秋，武氏临朝称制，先帝虽然顶替被废的中宗成为皇帝，却也只是武氏手中的傀儡，同子女被幽居于别院，不许听政。皇妃皇子们整日如履薄冰，活得尚不如丧家之犬，可即便如此，诸王被杀的消息还是接连传来，所有人都不知道屠刀何时会落到自己头上。

幼小的李成器和李隆基都很害怕。

转眼到了过年的时候，别院中的他们却高兴不起来。一整天，兄弟俩都在为想吃御赐的糕点却不敢吃而踌躇，便忽略了他们母亲出门前的背影，和与他们拥抱时眼中的泪水。

在这之后，母亲便再也没有回来。

他常常会想，母亲究竟去了哪里？父亲是指望不上的，那个女人太聪明了，父亲总是自顾不暇，所以他只能靠在李成器的怀里，仰着头小声地问：“大哥，咱们的娘什么时候才能回来？”

这时大哥就会说：“睡吧三郎，睡醒了娘就回来了。”

只是一年年过去，他慢慢长大，也慢慢明白，不管多少次醒来，离去的人都不会再回来，母亲不会，父亲不会，捴、范、业、悌都不会。

十数年间，棣华凋落，而今能与他称得上手足的，也唯有李宪这个大哥了。

“大哥，如今你也要离朕而去吗？”

圣人身着衮袍站在窗前，负手而立，脚下宫阙百尺之高，令人只觉高处不胜寒。

宁王没有回答，只是拖着脚步走过去，拉住圣人的手，与他一同坐在软榻上，用温和的声音说道：“臣近日听闻了一个故事，讲给陛下听。”

圣人点点头，倚在榻上，像是疲惫了，又像是待在长兄身旁，感到安心。

“在北庭之地，有这样一位母亲，她就像天底下所有母亲一样，深爱着自己的孩子。有一口饭，也要让孩子吃；有一口水，便要让孩子喝；孩子若病了伤了，母亲比自己病了伤了还要难过。为了自己的孩子，她可以在所有人面前忍气吞声，但如果有人欺负她的孩子，她也会第一个与那人拼命……

“……可是后来，那些人把那个母亲和她的孩子分开了，让母亲替他们去做事。母亲为了自己的孩子，只好去做那些她死也不愿做的事，而孩子也日日见不到母亲，不知道母亲是生还是死……”

一个人或许会忘记对孩子的爱，却永远不会忘记，做孩子时，母亲是如何深爱着自己。

宁王没有忘记，他想圣人也不会忘。

故事讲到最后，兄弟两人都不再说话了，只有灿烂的鲛灯光芒映在衣袍暗走的金线之上，闪闪发光。多年后，有宫人回忆，自己在那一晚隔着纱幔，听到了低沉的啜泣之声，不知道是圣人的，还是宁王的。

宁王望着跳动的焰心，轻声道：“三郎，我想娘了。”

## 十八

翌日，圣人下诏命大理寺和刑部联合彻查长生丹及刑部泄密一案。

很快，三百名道童被全部救出，那些被安插到其他各处的遗孀也被无罪释放，母子团聚，由朝廷予以抚恤安置。事发当日，此案主谋古鹤鸣被发现畏罪服毒死在了家中，与此案有关联的各部官员也被陆陆续续逮捕入狱，案件细节仍需时间慢慢审理。

数日后，宰相李林甫率百官上书，称圣人爱民如子，洞察秋毫，不为奸佞所诱，不为长生之说所蛊惑，实乃万民之幸，社稷之福。随后群臣又奏请驱逐宫内方士，以安民心，诏许之。

经历了这么多事，李琎再出门时，也不过是四月初。

长安城的桃花将落未落，崔知节的坟墓上也有一枝。

见他走来，临娘擦了擦眼泪，带着儿子要向李琎行大礼，被他拦住：“今日来的不是殿下，只是一个过客，来探望老朋友。”

此案虽已告破，但仍有谜团尚未解开，只是情势使然，有些事也只能被埋在历史的尘埃中，无法进一步深究了。所幸无辜之人都已被解救，他也可以安心了。

“从今往后，你们母子有何打算？”

临娘道：“妾身已想好，欲带着孩子托身青灯古佛前，日日为知节和铮哥祝祷冥福，也为殿下和对我母子施以援手的恩人们祈福。”

“何必自苦于方寸寺院？眼下案件已破，海阔天高，何处不可去？”

李琎从牧风手中拿过一个包袱，递给临娘：“这是知节生前为你攒下的一点积蓄，文直托我交给你们母子，想必是知节知道你与他母亲过不到一块儿去，想你用这笔钱置一点生业。做什么都好，路总是人走出来的。”

临娘接过包袱，哽咽致谢，东风吹过，摇落桃花纷纷。

终南山飞阁之上，陈谏捧着热茶，好奇地问李泌：“宁王殿下就真的这么十拿九稳，能说得动圣人？”

李泌摇了摇头：“宁王英明睿智，他知道自己寿数将尽，此事若成，便是皆大欢喜。若是不成，世道怕是要乱，将一家子打发去守桥陵，也是避祸全身之道。”

二人望向窗外，青翠幽谷之中，恰有仙鹤展开羽翼，乘云而过，飞越空前繁华的长安城，在这盛世都城之中，不知还有多少谜团，等待着有心人解开……

尸体情况：死者的身体有多处
创伤，头部被割断，背后还被
挖出一个碗大的窟窿，后背脊
梁骨骼都清晰可见。
死者：李杰

叁

# 十七年春

文 余杳

# 十七年春

我叫刘玉山，是长安街头最不起眼的糖画先生。

此时我正在参加自己的葬礼。

不要误会，我的确死了，血流了一地，骨肉烧成灰的那种死。

但，我也不是鬼。

## 一

时间回到三日前。

我刚收拾了锅盆见底的糖画摊子，不远处又响起了说书王先生的吆喝。

人们纷纷围上前去，听他神秘地一摸胡须，缓缓坐下："尔等可曾听闻，毕院？"

众人哗然："不知不知。"

我嗤笑一声，手上收拾的动作也没停。

王先生接着道："有道是那妙手神灸，湖北复州王超，在替病患针灸时，竟意外身死，魂穿进了一个王爷的院子里。"

"王爷背有巨大肿包，针灸一扎方好。为表感谢，特邀王超参观毕院。

"王超这可喜得不行，步伐也不由自主加快了些。谁知，进入毕院时，居然看到……”

说书先生向来喜爱卖关子，听得多了便不觉得稀奇。

今日这故事本也该停在这里，如果不是大理寺的人恰好骑着马奔腾而过，为首的还高呼：“西都牧离奇死亡，有目击者称凶犯身披漆黑衣袍，风过时露出肌肤长满眼珠，如有见嫌犯者请速报官！”

正要转身的王先生一顿，面上浮现出惊恐的神色，指着空中，嘴唇颤抖道：“浑身是眼？”

他弃了卖关子的心思，大吼一声：“这不就是毕吗！”

“就是王超被鬼差带进毕院，看到的那个浑身是眼珠子的毕啊！”

下头立即有反应快的人接话：“我阿祖说毕是早亡幼子化成的，这西都牧做了什么，竟被毕复仇杀了……”

话音未落，一截鞭子将他抽到街边。

大理寺小吏冷声呵斥：“西都牧的闲话也是你能说的？”

这下人们散了个七七八八，我眼神沉了沉，难得生出一股烦躁。

我握住斩糖的切刀，转身匆匆忙忙地穿过大街小巷。

踩着满地的落英，我从瓦肆后的百花楼穿过，最后站定在繁华阁楼后破烂的院子前。

我妻春兰正在锅前掌勺，动作不大熟练，手背烫起好几个水泡。

我又是好笑又是心疼地从她手中接过大勺：“还是我来吧。”

锅里的秋葵被翻了几翻，流出的黏液如胶似漆。

春兰转身进屋，替刚醒的幼女幺幺换衣裳。

在我沉思片刻，要开口提起今日事前，春兰突然抬眸笑了下，问道：“西都牧的事情你也听说了？”

我愣愣点头：“听说了。王先生还非要扯上鬼神志怪之说，差点被官府降罪。刚大理寺还满大街拿人，说有人见过嫌犯的特征呢。”

“哎，春兰，”我将烧好的菜倒进碗中，“你昨天不是去过西都牧府吗，没注意到什么？”

"你怎么知道？"

我叹息："成亲这些年，邻里都说咱俩有夫妻相了，我对你了解还不算多？你昨夜回来时神清气爽，身上沾了一股奇香。那香气十步可闻、安神爽身，可见是宫里御赐的瑞龙脑。这偌大的长安城，除了正二品西都牧的府里能用，还有谁呢？"

春兰说正经事时，喜欢将右手搭在左手腕上。

闻言她顿了顿，两只手自若地摊开："到底还是瞒不过你的眼睛。但我只是听妈妈的安排去唱了支曲儿就回家了，剩下的事情一概不知。不过我倒是好奇，那嫌犯能有什么特征？"

我点点头，布好饭菜喂给幺幺："大理寺卿说嫌犯浑身长满眼睛，像极了王超见阎王那怪谈里的毕。"

空气陡然间安静下来，近乎死寂。

我盯着春兰，看她慢腾腾地捂住嘴。

不多时，"扑哧"一声，春兰捂着半边脸笑得花枝乱颤："这是哪个二郎神看出来的，我昨日在那儿，怎不知府邸里还有这等怪物？"

没等春兰笑完，破烂院门就被踹了个稀巴烂。

几人举着数支火把披着夜色闯进来，一把刀猛地悬在我的脖颈上。

幺幺的哭声吵得人头疼。

我看着两人将春兰粗鲁地提起，顾不着疼，将横刀在我身上的大理寺卿拽得一个踉跄："大人，我等草民与您无冤无仇，为何如此不讲道理？"

他冷着双鹰眼，一脚踹开了我："你妻现今是杀西都牧大人的嫌犯，我要将她拿走问话，不想死就别拦着！"

我仍旧死死不肯撒手："我妻虽是歌女，但本质良善羸弱，其中怕不是有什么误会！"

"误会？"大理寺卿将一纸证词扔在我脸上，"西都牧大人李杰昨夜被贼人杀害，此乃府中下人所写，白纸黑字，称亲眼看见罪女春兰于寅时从西都牧厢房仓皇离开。其中，能有什么误会？！”

## |二|

周围看热闹的目光很刺人，甚至不时有明晃晃的议论声传来。

“那春兰本就是个烂裤裆的，还以为她找了个老实人好生过日子，没承想本性难改。”

“由奢入俭难啊！那女人一看就跟安分守己不搭边，真是可惜了玉山这个好儿郎。”

大理寺卿拍拍我的脸：“刘玉山啊刘玉山，以前我幼妹想嫁你，你不娶，非要跟这歌女成婚。现在好了，后悔也晚了！”

他眼眶通红，神色愤懑，带着一行人浩浩荡荡地离去。

我也顾不上跟周遭的人争论，将幺幺塞到二婶家里后，便匆忙往西都牧府邸赶。

临行前，我还对着看热闹的邻里们吼了一嗓子：“春兰这个爱惹事的，给老子戴了绿帽子，我这就去看她做了什么好事！”

邻里们一看谈资到了眼前，连忙拖家带口跟在我脚步后边。

长袍拖在泥泞中，我片刻不停地赶到时，子时的西都牧府邸依旧灯火通明。

春兰就那么跪在地上，身上挂了两道鞭痕，疼得小脸煞白。

我心一绞，不知哪来的力气扒开仆隶，冲上去替她挨了第三鞭。

西都牧夫人指着我吼：“这又是哪来的泼皮刁民，给我扔出去！”

我顾不得疼，赶紧爬起来行礼：“在下糖画先生刘玉山，家妻春兰浅陋无知心性单纯，更与西都牧大人无冤无仇，此事绝非她所为！”

围观众人一阵唏嘘，大理寺卿挑眉：“对这么个娘子，你倒是痴情。可铁证如山，谁知道春兰是不是临时起意，致西都牧大人于死地？”

春兰红着眼争辩：“我为他唱了支曲儿就走了，你怎么晓得他后面见没见过别人？”

那数张脸上浮着轻蔑鄙夷，我们人微言轻。

西都牧夫人冷冷道："嫌犯大多空长着张撒谎的嘴，多挨几鞭子就老实了。"

仆隶取来带有犬齿的鞭子。长安城皆知西都牧夫人自幼习武，这一鞭子下去，我的春兰会死。

幺幺还小，不能没有娘，我也不能没有春兰。

迅速下定决心，我用余光快速扫过偌大的西都牧府邸，落在不远处惨不忍睹的厢房内。

敞开的大门和屋内的屏风上都沾满了褐红的血迹，浓重的腥味从中飘散而出。

房内悬梁上的绳索更是被血水浸透，此时鲜血还不断滴答落下。

为了让春兰认罪，他们直接将人押在凶案现场前。西都牧府众家眷围在那哭天抢地，不远处被白布包裹的就是西都牧李杰的尸首。

我忍着背后火辣辣的疼痛，快速从地上爬起，一把掀开白布。

在众人的惊呼声中，入眼的尸体身首分离，散落的血管和喉管湿答答地粘在白布上。

女眷们叫得凄惨，西都牧夫人的脸色更是铁青，迅速叫人将我按下。

春兰被吓得不轻："你个死鬼，别跟着我殉情啊，幺幺没人管的！"

眼见着下一个身首异处的人就是我，我忙朝着大理寺卿猛磕了三个响头："尸首分割处极其粗糙，想来是圆钝的器具所致。而人的首级由最为坚硬的脊椎骨节相连，西都牧李大人又常年习武，皮肤更近铜墙铁壁，绝非弱女子能轻易割开。"

说着我拽起春兰的手，在众人面前摊开："若是歌坊乐女，常年需要搬动琵琶古琴，还可能有点力气。可我家春兰只有副好嗓子，从不碰乐器，手上无茧，众邻里也是知道的。"

大理寺卿微微蹙眉："现场除了春兰和李杰，没有第三者痕迹。那你的意思是，西都牧是自己死的咯？"

"人不可能自己割断自己的喉咙，且我妻春兰是隔着屏风给西都牧大人唱的曲儿，对屋内全貌不尽知晓，谁能断定当时没有第三人呢？"

我回答得坦荡淡然："此案疑点众多，距离事发也已有好几个时辰，却并未见大理寺有任何仵作前来验尸。想来，是大理寺没有仵作可用，并非不将此事的公正真相放在眼里。"

在大理寺卿冷着脸说话前，我嘴巴极快，没给他任何言语的机会："鄙人刘玉山，祖上曾是靖安司御用仵作。是我不争气，只以卖糖画为生，但祖上的本事也学了个七八。要是大人不嫌弃，鄙人愿效犬马之劳。"

春兰抬起半个头："郎君，你不是说你怕尸体吗？"

我狠狠瞪她："不言！"

西都牧夫人仍紧攥手中长鞭，细细打量着我："你跟此案嫌犯有关系，谁知道你会不会窝藏罪证？"

"小人只负责验尸和提供线索。大理寺卿足智多谋，定自有论断。"

我吞了口唾沫，小心翼翼地抬头："相信夫人也想找到杀害李大人的真凶，而不是随意给人扣帽子，有辱西都牧府威名。"

跟来的邻里们也派上了用场，纷纷叫嚷着："就是啊，我们谁不知道玉山祖上曾是宫里当差的仵作，那本事怎么会有假？"

"春兰虽然是贱籍女子，到底还算从了良，也没有杀人那力气。不分青红皂白就说是她杀的人，证据呢？"

人声鼎沸，大理寺卿身居高位，也不敢失了民心。

最终，西都牧夫人将鞭子扔了，指着我："给你三天时间，就三天，查不出来我要你们两个的命。其间也别想着耍花招离开，城门守卫森严，你们走不出这长安城。"

## 三

获得了大理寺卿的首肯，我才得以仔细勘验西都牧的尸首与凶案现场。

此时我才明白，西都牧案情最大的疑点，来自嫌犯的残忍和变态。

西都牧的尸首被发现，源于西都牧夫人于宿醉后苏醒，发现身侧并无自家郎君的身影。她惊呼下找来仆从小婢，一行人整夜寻找，最后才发现了后院里锁死的厢房。参与前夜宴会而留宿的大理寺卿意识到情况紧急，一脚踹开了房门。于是众目睽睽之下，所有人都看到那房梁之上，悬挂着西都牧李杰滴着血的首级。

而他的身子还端坐在染血的屏风后，经过一夜寒气的侵蚀，已然变得冰凉僵硬。

死者的身体有多处创伤。除去首级被割断的致命伤外，后背还被挖出一个碗大的窟窿，使得脊梁骨骼都清晰可见。

从现场的血迹来看，凶犯应当是刚将李杰割喉，便将他被割断的连接着头颅的喉颈，用绳索五花大绑后扔上悬梁。

任凭鲜血顺着喉管与血管滴落，好像宣泄着心中无尽的恨意那般。

大理寺卿就站在我身侧，半是狐疑半是冷漠地看着我用镊子将喉管挑来挑去："你看出什么了吗？"

我琢磨了一下，答道："凶犯恨极了李杰。"

"废话！"大理寺卿深呼吸，"这等场面，谁看不出他对西都牧恨极了？你在这儿查了半天，就得出这么个结论？"

"不止。"

我一句不止，让全场安静下来。

"比起割喉之伤，他后背那个伤口更让我觉得奇怪。按理来说，如果凶犯只是想要报仇，大可以只割断西都牧的喉咙，为什么偏要费尽心思，将他后背的肉也挖去大块呢？难不成，是为了销毁某种证据……"

大理寺卿的眼神微不可察地暗了暗，他朝我凑近些许："你能看出这伤口是用什么凶器挖的吗？"

他的靠近让我有些不适，我忙不动声色地往后退去："我还不确定。但割喉处切面粗糙，后背的伤口边缘却圆滑，说明割喉和挖肉的，并不是同一种凶器。"

凶犯费尽心思用了两种凶器，又伪装了毫无破绽的案发现场，这种诡异的事情真有可能存在吗？

我心里不由得有些发毛："王先生今日还说了先人湖北王超的典故。

传闻他曾为病人针灸时身死，魂穿进王爷殿里替王爷刺破了背后的巨大脓包，得以见到毕院中浑身是眼的毕。长安城中谁都知道，西都牧大人是皇室宗亲，也算是个王爷。这西都牧到底有没有做过伤害幼子的坏事，让人像王超一般穿魂杀了？”

旁听的西都牧夫人怒从心起，抓起茶盏砸在我额顶：“汝等宵小，岂敢侮辱我西都牧府威名？！来人啊，将他拿下！”

大理寺卿却挡在我身前，微微眯起的眼眸闪过寒芒：“他说得没错。除了鬼，我想不到还有谁能办到这种事。刘玉山本是要被召进大理寺任职的名仵作之后，有他担保，西都牧夫人应当放心才是。”

我还挠着脑袋在后头乱瞟，大理寺卿回过头：“可刘玉山啊，你也别太得意。春兰是最后一个离开这间厢房的人，你想清楚，是要继续撒泼打滚，还是认真查出凶手。”

无数双眼睛幽幽地看着我，仿佛我不给出一个满意的答复，就会被小鬼们分而食之。

但我也只是叹了口气，片刻后，才无奈地对大理寺卿哂笑道：“是这道理，但你们连实情都不肯告诉我，这个案子要我怎么破？”

旁边耳多眼杂，我只得凑近大理寺卿，悄然在他耳侧道：“你应该告诉我的呀，这个案子最关键的地方。”

他眼神晦暗：“你想说什么？”

“昨夜，厢房中除了西都牧和春兰，还有第三人在场。大理寺卿，你为什么不说呢，你在瞒着些什么？”

## 四

周围的空气明显冷了下来，冻得我浑身汗毛竖起。

眼前的男人明明是风华正茂气势最盛的年纪，看向我的眼神却宛若冰霜。

我不卑不亢，只是迎上去：“不知道你为何要瞒，但我想查出真相，只是为了我的妻。”

眼神之间的交锋还是被西都牧夫人打破的，她晦暗不明地看着我：“你哪来的论断？”

我没跟她明说这是猜测，她倒是先把事实道出来了。

“细看屋内有两种血迹，不能完全相融，说明并非来自一人。春兰昨夜回来时我看过她的身子，没有伤口。”我义正词严，言之凿凿。

许是对我的赤裸白话感到羞愤，西都牧夫人指着我，半晌没说出话来，最后才急赤白脸地落下手：“好一个浪荡不知羞的匹夫，难怪被陛下从宫中赶出！”

我摇头：“我是自愿为民的，志向就是做糖人糖画。”

西都牧夫人气得转了身：“油嘴滑舌！我倒是想同你讲，可这厢房内第三者的事情，你恐怕只得问寺卿大人了。”

她的阴阳怪气成功让大理寺卿皱起眉头，下人们的头颅也压得更低了，生怕听到什么砍头的事情。

直到我再次投去疑惑的目光，大理寺卿紧抿的薄唇都没能松开，甚至当众拂袖离去。

我握着手中的勘验工具，无奈摊手：“这是他不愿意说的，我查不下去。”

偏偏有人不讲道理：“查不出来，春兰就是凶手，你也一起陪葬！”

我深吸一口气，摘了手套转身往府邸中走：“我随便逛逛，放心，不偷东西。”

既然当夜有人能看到那所谓的“毕”身怪物，也该有人看见过进入房间的第三人。

只是消息被压下来了而已。

比起这些迫于主子威严缄口不言的下人们，我当然知道问谁是最合理的。

“春兰。”我褪去仵作的衣裳，坐在我妻对面，抬眸看着她，“你现在该跟我说实话了，昨夜到底发生了何事？”

跟春兰成亲这些年，我秉持着男子该有的担当，却也不失柔情，从未在她面前露出过当下这等严肃的神色。

她瑟缩着身子，水灵灵的眼珠中满是控诉："不是都跟你说了吗，我进去唱了个曲儿就走了，没什么特别的事。"

我垂下眼睫："春兰，世间男子都喜爱柔若无骨、蠢笨自知的女子。这些年你装得无害乖巧，我不过问。我只是想问你一句。西都牧，究竟是不是你杀的？"

春兰不知沉默了多久，才坚定地摇了摇头，不过随即又说："是与不是有那么重要吗？有时候，事情的真相都是人说了算的。"

我当然知道这番话的意思，可我也说："那也不能让幺幺没了娘。"

春兰的眼神是前所未有的坚定。我太过了解她，知道从她嘴里是撬不出什么答案来了。

比起对此事讳莫如深的大理寺卿，接下来唯一能问出第三人存在的，就是那西都牧夫人了。

我没急着回西都牧府，反而将斩糖的刀作为画笔，将家里上好的糖拿出来作画。

等提着东西前往西都牧府时，正是将近傍晚时。

西都牧府上方还萦绕着孩童与老人绵延不绝的哭声，伴随着周遭百姓关于"王超穿魂之说"的阵阵议论。

我凭着仵作的身份，径直走进后院。

西都牧有三个孩子，最小的女儿是夫人所生，此时正坐在院子里哭泣。

我走上前去，拿着最漂亮的凤凰糖画，献宝似的在身后藏了会儿，才在她停下哭泣的好奇目光中拿出。

孩子心性比大人要简单纯粹得多。她不一会儿便彻底止住了哭声，品味起了这甘甜。

没过一会儿，那扇紧闭的房门也像我预料似的猛然打开，西都牧夫人铁青着脸从里面走了出来。

察觉有人，立刻将那手帕贴在眼角擦拭。我一看，全是干的。

“夫人，你就让个孩童在外面哭着做戏。这戏，未免演得太假了些。”

“闭嘴！”她呵斥我，“庄子丧妻尚且鼓盆而歌，你这种匹夫懂甚？”

我忍住笑意：“无碍。”转而正了神色，“我知晓你们都有不得已的苦衷和秘密，可我也有个年幼的女儿，也能理解你。但我既应下来，便会尽我所能帮你们将事情瞒下去。不告诉我真实情况，我这也不好圆的。”

西都牧夫人揉了揉眉心，视线落在女儿手中的糖画上，显得温和了些：“这事情……不是我不愿意说，只是不好说，且说了无益。”

“怎么会无益？”我坚定道，“密闭的案发现场中，这第三个人显然是最关键的人物，怎么会无益？”

她被我的话激得有些愠怒，急忙让乳母把女儿带走，转头冲着我：“我告诉你为什么！因为这第三个人分明是个死人，早在我郎君死之前，就死透了。这样一个死人，存在与否跟案子有何关系？”

## 五

我更不能理解了：“西都牧大人的厢房里，为何会有一个死人？”

西都牧夫人狠狠皱了下眉：“你以为我为什么不想说？俗话说家丑不可外扬，我女儿也还小，我怎么敢让人知道我郎君有……”

“有恋尸癖。”

随着我吐露出这个答案，西都牧夫人很是崩溃地捂住头：“我可是将门独女，这种委屈我真是受够了！”

正当我瞠目结舌愣神之际，不远处的屋檐下传来“哐当”一声。

我与西都牧夫人齐刷刷看过去。

西都牧府的族老们同样不可置信，好几人双眼一翻直接晕了过去。尚且清醒的摸着胡须捡起手炉，脸色惨白如纸：“荒谬，真是荒谬，绝不能让这等家丑传出去！若凌，你把之前那个歌女找来，就说是她杀的王爷……”

当着我的面说要诬陷我妻，我当然不干，扯着嗓子吼：“你们谁敢污蔑春兰，我就把这事嚷得尽人皆知！”俨然一副为了俏丽妻子肝脑涂地的样子。

西都牧夫人很是头疼，对那群老头摆手：“各位族老莫急，此事已经惊动陛下。为了皇家威严，陛下也会将事情压下。当务之急，还是先找到真凶为上。”

我跟她对视一眼，又迅速移开目光，转身回了验尸房。

临近傍晚时，春兰提着饭盒来找我。

大约是担心被人嚼舌，此时的春兰戴着一张轻薄的面纱，甚是好看。

我本是面带笑意的，直至打开饭盒，告诉她：“米饭略微有点夹生，肉……春兰啊。”我放下饭盒，“若是你下次把不准火候，烧焦了也总比不熟好，这个还有血丝。”

春兰对我的话不甚在意，左顾右盼地打量着府内一切。

此时，院外传来尖利的嗓音：“陛下驾到——”

我注意到，春兰突然僵在原地，慌忙遮住了口鼻躲到我身后：“郎君，我怕生……”

我放下饭盒，未发一言，扯住她跪迎陛下，将礼节做到位。

明黄的龙袍从我身前掠过，带来一丝熟悉的瑞龙脑香气。

我微微耸了下鼻子，握紧春兰因紧张害怕到颤抖的手。

当朝天子叫李显，是先皇的亲生子，爹娘都曾是皇帝。

现今圣上坐在正厅上位，下方便无一人敢抬头。他抚须长叹：“西都牧李杰，乃朕钦定的，也是朕流落洛阳治病时唯一陪伴在侧的族亲。现他惨死至此，朕心彻夜难安，特此前来，誓要亲自替他找出凶手。”

大理寺卿在他的示意下上前，将如今的调查情况禀明。大致是看我与西都牧夫人一同前来，猜出事情瞒不下去，只好将李杰的癖好透露出来。

李显却只是移开目光："西都牧早些年跟着朕实是吃了太多苦，有些奇怪的癖好也理所当然。"他抿了口茶，环视下方，"朕听闻，昨夜西都牧遇刺的厢房内有个歌女，现已羁押了吗？"

现场难得安静了良久，大理寺卿才堪堪反应过来："未曾，此案疑点重重，还须多做斟酌。"

"斟酌？"李显笑了，笑容中却满是愠怒。

帝王一怒，那是要砍头的事情。

我攥紧春兰的手，丝毫不敢抬头，害怕得两腿也战栗起来。

李显果然接着道："但凡与此案有关者皆不可放过。皇室宗亲间的秘闻若是传了出去，诛九族！"

话说得冠冕堂皇，实则圣上并不在意李杰的生死，怕的不过是皇家颜面有损。

帝王的威严压得人喘不过气，大理寺卿无奈，朝我们这边给了个眼色。

府吏们走上前来，就要按住春兰的肩膀。

我黑了脸，奋不顾身地将春兰揽进怀里："陛下！"

我使尽浑身力气磕了三个响头，连血都磕了出来："罪臣刘玉山，爹娘曾是宫里当差的仵作。此案罪臣已有头绪，在这斗胆求还陛下一个真相！"

圣上未发一言，大理寺卿看我的眼神更像是看一个死人。

他们都知道我才查了一天，查不出什么来。此时未经传召就冲着圣上大喊，更是不要命了。

可我只"砰砰"磕着响头："罪臣已知晓真相，只需要一人助罪臣确认！百姓皆知陛下圣明，仁德布于四海！万民归心，实乃百姓之福！陛下，还请给罪臣一个将功赎过的机会啊！"

春兰被我按在怀里，跟我一同止不住地磕头。

那高座之上的明黄身影不知被哪句话触动了心弦，松了口："你需要谁来帮你？"

我再次跪拜，字字铿锵道：“那个死人。”

## 六

死人是不能杀人的，可它会说话。

尤其是对于仵作来说，死人能说的话有很多。

我想，大理寺卿许是不愿看到眼下这一幕发生的。

那具不着寸缕的娇小尸首被裹着白布抬过来时，他看向我的眼中似乎要滴血。

但我视若无睹，戴上手套和面罩进了里间，转头对跟上的那些人道：“尸首脏污，还请陛下暂避。”

可事实上，李显不但没退，还捂着鼻子上前。

我悄然翻了个白眼，用刀子切开这具尸首的肚皮。

几番查验后，总算从死者的胃里拽出个意想不到的物件。

浓烈的腥臭味蔓延开来，人们纷纷面色赤红，想不通为何这样的玉制物会出现在一个未出阁的女子体内。

大理寺卿移步上前，眼眶猩红地看着桌面，向我质问道：“这些是谁放进她腹中的？”

我抬眸：“或许……是凶犯吧，又或许是别的人呢……”

西都牧夫人浑身颤抖，汗珠顺着额角流下：“还能是谁，不……不可能是我夫君！”

圣上却冷笑一声：“照你这么说，是李杰将东西放在这女子体内？可这跟谁害死了李杰有何关系？我要你找出的是杀死李杰的真凶，与这等下贱女子的命何干？！”

他身侧的太监扯着嗓子喊道：“你这等贱民，可别想糊弄陛下，小心被砍了脑袋！”

我看到大理寺卿的头颅重重垂落，再抬起头时，看向圣上的眼中满是恨意。

我叹了口气，举起手中勘验的刀子，继续顺着死者小腹向下割去，取出那只作为阻挡的圆润玉制物件，用白布遮盖起来。

“凶犯此举是为复仇。假借死者惨状将事情闹大，为的就是让李杰的罪行尽人皆知。”

李显仍维持着皇家威严，丝毫不为所动：“那春兰作为贱籍女子，李杰向来不放在眼里，谁知晓她会不会心生怨恨，痛下杀手呢？你的说辞并不能排除她的嫌疑。”

大理寺卿默不作声，西都牧夫人更是缄口不语。

我不自觉地握住左手腕，暗自使劲后抬起头：“凶手杀西都牧大人是为了泄愤。既需要割开头颅，又需要挖肉，所以真凶必定为男子，而非柔弱的春兰。更何况，我有春兰不是真凶的铁证。”

李显这才掀起眼皮看过来：“那就拿出来，朕没时间陪你等。”

我三步并作两步走上前去，尽管额角的汗水不断滚落，仍旧硬着嗓子毅然道：“铁证就是，我才是杀死西都牧李杰的真凶，所以我知道春兰不是！”

全场顿时一片哗然，不少人对我指指点点。

西都牧夫人更是面露震惊，下意识冲我道：“刘玉山，你疯了不成？”

大理寺卿尽管红着眼，却也对我吼：“我知你一心庇佑妻女，但也不用撒此等谎话，太过拙劣！”

我摇了摇头：“是我骗了你们，从一开始就是。”

“邻里街坊都知道，我刘玉山乃文弱书生，又自幼接触仵作一行，满身阴气。跟我妻春兰这些年相濡以沫，有几分夫妻相。昨夜其实是我扮作春兰模样进的西都牧府邸，所有命案都是我一人所为，所以我才知道事情的真相。如果你们不相信的话，大可以去西都牧府邸后院的花园里，找一处刚翻新过的花圃。杀害李杰时穿的衣裳，就被我埋在那里。”

此时鸦雀无声，大理寺卿带人押着我去了后花园，不过片刻便挖出一身血衣呈到圣上眼前。

那沾满鲜血的衣裳陈旧，正是我卖糖人时穿的那件。

四下一片惊呼，西都牧夫人的眼神沉了下去，含着盈盈水光，声嘶力竭地大吼：“你为何……为何要这么做？”

“你问我为什么要杀李杰，答案不是已经昭然若揭了吗？”我神色没有丝毫变化，只是看向始终垂着头颅的妻。

“西都牧李杰，贪赃枉法，残害民女，杀害无辜幼女，且进行惨无人道的不齿行径！还逼迫从良歌女卖艺失身！”

我冲天空嘶吼，嗓音沙哑：“多年前我毅然离宫，就是惧怕有一日会成为这等恶人的助虐者。却没想到有朝一日，这等祸事会落在我身上。我妻春兰年仅十七，早已从良，可李杰却三番五次胁迫我们，称只要不顺遂他心意就不给我们留活路，甚至……还想对我的幼女幺幺下手。

“如果我昨夜不将他的咽喉割断，今日被送往西都牧府中惨死的便是我的女儿！试问青天，谁能让我们活下去？！我妻春兰生在灾荒中，不得已才被爹娘送去勾栏瓦肆学艺，我是看着她这些年反复在噩梦中惊醒，痛心于那不堪被迫的曾经！你们让我怎么接受我的女儿再次受到那种惨无人道的折磨与迫害？你们扪心自问，在座的哪一位愿意让自己的女儿那般？！”

此刻，整个西都牧府邸中，哭声与风声尽数消散。

这是从它建立至今最为安静的时刻。

我抓起被白布包裹的玉制物件，猛地将其砸到地面，哭着吼道：“若是苍天有眼，陛下有眼，也该给这世间百姓一条活路才是！”

也给我妻春兰，一条活路。

周遭街道传来犬吠的声音，又迅速消失殆尽。

我知道，此时在西都牧府外听见我嘶吼的不止一人，而是从整条街赶来的百姓。

李显深深看了我一眼，清嗓，字斟句酌道：“朕知晓你的不易，可李杰已死，你杀了人，最终还是要偿命。”

我笑起来：“我一介草民，生死自如鸿毛般，也不敢不自量力。”

桌上还有昨夜宴席余留的美酒，我端起酒壶，将美酒淋了满身。

圣上跟前的烛火映出他扭曲的面容，我歪斜着往前靠了一步，将烛火举到自己胸口，展开笑颜：“草民，愿自裁谢罪。还望陛下，能宽恕我妻。”

冲天的火光从人形之上猛然烧起，我抽出腰间的软剑从喉咙划过。

周遭的环境大抵很乱。我看见太监尖声喊着护驾，听见大理寺卿惊呼我的软剑似乎是挖去李杰后背肉的凶器。又看见春兰不顾一切地朝我冲过来，她身子极其轻盈，如飞蛾扑火，薄薄的面纱立刻被烧成一团火球，好在被西都牧夫人及时拉开，却又被西都牧夫人死死抱住。

最终，温热的鲜血和火光一齐涌上，将我彻底包裹。

## 七

刘玉山的葬礼是在翌日清晨举行的。

圣上念在其女年幼，赦免了其妻春兰的罪行。只是从此贬离长安城，终此一生不得回。

如此，也算是断了她对刘玉山的念想，叫她从此做一个守不住回忆的人。

这天街坊邻里也来了很多人，整条街被围得水泄不通。

人们守在他的灵幡前回忆，说他从前刚从宫里出来时就对街坊邻居们很好，还拒了大理寺卿幼妹的情谊，转而替百花楼里的歌女春兰赎身。

孩子们只是抹眼泪，说怀念刘玉山做的那一手价廉又美味的糖人。

春兰知道，刘玉山的糖画常常用最好的糖去做，哪怕是最便宜的小蝴蝶也从不含糊。

因为刘玉山本就是顶好的人。

西都牧夫人来的时候，我正跪在灵堂里，眼角沾着未干的泪痕。

我的脸颊上也残留着火焰肆意的灼痕，蜿蜒辗转，连成一片。

旁边的幺幺哭累了睡着了，小小的身子正均匀地起伏着。

西都牧夫人脸上露出怜爱的神色，将外衣披在她的身上，跟我轻声说："她就此去了，你也该看开点，此后离开长安城，也别亏待了自己。"

我没有任何回应，余光间瞥见她上香后顿了许久，等她出门前才喊住她："夫人，此后阻碍已无，我希望您连同幼女也能迎来更好的春天。"

她脚步一顿，回头时脸色有些煞白，似是不可置信。

我抬眸看过去，正迎着她推开门时照进来的光，好叫她看清楚我的脸："夫人，你利用寺卿幼妹做局，就不怕他恨你吗？"

西都牧夫人的嘴唇颤了起来，良久才勉强扯动唇角："父母为子女之计长远，有时候人间的事情，又哪是什么情情爱爱可以定的，你不也是如此吗？"

"所以我也知晓你是为了幼女啊，夫人。如此，我才会帮你脱罪。"在她震惊的神色里，我平静如常地叙述道，"李杰残暴，对年幼的少女下手已是常事。随着你们亲女儿日益成长，你也意识到他的兽性终有一日会施加在自己的亲骨肉身上。案发当晚，你意外发现李杰新下手的猎物竟是大理寺卿的胞妹。你急匆匆地赶去，却仍旧晚了一步。看见那具尸体饱受李杰的摧残时，你再也无法忍受了。"

于是，曾与大理寺卿青梅竹马的西都牧夫人、那个常年习武的西都牧夫人——她手起刀落，用自己的独门兵器从背后终结了李杰，再回房装作宿醉模样。

西都牧夫人冷笑着，却仍掩盖不住浑身的颤抖："怀疑我？你的证据呢？"

我沉默良久，只说："恭送。"

可她迟疑在原地，良久未曾离去。

直到门后之人的到来——大理寺卿半只脚抬进来，眼眶还泛着红："原来你不娶我胞妹是因为……"

我摇了摇头，阻止他继续说下去："事已至此，我只能对令妹的去世聊表惋惜。不过这也不得不提及你所做之事了，寺卿大人。"

我用余光望向春兰留下的那些物件。它们在火盆里慢慢化为灰烬，像我们曾经的年岁。

"夫人主动提起夫君西都牧的失踪，并带领府中众人分头寻找。当夜，同样参加宴会的你也在找寻队伍之中。不过没人知道，其实你本就没睡，目的是寻找在西都牧府中失踪的胞妹。作为第一个发现案发现场的人，你进入后应当很快就察觉真凶其实就是西都牧夫人了吧？不过你并没有声张，而是在李杰背后挖洞，掩去了西都牧夫人独门兵器的痕迹。随后砍头悬尸，让人以为砍头才是致命伤。然后抱走幼妹的尸体，为她保留最后的尊严。而你之所以会这么做，最为关键的一点，是你们像我和春兰一般，有情啊……"

西都牧夫人面色涨红："胡说什么，仔细你的脑袋！"

"我已经是死过一次的人了，之所以将寺卿胞妹牵扯进来，不过是想替她申冤。在此说出来，只是想给二位提个醒。我并非那棋局之中的糊涂蛋，你们计划能成，无非是刘玉山愿意。只望二位往后能记住这份用人命换来的恩情，珍重。"

我抱着幺幺，再也不发一言。

西都牧夫人还想说话，被大理寺卿拦住。

他突然掀开衣袍，跪在蒲团上朝我和棺椁重重磕头三次，抬首，嗓音竟有些哽咽："珍重。"

尽管二人状若云淡风轻，出门时还是不免被门槛绊得踉跄一下。

我收回目光，看着窗外逐渐盛开的桃花。

桌面还放着春兰用剩下的口脂，这让我想起与她相遇那年的春天。

## 八

我叫春兰，曾经也叫刘玉山。

之所以叫玉山，是因为爹娘希望我像大山。

那年我与春兰相遇时，她正坐在百花楼的窗台上唱歌。

咿咿呀呀的歌声，像春日里黄莺的鸣唱。

可转头她就被掌事的妈妈揪着耳朵拎下，大声叱骂她只能做百灵鸟，不破身讨不了官人欢心。

彼时我爹娘去世，我才从宫里出来，手上拿着笔银两，想也没想就替她赎了身。

新婚夜我揭开她的红盖头，看她眼神倔强，却又故作随意地解开衣裳。我羞红了脸，慌乱到手足无措、结结巴巴，想要拒绝。却没想到，她褪下繁复的红绒衣裳，露出的却是满身的猩红伤疤。像一只只睁大的眼睛，在婚房暗夜的烛火中凝视着我的心魂。

春兰故意笑着看向我："没想到吧，那么漂亮的大美人实际上是这样一个丑八怪。可惜啊，你现在已经替我赎身，后悔也晚啦！"

她恶劣地笑着扭头，却在下一秒，被我猛地拥入怀里。

我只是小心翼翼地抱着她，不敢触碰那些伤痕，结结巴巴问道："这……这些是怎么来的？"

春兰原本厌恶地不想回答。直至烛火摇晃，她看清了我眼中的泪光。

"哦，是我以前爹娘烫的，他们说这样才能讨到够多的钱。可惜我一直都想去长安，就偷偷逃到了这里。"

我生硬地点了点头："你逃得很好。"

春兰被逗笑了："呆子，你呢？你也是逃过来的？"

我愣怔地点了点头，又摇摇头。

她笑，笑起来格外好看，又问："到底是与不是！"

我挠挠后脑勺："算是逃出来的吧。爹娘想让我继续当仵作，可我看见尸体就害怕得发抖，所以等他们去世就逃出来了。"

"那你还真够㞞的！我在死人堆里睡过，都未曾害怕呢。"尽管春兰这么说着，却还是抱着我的头，“不想当仵作，那你想当什么呢？”

我抿了下唇：“这个我出宫前就想好了，我要当糖画先生。我想做给人带来快乐的人。”

春兰听后感到好笑：“你呀你，怎么这么大个人还跟小孩儿一样。”顺带嫌弃地看我一眼，“算了，谅你也不懂事，睡觉吧。”

她扯过喜被，就这样盖在我身上，一直盖过了两个春秋。

旁人嘴里尤为不齿的勾栏瓦肆，是我幸福所系的温情家园。

直到成亲第三年，有人说武帝的第三子回长安隐居，秘密搜刮了不少良籍女子前往服侍。

甚至有人找上门，我拿起斩糖刀要赶人，差点被当官的砍了头。

春兰吓得赶紧拦住我，跟我说这事她找人摆平。

后面担忧了半天，她才精疲力竭地回家告诉我，说已经没事了。

只是那天夜里，我注意到春兰身上多了很多伤口。

像那些眼睛一样，睁着看向我，洞察我的魂魄。

之后春兰没再出去，有一天却握着郎中的方子告诉我，她怀孕了。

我想起从前在仵作书籍上看的知识，略显迷茫地抬起头。

“我已经攒了很多银两，再过段时日，就能在老家安置宅子，到时候我们可以离开这里。”

春兰看着我笑了，笑着笑着又哭了，伏在我肩头说好。

泪珠砸在我脸上。

可是春兰啊。

我是女子。

当年娘身体孱弱，生了好几个哥哥尽数夭折，直到生下了我，健康活泼地张口要吃奶。爹便掩耳盗铃地拿衣服盖住婴儿下身，高兴地喊着仵作一族有后了。

我穿起男儿衣裳，被唤着男儿名字。人生的前十二年，也全都扮作男儿过活。

直到离开宫中前，我都以为我是男子。

可我不是。

但我仍旧置若罔闻，在春兰的怀中酣然睡去。像我们曾经无数个难挨的夜里，互相拥抱着舔舐伤口聊以慰藉。

因为春兰的孩子就是我的孩子。

只是我没有想到，当时在长安城府邸中强逼春兰的人，会成为当今圣上。

随着幺幺渐渐长大，我发觉街上盯着我们的眼睛变得多了起来。

春兰更频繁地夜不归宿，身上的伤口也日益多了起来。

案发当晚，她回家时一见面便抱住我，哭着软在地上，又怕吵醒屋里的幺幺："玉山，我撑不住了，我真的撑不下去了。"

我这时才知道她又遭到了那群畜生的迫害，甚至痛到已然晕厥。更为致命的是，她醒后发现了屏风后骇人的尸体。

我红着眼揽住她："我们走吧，离开长安城好不好？"

可她摇了摇头："他不会放过我的。"

知晓皇室宗亲的污点，此生便无法离开长安城，而残留的血脉更有沦落他国，成为他人手中把柄的风险。

我闭上双眼，想起从街坊邻里听来的传闻："他们明日应当会来抓你，届时你不要怕，信我便好。"

春兰盯着我："你要干什么？"

"我要演一出戏，一出给陛下，也给所有人看的好戏。"

戏刚开场，原本还对大理寺卿有所担忧的我们便放下了心，于无人处相视一笑，不约而同问道："你怎么不担心他揭穿我们呢？"

我率先说道："我也没想到，李杰在宴会上残忍杀害的居然是大理寺卿的胞妹。我儿时还曾与她玩耍过，还真是……"

不过我心中也生出了些担忧，"西都牧夫人并不知道她杀人时你还在房中。而我们借着她的计划顶罪，却不小心牵扯出了寺卿妹妹的清白。你说寺卿会不会因此阻碍我们？”

毕竟西都牧夫人策划凶案除去李杰，利用的正是大理寺卿幼妹的尸体。

“不会。”春兰说，“你看他看西都牧夫人的眼神，两人分明有情。即便是为了西都牧夫人，他也会帮我们的。”

我微微皱眉：“是寺卿处理了李杰后背真正的致命伤……”

后面的话语戛然而止。我们自然知道那两人也聪慧透顶，一切心照不宣。

所以李杰身上，才会有两处完全不一样的伤口。

唯恐此番穷途末路，破镜再难重圆。

按照计划，我状若无意地在西都牧夫人跟前提起自己的幼女，激起她对孩子的同情心。

我需要她配合我的计划，只要她在这里，大理寺卿也会配合。

我的戏演得酣畅淋漓，也格外顺利，成功将李杰的丑闻闹得尽人皆知。

只是，原本戏中那个作为替罪羔羊死去的刘玉山，本该是我。

借着问话机会回家的那个夜晚，春兰笑着看向我：“玉山啊……你看我，什么都不会，以后可怎么带着幺幺过活？”

“而且我说了，”她握住我的双手，“陛下是要我死。只有我死了，你跟幺幺才能活下去。”

“玉山，你不是总觉得自己没有以女儿身活过吗？那你以后就以春兰的身份，好好地活下去。幺幺还小，不太懂事，她不能没有娘亲。”

我红着眼，倔强而坚定地摇头：“我不。”

那日春兰只是笑，像从前一般用指尖点我的头：“倔驴。我苦了一辈子，早就想走了。你就给我个痛快可好啊？”

我猜到了西都牧夫人为保全女儿痛杀亲夫的计划，也算到了大理寺卿失去幼妹后的麻木愤怒。我预料到了圣上的如期而至，与人们对于此事复杂内幕的好奇。

却唯独低估了春兰赴死的决心。

在揭露我们拟定的真相那日，她笑着抱住我，在我耳边轻轻说了一句话。

随后我便愣在原地，看她迅速换上我的衣裳，以刘玉山的身份站到光明里。

我在黑暗中顿了顿，戴上她为我准备好的面纱，走了出去。

我回味着她的话，然后见她在漫天火光里被烧得面目全非。

西都牧夫人拼命将我拉回，并在我耳边低声道："你现在要是死了，你们所有的苦心就都白费了！"

彼时的她还只以为我们是为了诉说不公。

殊不知我们在帮自己，同样也是在帮身为女子的她。

我听到那声声泪下泣字如血，是春兰嘶吼着哭诉这些年世道的不公和恶行。

我看见春兰一步步走到圣上身前，我知道她是为了让圣上看清她是谁。

她说"愿苍天有眼，给我妻女生路"，是在求李显能够放我跟幺幺走。

此后，死掉的刘玉山是我，活下去的春兰也是我。

等葬礼彻底结束，接下来的春日里，我就要带幺幺永远离开这长安城。

临行前，李显身边的公公来看过我们。

他的视线落在幺幺身上，似是无意提起："这小孩的眉眼，跟陛下似乎有些像。"

我摇了摇头，将幺幺抱在怀里："她是刘玉山的孩子，眉眼自然像刘玉山。"

公公挑了下眉："那想来是我看错了。"

我看着他的背影消失在原地，想起我方才问幺幺："幺幺，你以后想做什么？"

刘玉山幼年时，从来都是被爹娘裹挟着前进，从没有自己做选择的权利。

幺幺半抬起头，看着窗外明媚的春花，院子里驻足吃草的白马，酣然甜笑："马。"

我弯起唇角："娘知道了。"

以后幺幺想做徜徉世间的自由的马，那我就做她一个人的大山。

春花烂漫的日子里，有位戴着面纱的窈窕娘子，身着繁复雅致的长衣，抱着幼女离开了长安城。

她走路一瘸一拐，似乎很不习惯女子长衫似的，有些吃力。

## 九

我叫春兰，是幺幺的娘亲。

现如今我已经习惯了女子的衣裳，能够穿着自如地行走，还能抱幺幺骑马。

不仅能研究天工器具，也能给孩子们画出甜美的糖画。

我的容貌虽毁，可不少人见我能干，依然不断给我介绍亲事。

我却一一回绝，逢人就说，我有个十七岁早亡的夫婿。先前我们恩爱非常，此生怕是忘不掉了。

渐渐地，媒人也不再给我说亲。村民们都知道我有个埋在心里的亡夫，如同我脸上的灼痕般刻骨铭心，永远刻在肉体上无法磨灭。

每逢春雨滋润便生根发芽，一年扎得比一年更深。

或许，只有远在长安的大理寺卿和西都牧夫人知道，我没有什么亡夫，只有个跟我熬过了诸多苦难，却在十七岁时于火中去世的亡妻。

吾妻死于十七年春。

睡醒低头时，一片梧桐叶正好飘落在发顶。

就像她那日临行前抱着我，在我耳边轻轻说：

身死情存，长逝入君怀。

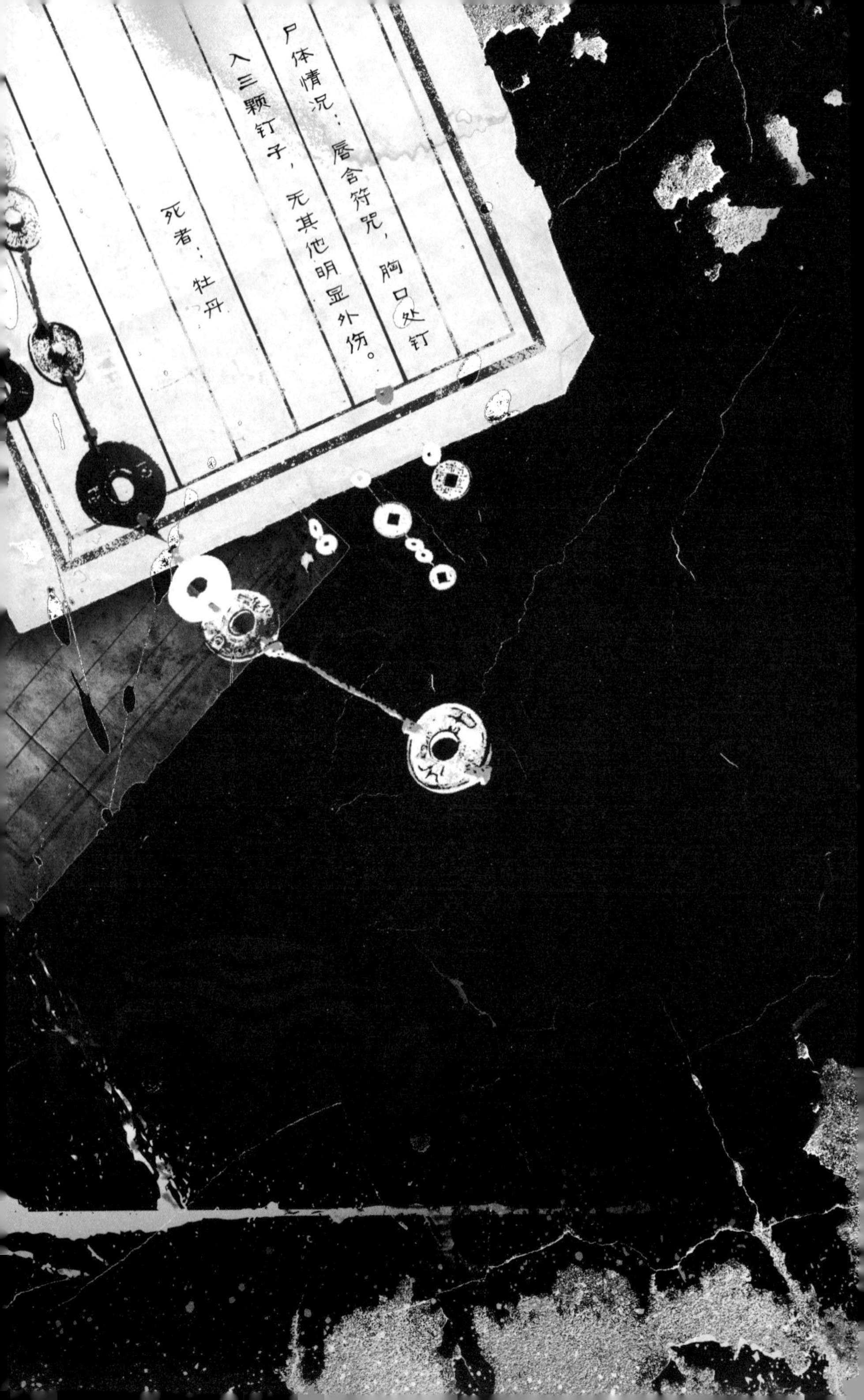
尸体情况：唇含符咒，胸口处钉入三颗钉子，无其他明显外伤。
死者：牡丹

肆
落清秋
文
迷野

# 落清秋

## 一

杜白衡跟着大理寺的仵作师傅学了两年，终于出师能够独当一面。

是夜，他收拾了老师傅留下的器具，正准备回家，却被衙门来的人拦住去路。

那衙役拉住他的手臂就说：“是仵作行人？快跟我来，长安坊醉月楼出事了。”

杜白衡都没来得及回话，便提着医箱跟上了那火急火燎的衙役。

雨丝裹着初春的寒意，从细雨蒙蒙逐渐有了淋漓之势。杜白衡却没法回头取把伞，不然凭这衙役的急性子就要跟丢了。

醉月楼是长安坊里有名的寻欢作乐之所，喝酒闹事、争风吃醋之类的事情数不胜数，却从未闹到要仵作出场的程度。

杜白衡赶到时，醉月楼已被清过场。大理寺少卿谢惊秋已候在桥头，旁边有人给他打着伞，但他的官服还是被雨水打湿，官服上的暗纹因被浸湿而像墨迹晕染似的。杜白衡看了一眼便低头快步走到他身前作了个揖，叫了声“大人”。

谢惊秋正在和手下说话，闻声点点头，手指亭子的方向。

杜白衡看到亭子台阶上的草席，走过去蹲下，打开医箱，净手后戴上素绢手套掀开草席。

死者是名女子，看装扮像是醉月楼里的风尘女子。最显眼的是这女子唇含符咒，因为下雨，符纸有些皱了，上面的朱砂也有些晕开。他看不懂咒文，只能在检查死者唇周后小心将符咒取下，再小心放置在净纸上面。

就在这时，他感觉到视线亮了一些，头上飘落的雨也好似停了。

杜白衡抬头看去，谢惊秋就站在他身侧为他撑着伞，原先给谢惊秋撑伞的手下此刻也为他掌着灯。

谢惊秋的眉眼隐匿在阴影中看不真切，声音倒是稳稳传来："尸首未挪过地方，你先粗看一番，此时雨大，可以挪回大理寺内再细查。"

杜白衡闻言加快了动作，他将女子身上的披帛揭开，看到胸口正中插着三枚钉子，这钉子造型独特，却不像是中原的制造风格。

杜白衡的手顿了顿，眸色瞬间变冷，却低头藏着没让人发觉。他认识这钉子的插法，是用来锢魂的，人死了灵魂却没办法进入轮回，只能被困在钉子上，等尸首化成枯骨，这魂魄也会被炼化成厉鬼。

只是这波斯祆教的术法已经有十年没出现过了，如今怎么会突然出现？

杜白衡默不作声地继续检查，死者胸口处虽插着钉子，却没有大量鲜血流出，死因不是这个。杜白衡翻了翻尸体，在她身下搜到了几缕白毛，他小心放在净纸上，和符咒摆在一处。

掌灯的人小声对谢惊秋说："牡丹姑娘活着的时候就一直被传是狐妖转世，绸缎商行的裴昭跟她关系匪浅，裴昭的新婚妻子还带着道士来闹过事，说牡丹姑娘是个妖物，应该被天道收服了才好。"

谢惊秋打断："那是兔毛，不是狐毛。"

杜白衡默默听着，心里却佩服起这位少卿大人来，他也是摸在手里才能分辨出质感的差别，可谢惊秋只是看了一眼便判定清楚。

杜白衡收拾好东西，起身给谢惊秋行礼，说："大人，可以把尸首抬回去了。"

谢惊秋向身后的人挥挥手，手下便抬着担架将尸体小心放上去。谢惊秋看了杜白衡一眼，将伞递给他。

杜白衡有些愣怔，谢惊秋说：“拿着。”

杜白衡接过，却见谢惊秋转身要走，可此时少卿大人没了伞，杜白衡一时分辨不清这个“拿着”是什么意思，但他还是试探地走到谢惊秋身边，为其撑着伞。

谢惊秋微微侧过头，看到杜白衡手足无措的紧张劲儿，唇角勾起，笑了一声。

杜白衡听到一声轻笑，有些犹豫要不要离少卿大人这么近，毕竟自己是个仵作，刚刚还接触过尸体，总是有些不吉利的。谢惊秋走了一步见他没跟上，脚步顿住，对他说：“走。”

杜白衡这才安心地跟在谢惊秋的身边回了大理寺。

## 二

一到地方，杜白衡就马不停蹄地赶到验尸房。

他刚把净纸包着的证据处置好，谢惊秋就带着衣服和食盒进来了。

“验尸房阴冷，你刚淋了雨，把衣服换了再查。”

杜白衡应下，乖顺地接过衣服到里室换上，再出来时，谢惊秋已经把食盒里的东西在案桌上放好，像是在等他。

杜白衡只好坐在对侧，氛围霎时变得有些尴尬。

见谢惊秋神态自若地夹起吃食，杜白衡也有样学样，只是第一口还没进到肚子里，谢惊秋忽然开口问：“你认识袄教的锢魂钉？”

杜白衡动作一顿，试探地看了谢惊秋一眼。

谢惊秋说：“你看到那钉子的时候，我感觉到了杀意。”

杜白衡放下筷子，一时拿不准这位少卿大人的意思。

谢惊秋又说：“符咒能看得懂吗？”

杜白衡摇了摇头。

谢惊秋的声音带了些倦意：“那是散魂咒，让冤魂立刻消散的。”

杜白衡微微皱眉，低声道：“两方势力。”

谢惊秋颔首，夹了一筷子菜放到杜白衡碗里，示意他继续吃。杜白衡只能满腹狐疑地吃着碗里的东西。

饭吃完了，谢惊秋才说：“你到现在都没认出我？”

杜白衡看着眼前这人冷峻的眉眼，倒是觉得他人很好，不会因为自己仵作的身份而显露嫌弃，还会给自己打伞，查案也亲力亲为，比衙门的人都要上心许多。

谢惊秋有些无奈地摇头，说：“罢了，你今夜辛苦一下，把她查清楚，明日不用来当值，在家休息吧。”

杜白衡点头应好，看着谢惊秋说：“仵作验尸要有人在旁记录，以证明我没有做手脚，不知大人可愿协助？”

话还没说完，谢惊秋就已经开始挽袖子了。

杜白衡也淡淡笑了一下，带着谢惊秋到验尸房去，给了他纸笔，将注意力重新转移到尸体身上。

尸体上下明显的伤口只有那三枚锢魂钉，钉子的头不是圆的，而是像小刀一样呈扁平状，因此切口平直利落，两侧皮肉未见撕扯。不过从血迹可看出钉子是在死者死后才插进去的。

女子面容姣好，但此刻却显得苍白而僵硬，因此那张红唇十分显眼。他用木棍蹭了一些唇上的脂膏放入瓷碗中，又倒入了一些药剂，等待药剂发生反应。

在等的时候，杜白衡轻轻拨开女子的发丝，做进一步的检查，却发现她右耳后面有一个极细的针孔，几乎难以察觉。

“大人，死者右耳后方有针孔，疑似中毒。”杜白衡低声说道，语气中带着一丝凝重，“等两日后再次查验，观察尸斑才能确认。”

谢惊秋记录得很快，也不会出声打扰。

杜白衡在仔细检查完并确认没有其余外伤之后，看了看瓷碗里的液体，却罕见地犯了难。他拿工具在符咒上的咒文字迹上扫了扫，放在另一个瓷碗里倒入相同的药剂，观察着结果。

谢惊秋问：“怎么了？”

杜白衡说：“她唇上是朱砂，和符纸上的画符用的是一种东西。朱砂有毒无毒，那些医药大家还在争论不休，可朱砂防腐，如果她生前有服用朱砂的习惯，这遇害的时间可就难以确认了。”

谢惊秋说：“报官的时间是戌时一刻，那时醉月楼正热闹，芍药和牡丹相熟，她本来正在陪客，却在亭子边看见牡丹靠在柱子上坐着，以为她是喝醉了，便去叫她，却不料一碰到牡丹，人便倒在了地上，这才发现牡丹死了。在这之前，牡丹在亭子边坐了多久也没人知道。”

杜白衡抿唇思索了片刻，对谢惊秋说：“还有办法，不过接下来我要剖尸了，大人得站远些。”

谢惊秋也没多让，还真站在了墙角。杜白衡微不可察地笑了一声，取出一把小刀，轻轻划开女子的胸腹部，观察了一下胃部的状态，取出一些未消化的食物残渣，放入瓷碗中。接着，他又从女子的血液中提取了一些样本，还在肾脏的部位细细查验了一番。

做完这些，他将开膛破肚的部分仔细缝合起来，闭上眼对尸体念了一句往生咒。

谢惊秋已经走到他身边，低声问：“你信这些？”

杜白衡小心挪了两步，避得远了些，说：“不信，但这是老师傅教的规矩。”

谢惊秋不置可否，杜白衡继续道：“好消息是，牡丹姑娘并没有吃朱砂的习惯，因为她的胃和肾脏都没有药性病变，等尸斑出现就能判定准确的死亡时间了。”

对瓷碗中的样本分别用药检验之后，杜白衡说：“胃中的食物残渣看起来并无异常，但血液的颜色有些发黑，可能是某种剧毒，而且中毒也是她的死因。”

谢惊秋点了点头，仔细记录，目光沉静：“能确定是什么毒吗？”

杜白衡摇了摇头：“这个不得而知，但确定不是寻常毒物。不过，这种毒发作极快，死者几乎是在瞬间失去意识，连挣扎的痕迹都没有。”

谢惊秋的眼睛眯起来，杜白衡这才发现这位少卿大人认真起来的样子是有些凶的。

谢惊秋看着手里的记录册子，走出验尸房，坐在案桌前描摹锢魂钉的图案细节。杜白衡洗了手，安静地在一旁看着。烛火摇曳，谢惊秋面容十分专注，可除了大理寺少卿这一身份外，杜白衡却想不起来自己究竟什么时候见过他。

## |三|

天色已经微微发亮。雨不知何时停了，空气中弥漫着一股清新的泥土气息。谢惊秋画完，将画纸收好，他抬眼看向窗外，又看向已经困到倚在椅子上睡着的人，眸子里情绪有些复杂。他轻轻走到杜白衡身边，正准备拍拍他的肩，杜白衡便有所察觉地睁开了眼睛。

杜白衡对上了一双深邃的眼睛，有些发蒙。

谢惊秋说："请你吃碗素面。"

杜白衡刚想婉拒，谢惊秋却叫出了一个让他平地起惊雷的名字："叶二公子。"

杜白衡周身气质瞬间变得凌厉，他警惕地看着谢惊秋，没有动。

看到他这反应，谢惊秋却像是被挑起了什么兴趣，环臂胸前，凝视着他，说："你这是害怕还是准备杀我灭口？"

杜白衡回想今日经历也知道谢惊秋没有恶意，他将谢惊秋的脸看了好几遍，还是迟疑地问："你究竟是谁？"

谢惊秋说："想不起来就慢慢想，先陪我吃面。"

杜白衡被带到一个早茶摊，可他的眉头就没放松下来过。

谢惊秋见他这样，主动问起案件："你对锢魂钉、散魂咒这类东西有何看法？"

"看法？"杜白衡思绪稍微回笼，"我不信这些，这种手段不过是做给别人看的噱头。"

谢惊秋点点头："醉月楼背后的势力关系复杂，牡丹的死能做给谁看？”

杜白衡想了想便道：“你要查裴昭？”

谢惊秋顺势问：“你和我一道？”

杜白衡仍是定定地看着谢惊秋，后者却说：“波斯的东西十年前在宫里掀起那么大的风浪，如今再度出现，你不想查明真相吗？”

杜白衡不语，谢惊秋却气定神闲地说：“把面吃了，回去睡一觉，今晚子时，裴昭住处的后门相见。”

杜白衡都不知道自己是怎么走回住处的，他满脑子都是自己十二岁生辰那日，大哥给他下了药将他迷晕，等他再醒来时，便听闻太医署令叶家因为谋害皇嗣而被满门抄斩。他偷偷去乱葬岗捡回家人遗体时，看到每一个人的胸口都钉着三枚锢魂钉，连替代自己死去的那具尸体上也有。

他暗暗发誓要查明这件事，因此哪怕被视为贱民，他也学了仵作的行当，进了大理寺。

只是在他十七岁那年，宫里突然严查波斯妖术，处罚了一众宫婢太监，盛贵妃澜芩也是那年被打入冷宫的，叶家冤案得以平反。可杜白衡却再也做不回叶二公子，不然冤案平反就要变成欺君之罪了。

这件事闹得沸沸扬扬，叶家冤案在其中却像是被顺带一提而已，因此其中的细节杜白衡仍旧不明不白。他不知道为什么自己的家人死后要被钉上锢魂钉，不知道谋害皇嗣究竟是怎么回事，因此他仍旧在大理寺兢兢业业地当仵作，就希望有朝一日能看看叶家冤案的卷宗。

如今好不容易变成了正式仵作，却被大理寺少卿认出了身份，而且从谢惊秋的语气来看，他知道的还不少。不过这次波斯妖术再起的风波对他而言的确是个机会，他终于有机会查清楚当年所有的真相了。

## 四

月明星稀，杜白衡穿着利落的黑衣站在裴昭府邸的后门外，手指无意识地摩挲着袖中的匕首。一道黑影悄无声息地出现在他身后，杜白衡敏锐察觉，下意识抬肘朝后打去，却被身后的人掣住手臂，钳制住了。

谢惊秋面容冷峻，眼睛却是带了些笑意的。杜白衡皱眉看他，谢惊秋松了手，故意道："你没负了小时候混世魔王的名声。"

一些浅淡的记忆突然浮现起来，杜白衡想起自己小时候每次胡闹把父亲气得吹胡子瞪眼时，大哥总提着自己的后衣领子教训，但大哥心软，很多次都下不去手，有一个人便代替了这样的角色，那人应是大哥的朋友，只是杜白衡没见过几次，因此印象模糊了。他记得，自己小时候也是这样被制住，也这样瞪过那个人。

杜白衡再看眼前的谢惊秋，好似和那个模糊的印象对上，又好似无论如何都无法穿越回少年时光，再看一眼那时的光景。

如今的谢惊秋如他的名字一样惊才绝艳，尤其今夜换去官服，只穿了一身劲装，更显得他周身气质如刀锋一般锐利，却又带着世家公子的贵气，在整个长安都算得上是独一份。

"准备好了？"谢惊秋低声问，声音几乎被夜风吞没。

杜白衡点了点头，没有多言。两人对视一眼，随即轻踏树干，借力反推，两只手再扒上墙檐，悄无声息地翻过了高墙。杜白衡这么多年装乖，却仍没耽误年少的技艺，翻墙打架的这种功夫没有落下。

裴昭的府邸静得诡异，连虫鸣声都听不见。杜白衡跟在谢惊秋身后，脚步轻得像猫，每一步都踩在阴影里。他其实不知道要做什么，他甚至没有提前问谢惊秋的计划，就这么跟着走了，好像这份信任是与生俱来的。

谢惊秋带他去了一个偏院，轻轻推开一扇房门。房间漆黑，里面空无一人。谢惊秋点燃了火折子，还给杜白衡手里塞了一根，对他说："找和牡丹有关的东西。"

杜白衡依言寻找证据，他发现此处的规格像是书房，但壁柜上却没摆几本书，倒是奇珍异宝的摆件数不胜数。他心中想着，一个绸缎商行即使生意再兴隆，也不应当有这般富贵。他齐齐查了一遍这些宝贝，想看看有没有暗格，只是密室机关没找出来，却让他注意到了一个风格不同寻常的瓷瓶。

大多宝物的风格是华贵却艳俗，唯独这个瓷瓶白净素雅，实在不像是裴昭会喜欢的东西，摆在这里很是格格不入。

杜白衡举着火折子看得细了些，他掏出匕首轻轻敲击，声音还真不像是普通白瓷的质感，听起来有些发闷。杜白衡将瓶子拿起，看向底座落款才发现了端倪，落款清晰，官窑出品，只是这压根就不是白瓷，而是人骨瓷。人骨煅烧时骨髓会形成天然孔道，尤其是要做雕刻时因为气泡的原因会显露出来。

杜白衡瞳孔一缩，他年少时也是见多了好东西的，他看得出来这官窑的印记不是假的，只是官窑里怎么会有这种恶毒的东西？

就在此时，屋外突然有了动静。谢惊秋几步便闪到他身边，吹灭了两个人的火折子，还将他的嘴捂住，两个人躲在阴影中。

杜白衡闻到了谢惊秋身上熏香的味道，这个味道很熟悉，他年少时总能在母亲身上闻到，他那时问："母亲身上好香，偷偷去了哪里，又不带我。"

母亲便笑着说："我去别人府上喝茶，带着你这皮猴子你又坐不住。"

那时的他还叫叶珩霄，他噘嘴不服："你不带我，我便自己去讨！我知道你去的谁家！"

母亲笑得更高兴了："那你快去，这天底下唯一能把你制住的，我看也只有谢家那孩子了。"

叶珩霄被母亲这么一激，还真的爬了谢惊秋的墙，他趴在人家墙头，探出个脑袋挑衅："姓谢的，你把你那好闻的香给我些，我还你份大礼，绝不让你吃亏！"

谢惊秋本来在院里练剑，听到这话只觉得好笑，二话不说便把人从墙上揪下来，拿绳子捆着放在榻上任他挣扎，自己倒是悠闲地喝起茶来。

后来还是大哥将丢人现眼的他领回了家去。到第二日，谢惊秋真的派人给他送了许多熏香，可他却只觉得气愤，从没点过。

谢惊秋听到屋外的脚步声走远，在杜白衡耳畔低声说："跟上。"

他轻手轻脚地走出门外，向着刚才听到的声音方向追去，杜白衡深深吸了口气，揉了揉发痒的耳朵，平复了一下心情，跟上谢惊秋。

他们远远地躲在树后，看到一名女子在井边无声祭拜，看动作应当是做贼心虚。

谢惊秋又在他耳畔低声道："新婚妻子。"

杜白衡被惊了一下，脚步一撤，踩断了树枝。

那名女子听到声音更是害怕不已，疑神疑鬼地说了几句："别来找我，别来找我。"说完赶紧离开了。待她走后，他们上前看祭拜的东西，有几张符咒还没烧完，杜白衡捡起翻看，跟牡丹嘴里含的那张一般无二。

从裴昭家中离开后，杜白衡将骨瓷的发现告诉了谢惊秋，后者若有所思，从怀里掏出一封信件，说："这是裴昭留着保命的把柄。"

杜白衡问："我能看吗？"

谢惊秋忽然静默下来，杜白衡抬眼看去，在月光的映衬下，谢惊秋的眼睛很亮。

谢惊秋的失态没有持续很久，他把信递给杜白衡，有些低沉地开口："原来的你会直接抢。"

杜白衡借着火折子的光看完了信件，上面显示裴昭背后的真正势力是太子，若是如此，想来牡丹的身份也不会简单。

杜白衡将信沿着原先的折痕叠好，塞回信封还给谢惊秋，才回答道："都是小时候的事了，人都会长大的。"

二人无言地走了一段路，直到杜白衡家门口，谢惊秋才小声问："若是知道了事情复杂至此，你还敢继续查吗？"

杜白衡笑了，谢惊秋永远知道激将法对他有用，于是他点点头，干脆地说道："查。"

谢惊秋毫不意外，就在他刚转身离开时，杜白衡说："我想起来了一件事。”

谢惊秋回头看他，杜白衡说：“我还欠你一份礼物没还。”

谢惊秋一愣，终是笑了，摆了摆手，大步离开。

## 五

杜白衡打着哈欠来到大理寺，刚一进门就被拉去醉月楼，谢惊秋已经在牡丹房里等着了。谢惊秋让他看牡丹房内的梳妆镜，上面竟然隐约出现了一个女子溺亡的影像。

杜白衡疑惑道：“这是什么？”

谢惊秋一旁的手下刚要开口便被拦下，他亲自解释道：“牡丹死前七日，这镜中出现的是牡丹死亡的画像，只是那时他们以为是个美人凭栏图便没在意。这几日都有人把守这里，但今早我们的人开窗通风时发现了镜子上出现的异象。刚刚芍药才想起来，交代了这事。”

杜白衡说：“也就是说，七日后，会有另一个女子溺亡？”

谢惊秋没答话。

“这不是普通铜镜。”杜白衡突然将烛台凑近镜面。跳动的火焰里，本该映出两人倒影的位置，赫然浮现第三张模糊的脸。镜背阴刻的蜡层在高温下融化，露出夹层里泛黄的糯米纸。杜白衡用银针挑开纸片，上面画着精巧的美人溺亡图。

“海市蜃楼镜。”谢惊秋指尖抚过镜缘的凹槽，他突然用刀柄敲碎镜框，数十枚铜质小管滚落出来，这就是利用光线让死者提前七日看到自己死亡幻影的秘密，“机关术，和十年前如出一辙。”

“你见过？”杜白衡心想，这人不会早就发现了机关术的秘密，眼下只不过是故意让自己查出来吧。

“嗯。”谢惊秋随口答应着，眼睛却一直盯着手间摆弄的铜管，“五年前，让盛贵妃定罪的就是这海市蜃楼镜。从十年前的案子开始，波斯妖风就引得宫中人心惶惶，最后却不过是些异域机关术。”

“五年前？”谢惊秋语气太轻松，像是随口话家常一般，可杜白衡还是捕捉到了一些信息，他皱起眉头，心中思绪万千，“五年前是你查的案子？是你帮叶家平反了冤情？”

谢惊秋动作一顿，抬头看了一眼杜白衡，却没说话。

旁边的手下本就有些不满杜白衡的态度，此时见他问如此无知的问题，便呛声说：“我们谢大人就是因为那件案子办得好，得了陛下的赏识，才能年纪轻轻就当上了大理寺少卿的！”

谢惊秋轻轻叫了声那手下的名字：“元崖。”

元崖收声不再说。

杜白衡紧皱眉头，小声嗫嚅：“我以为那是大理寺卿办的案子，毕竟那么多位高权重的人……”

元崖此时拦都拦不住，抢着说道：“当时我家大人只不过是个世家公子，若最后这功名真的给他，他也压不住。而且大理寺卿位高权重，他怎么敢惹……算了，总之你好好跟着我们谢大人学，一个小小仵作今日见了大人都没行礼。”

杜白衡低着头道了声“是”，他藏着已经红了的眼眶，正死死憋着不让眼泪流出来。

谢惊秋给元崖使了个眼色，元崖扁着嘴走出房间，此时牡丹房中只剩他们二人。谢惊秋拍了拍杜白衡的肩膀，后者自嘲地叹了口气，又吸了吸鼻子才把状态调整回来。

杜白衡看着那破碎的镜子，说：“盛贵妃被打入冷宫，但这波斯祆教的术法却再次出现，背后还有太子的势力……”

谢惊秋沉稳地说：“不用想得这么复杂，你就从最擅长的事情去做，其他的都会如抽丝剥茧一样一一显露出来的。”

杜白衡声音不大，像是自言自语一样问道：“你五年前也是这么做的？”

谢惊秋问：“什么？”

杜白衡摇摇头，说：“没什么。机关构造我不懂，我先回去给牡丹验尸。”

谢惊秋没多说什么，看着杜白衡离开。

## 六

杜白衡回到验尸房，牡丹身上的尸斑已经有所显现，尸体腐烂的臭味也明显了起来。他叫来了新来的仵作给他当助手，将老师傅的手艺和经验慢慢再传授给下一个人。

杜白衡观察死者耳后的尸斑，果然是泛紫的，他用银针在暗紫色尸斑上轻轻一挑，说："酉时遇害，比报官时间早了一个时辰。"

"针孔附近的皮肤有轻微的瘀青，毒针所致。"

……

新来的仵作边看边在记录册上快速记录。

杜白衡喃喃道："一个时辰。杀人，插入锢魂钉，嘴上抹朱砂，粘上符咒，还要在醉月楼最热闹的时候把人带到亭外放着不被人发现……怎么做到的？"

新来的仵作问："杜师傅，这句也要记吗？"

杜白衡回过神，说："不用。"

验尸结束，杜白衡清洗之后走出验尸房，拿出这几日的记录，重新撰写了一份完整的验状。他看着手里的验状，指尖有节奏地在桌上敲击，心中慢慢有了打算。

外面日轮西坠，已至暮时。他正打算回家，却看到谢惊秋站在不远处，似乎在等他。

杜白衡愣了一秒，走上前去。

"忙完了？"谢惊秋此时已换上常服，没了那份威严与不近人情，倒更像是个少年人。

杜白衡点点头："嗯，初步确定了死亡时间，不过还有很多疑点。"

"一起走走？"谢惊秋提议道。

城中街巷，华灯初绽，暖黄烛火逐一点亮，与渐沉暮色相互辉映。两人并肩漫步，各色灯笼的光洒在他们身上，照出斑驳的影子。杜白衡将验尸的结果详细地告诉了谢惊秋，谢惊秋静静听着。

“而且，”杜白衡讲得起劲，“从死者身上的痕迹来看，她应该没有反抗的迹象，这说明凶手要么和她极为熟悉，要么手段极其高明，能在瞬间制住她。”

谢惊秋点点头，说：“那晚我们夜探裴昭府邸，他那个妻子十分可疑。”

“没错！”杜白衡说，“她至少能解释符咒的事情，这样就可以逐渐推断出那一个时辰里都发生了什么。也许她要给牡丹驱魔的时候，牡丹已经遇害了，这样我们就能更加确定凶手是什么时候下的手。”

谢惊秋补充：“凶手必定对醉月楼的环境和人员流动了如指掌，才能避开众人耳目。”

杜白衡问：“你那边呢？海市蜃楼镜能查出什么？”

谢惊秋回答道：“还没什么进展，我找了个行家去看，确定了锢魂钉和海市蜃楼镜出自同一批人的手笔，制作的工艺和雕刻的技法是一致的。”

杜白衡点点头，刚想继续问些什么，谢惊秋就打断道：“饿吗？请你吃饭。”

杜白衡摇了摇头，看着谢惊秋十分真诚地说：“我该请你吃。”

谢惊秋眼睛里逐渐染上笑意，杜白衡故意开玩笑说：“天香酒楼，长安坊里最名贵的店，如何？诚意还够？”

谢惊秋笑了一声，小声问：“你那点俸禄，攒了多少年，请我吃顿饭就全花光了吧？”

杜白衡被呛得说不出话来，半天才憋出一句：“嘴毒心黑。”

谢惊秋笑出了声，杜白衡瞪他：“吃人嘴软的道理三岁小儿也该知道。”

谢惊秋佯装认输，杜白衡带着他去了个雅间。一路上谢惊秋都低调不语，其实他不喜欢来天香酒楼吃饭，这里经常能遇到官场同僚，他懒得应付但总得交际。好在今日到得晚，没遇上认识的人。

杜白衡自己点了菜，没给谢惊秋说话的机会，但他报出的菜名都是老客常点的，能看出是个会吃的人。

谢惊秋看着桌对面的人，恍惚间想起十年前叶家覆灭，他还因此大病一场。五年前他不顾家里反对，私自请旨入宫查波斯妖术一案，顺势将盛贵妃扳倒，为叶家平反。这案子办得漂亮，他也成了大理寺少卿。入了大理寺之后，他才发现有一名仵作十分像他只见过几次的故人——叶珩霄。

他查了这个仵作的背景，还真的能跟叶珩霄的死亡时间对上，他便帮忙将杜白衡的身份信息掩盖得再真实了一些，但也没想着相认。毕竟案子平反了，杜白衡也过得不错，自己无须打扰这种平静的生活。

要不是这个案子，他都还意识不到，叶珩霄的变化这么大，而且他没放下，他心里还装着仇恨，他知道的比自己以为的要多很多。

也是，即使当年年纪再小，举家被杀的仇也不是轻易能放下的。

杜白衡见他望着自己出神，叫了几声："谢大人？谢大人？"

"谢惊秋！"杜白衡压低声音。

谢惊秋缓缓应声："你叫我什么？"

杜白衡换上刻板的笑脸："少卿大人。"

谢惊秋无奈地摇了摇头。

这顿饭杜白衡一直给谢惊秋敬酒，可敬了半天却一句话都没说出口，言语太苍白，几声"谢"字完全不能表述他心里的惊涛骇浪。

谢惊秋没喝几杯，杜白衡先把自己灌醉了。

他眼泛哀伤，自嘲地说："十年过去了，我什么都没能为他们做，连翻案这种事都是你完成的。你那时手上也没实权，却敢跟宫里的人对着干，反观我呢？这么多年了仍是碌碌，我好没用。"

谢惊秋说："不算报仇。"

"嗯？"杜白衡蒙蒙地看着他。

"不算报仇。当年我只能查到谋害皇嗣不是叶家做的，也只能查到盛贵妃头上，但到这里我就没法继续下去了，整个案子戛然而止。但我知道这背后牵扯众多，不可能只有一个盛贵妃。”

杜白衡因为喝了酒思考变慢了许多，他停顿许久才问：“你在安慰我？”

谢惊秋笑了笑：“不是，是告诉你如今在做的就是在为他们查明真相，你有用。”

杜白衡听了这话，脸上的表情更委屈了，他问：“你当年为什么要冒那么大的风险帮叶家翻案？”

谢惊秋叹了口气，说：“我们两家关系一直都不错。当年我娘生我时难产，是叶太医医术高超救了我们母子，我自那时起便欠你们一条命。后来两位母亲的关系也亲如姐妹，那时走动得也很频繁。你兄长也是我挚友，可惜……后来他将你换掉这么大的事也没告诉我，不然也不至于到现在才能……”

话还没说完，杜白衡便趴在桌上，谢惊秋看他，才发现这人硬忍着眼泪，便也不说了。杜白衡开了个生硬的玩笑：“谢大人真是知理明志，知恩图报。”

谢惊秋抬起手，落在了他的脊背上，轻轻拍了拍。

杜白衡坐起身，闷声道：“无论如何，多谢！”

谢惊秋说：“也不是单纯帮你，我要在大理寺内组建自己的势力，不然查案总会遇到多方掣肘，那就不可能肃清官场，还天下清明了。你应当不是贪生怕死之辈吧？”

杜白衡笑了，问道：“又激我？”

谢惊秋挑眉看他，杜白衡说：“我愿意助你，若这是你的抱负，我想献上微薄之力。”

二人相视一笑。此刻，晚风携着凉意拂面，可他们二人心中却燃起了火，正灼灼烧着，意气风发。

## |七|

翌日清晨，杜白衡宿醉醒来，脑袋一阵剧痛，他揉着太阳穴。简单洗漱后，前往大理寺。刚踏入大门，就看见谢惊秋正与元崖等人商议着什么。见他进来，谢惊秋招了招手，示意他过来。

“昨晚睡得可好？” 谢惊秋端的是一副公事公办的态度，话语间也完全不见调侃。“我们刚在讨论下一步的调查方向。”谢惊秋继续说，“裴昭的妻子是个关键突破口，我打算今日去会会她。”

杜白衡连忙说道：“大人，我与您一同去。”

谢惊秋点头同意：“也好，走吧。”

他们一行人来到裴昭府邸。通报之后，裴昭的妻子柳氏在偏厅接待了他们。柳氏穿得素净，面容憔悴，眼神中还透着一丝惶恐。

“民妇见过两位大人。不知大人今日前来，所为何事？”柳氏声音颤抖地问道。

谢惊秋看了一眼元崖，后者便厉声问：“柳氏，我们正在调查牡丹之死。听闻你之前曾带着道士去醉月楼，说牡丹是妖物，可有此事？”

柳氏脸色瞬间变得煞白，颤声说：“大人，民妇……民妇也是听信了旁人的谗言，一时糊涂。”

杜白衡在一旁仔细观察着柳氏的表情，突然开口：“柳氏，我们在你府上搜到了祭拜用的符咒，与牡丹死时口中所含的符咒一模一样，这又作何解释？”

柳氏身体猛地一颤，眼神闪躲：“这……这只是巧合。民妇只是想让她的亡魂早日安息。”

谢惊秋冷哼一声：“散魂咒也是巧合？”

许是谢惊秋的气场太强或是他的威名早已深入人心，柳氏扑通一声跪下，说：“大人，我认，我都认。与裴昭有婚约时我就听说他和那牡丹纠缠不清，恰逢家中请来了一位道长，那道长说牡丹身上有妖气，是狐妖附身。我去闹过，但没用，后来是那道长算好了日子，告诉我可以清除掉牡丹身上的狐妖之魂，我便偷偷换了装束去找她。牡丹倒是接待了我，还给我倒水，我便趁她不备在她茶水里下了药，但我发誓，那就是把人迷晕片刻的药，绝对不会害人性命！”

杜白衡问："你是什么时辰下的药？"

柳氏回想片刻，答："约莫是申时六刻，然后她晕倒在地，我将她扶到床上，按道长说的，给她唇上涂抹上含有朱砂的口脂，再将符咒贴上。"

杜白衡若有所思地看着她，柳氏却以为这是不相信自己，又说："我做完这些就害怕地溜走了，因为这个时候醉月楼人还不多，我得赶紧离开。民妇说的句句属实！大人，牡丹之死跟我真的没关系，求大人明察！"

谢惊秋给元崖使了个眼色，元崖拿着刚才记录好的供词给柳氏看："你看看是否属实，若确认无误就签字画押吧。"

柳氏颤抖着看完，点头说："没错，没错，民妇句句属实，绝无半句虚言。"

杜白衡看她害怕成这样，上前将人扶了起来，柳氏这才有了些力气在供词上签字画押。

柳氏哭着说："大人，民妇知道的都已经说了。求大人放过民妇。"

谢惊秋摆摆手，杜白衡顺势安慰："不会为难你的，但你做的这些事，裴昭完全都不知情吗？"

柳氏摇了摇头说："他不知道，牡丹是他的相好，我做这种事当然会瞒着他。"

话音未落，府墙外传来马蹄声。有人翻身下马，腰间银鱼袋撞在剑鞘上叮当作响。他满脸堆笑朝众人作揖时，袖口金线绣的云纹在光线下泛着微光："不知家中来了贵客，有失礼数，还望海涵。"

杜白衡望着裴昭绣着孔雀翎的锦靴陷入沉默，这人就差把富贵二字绣在身上了。

谢惊秋却说："既然失了礼数，便得弥补。"

裴昭装作一副满脸惶恐的模样，赶紧说："是是是，不知少卿大人想让在下如何做？"

杜白衡不解地看向谢惊秋，后者却神态自若地说："眼下快到午时，又听闻你府上的厨子都是各地好手……”

谢惊秋故意给出话头，裴昭哪还有不懂的道理，他立刻接上：“哎呀，看看我这没眼力见的，快，吩咐府内备菜！”

裴昭说完，将柳氏拉到身后顺势推出偏厅外，他亲自给谢惊秋换茶倒水，奉承道：“听闻谢大人少年英雄，今日一见果真不同凡响。”

谢惊秋面不改色地接过茶，还因为这话点了点头，表示赞同。

裴昭继续变着花样夸他，杜白衡在一旁听着都觉得好笑。

谢惊秋却忽然说：“你觉得我们在此相谈甚欢，你背后那位会不会疑心？”

裴昭没有丝毫犹豫就朝身后转头看去，打着哈哈：“大人你可别吓我，我身后哪里有人？”

谢惊秋盯着裴昭看，后者也表现出了有恃无恐的态度。谢惊秋突然将视线下移，拉住裴昭的袖口说：“这个绣金云纹真好看，不知是在哪里做的？”

裴昭笑着说：“大人若喜欢，我差人去府上为大人量身定制一件。”

谢惊秋问：“这能跟着光线变化色泽的金线是从波斯来的吧？”

裴昭点头：“大人懂货。”

谢惊秋继续说：“偌大的长安城内，能做此物的怕是只有裴家的绸缎商行了吧。”

裴昭笑了笑，不应承，也没否认。

这时，裴昭府内的管家通报菜备好了，众人这才起身移步。走在最后的杜白衡注意到了裴昭在谢惊秋离开后偷偷擦了擦额上的汗。

在饭桌上，裴昭给所有大理寺的人都敬了杯酒，人还没坐下，谢惊秋又问：“听闻牡丹姑娘是你的相好？”

裴昭尴尬地笑笑：“男人嘛……”

谢惊秋没给他解释的机会，打断道：“没想过纳个妾给牡丹姑娘个名分？”

裴昭说：“家有悍妻，此举不妥。”

谢惊秋又故意说："怎么牡丹姑娘死了，不见你有一丝伤心？"

裴昭硬着头皮说："醉月楼那么多姑娘，牡丹死了还有别人。"

谢惊秋眯着眼睛看向裴昭，后者被盯得不敢直视，谢惊秋说："愣着干吗？吃饭，动筷。"

杜白衡见大家都开始吃了才动筷，他尝了几口便觉得奇妙，裴昭家的饭菜比天香酒楼的还讲究，这人究竟富到了什么样的地步。

一顿饭吃完，谢惊秋便带着众人离开了，裴昭明显是松了口气。

回到大理寺，杜白衡才说："我之前想错了，我以为牡丹是死后才被贴上符咒，可眼下看来，牡丹是先被药晕，凶手下手时正巧碰上，这才方便了其作案。"

谢惊秋也点头道："那凶手和牡丹关系如何不重要，牡丹没挣扎是因为已经晕了。"

杜白衡说："那道士有问题，他出现的时机太过巧合。"

谢惊秋说："已经让元崖去查了。"

杜白衡见识到了他字字珠玑时的样子，觉得谢惊秋比他想象中还要厉害，不由问道："下一步你准备怎么查？"

"海市蜃楼镜不是预言了会有女子落水吗？"

杜白衡立刻领悟道："你要布局？"

谢惊秋摇了摇头："长安水道四通八达，我无法知道下一次会在哪儿，我在等。"

"等？"杜白衡不解。

谢惊秋点点头，说："等凶手自乱阵脚。"

## 八

暮色四合，长安城一片热闹祥和的景象。杜白衡站在朱雀门城楼外，望着不远处水渠泛起的粼粼波光。自牡丹死后第七日，海市蜃楼镜预言的女子溺亡果然应验，大理寺的人在城郊水渠里捞起了一具浮尸。

"杜白衡！"元崖不知从何时起开始直呼他的名讳了，杜白衡知道这是把他当自己人的表现，“谢大人说尸体有问题。”

杜白衡走向湿冷的水渠边，草席上躺着刚被拉上来的尸体。这尸体一眼看上去就觉古怪，令人不舒服。已经被水泡肿的头颅依稀能分辨出是个妇人，可这下身却都已经快成白骨了。

元崖站在杜白衡身边小声问：“这看起来怎么像死了好几年的？”

杜白衡紧皱眉头，他这么多年见过许多尸体，从没有见过如此怪异的。他换上素绢手套，小心翻看着尸体。不多时，他站起身，神色凝重道：“这是两具尸体。”

“什么？”元崖诧异地问。

谢惊秋也偏头看向他。

杜白衡说：“头颅的死亡时间不会超过三日，但是这具白骨，是个男人，而非女子。”

在场的人都静默了片刻，元崖忽然有些犹豫地问：“那……这个女尸的下半身呢？不会还在水渠里吧？”

谢惊秋下令道：“应当不会。但还是要查，来两个人，把尸体抬回大理寺，其余人再搜。”

所有人迅速依令行事。

杜白衡跟着抬尸体的人回了大理寺，新来的仵作看着这诡异的尸体竟有些激动：“杜师傅，这是个什么案子，竟然能有这么奇怪的……”

杜白衡斜了他一眼让他噤声，说起了老师傅教他的道理：“不论死者死状如何，不可妄论，要有敬畏之心。”

新来的仵作点点头，拿起纸笔站在一边。

杜白衡仔细查看了头颅和骨架连接的部位，发现这具尸体是用极密的针脚缝在一起的，穿上衣服后竟然看不出端倪。杜白衡小心地拆了一半的绣线，见女子颈部的断痕并不整齐，连新来的仵作都问：“这是用钝器割开的？谁能下这么狠的手啊？”

杜白衡皱眉道：“你记一下，明日买几斤猪肉带来。”

新来的仵作道：“好。”

杜白衡继续检查女尸头颅，果然，耳后一点暗紫刺入眼帘——同样的毒针痕迹。

“女尸于两日前子时左右死亡，死亡原因是毒针，和牡丹所中的毒一致。”杜白衡又转向白骨，继续说：“白骨是一具成年男性的骨架，至少有三十岁。”

忽然他瞳孔骤缩，白骨胸腔部位的骨头上有敲击形成的裂痕，只不过十分微小，这裂痕像极了锢魂钉被敲入时留下的痕迹。

他说：“按照白骨的腐化程度，这具尸骨已有五年，一直保存完好，应当是近日才被人挖出来的。”

新来的仵作好奇地问：“挖出一具尸骨再缝上，扔进河里？图啥？”

杜白衡摇摇头，查验完后，他让新来的仵作先回了家，自己则坐在大理寺的台阶上抬头看繁星点点，青瓦飞檐在夜色里融为一体，打更的声响从极远处传来，于砖瓦之间层层回荡，惊落松梢上的露珠，“滴答”一声，坠到他的肩头。

谢惊秋所在的屋子还亮着灯，杜白衡拍了拍自己的脸，把疲惫都赶走后才起身走了过去。

谢惊秋见到他来，也不意外，下巴微微一抬示意他随便坐。杜白衡坐在他对面，将自己验尸的情况都说了一遍，谢惊秋点点头道：“那个道士找到了。”

杜白衡眼睛一亮，来了些精神：“找到了？”

谢惊秋颔首：“元崖已经带人前去抓捕。”

杜白衡问：“那你现在是在做什么？”

谢惊秋说：“水渠那边没能找到女尸。”

杜白衡点点头道：“并不意外。”

“那尸体会在哪儿？”

杜白衡知道他会有下文，也不说话，就静静地看着他。

“我总觉得牡丹的案子和今天的案子出现得太突然，像是一个局，引着我们进去。”

“我们？”

谢惊秋点点头：“大理寺。”

杜白衡想了想道：“你问过我如何看待锢魂钉、散魂咒这类的鬼神之说，我说这是故意给人看的噱头，你现在觉得，这些是故意给我们看的？”

谢惊秋说：“我不知道。”

杜白衡笑了一声：“难得看你这样，我以为你对什么都胸有成竹呢。”

谢惊秋睨了杜白衡一眼，继续说：“我查了长安城内的波斯人，没什么异常，因此锢魂钉和海市蜃楼镜的来源依然难以追查。”

杜白衡说：“其实你心里已经有想法了吧？”

谢惊秋沉默了好一会儿才点点头：“但还没证实。”

杜白衡也没再追问：“那就再等等，这些案子，总会破的。无论是引我们入局还是借我们的手做什么事，我们的目的就是把案子破了而已。”

谢惊秋一愣，忽然笑了：“你倒是通透。”

杜白衡将他拽起来，说：“那是自然，已经很晚了，谢大人还是要注意休息。”

谢惊秋被他拉着离开了大理寺，终于能暂避这让人焦头烂额的案子了。

## 九

新来的仵作买了好几块猪肉，都很新鲜，杜白衡很是满意。他分别用钝刀、青瓷碎片、青铜杵子、卷刃的菜刀、有棱角的石块在肉上切割，最后试出来边缘形状相似的器具是那半片青瓷。

杜白衡的脑海里浮现出裴昭书房里的人骨瓷瓶。

新来的仵作问：“用瓷片一点点刺开的？”

杜白衡点了点头：“你去把这事告诉谢大人。”

杜白衡正写着新验状，谢惊秋踏步便走了进来，他说：“元崖将人带回来了，你同我一道过去。”

杜白衡将东西都收拾好，起身跟着谢惊秋进了大理寺的牢房。

那道士虽被捕了，却仍是一副仙风道骨的样子。他盘腿坐在牢房内的草席之上，怀里抱了只兔子。此刻他的手正一下一下温柔地抚摸着兔子，像是在安抚这只小宠的情绪。

杜白衡心道，还挺像那么回事。

谢惊秋一来，元崖就搬出一张椅子出来，谢惊秋坐在道士面前，问："如何称呼？"

道士说："道人灵渊子。"

谢惊秋说："听闻道长有大能，不知可否算出我们为何请你来大理寺一趟？"

灵渊子微微一笑，慢悠悠开口："道人在牡丹信士那里留下过东西，正巧与怀中这小宠同出一源，谢信士可以查验。"

谢惊秋与杜白衡对视一眼，又说："除此之外呢？"

灵渊子仍是慢悠悠地说话，似乎眼下发生的事都和他无关："柳信士的确无辜，是道人的主意。"

元崖听不得他讲话的方式，问："你与牡丹有仇？"

灵渊子摇了摇头，仍是慢慢说："无仇。"

元崖说："那你为何又是造谣又是加害？"

灵渊子慢慢将视线落在谢惊秋脸上，说："听闻谢家公子不畏强权，只为保住内心正义，可是真？"

谢惊秋问："你有事要我帮你查？"

灵渊子摇头："非道人之事，而是天下之事。"

谢惊秋往后靠了靠："道长请说。"

灵渊子看了一圈在场的人，谢惊秋说："都是我的人，无妨。"

灵渊子仍是坚持："道人只与谢信士讲。"

谢惊秋对杜白衡说："你将兔子抱走查一下能否对得上。"

然后又转头对元崖说："把道长请到我那里。"

杜白衡从灵渊子手里接过兔子，抱在怀里，有些担心地看了一眼谢惊秋。

查验之后，牡丹身下的兔毛的确是灵渊子手里这只兔子的，无论是颜色还是触感都对得上。杜白衡一边逗弄着兔子，一边看向谢惊秋的屋子，这一等就等到深夜才见到他。

## 十

灵渊子被元崖带走了，谢惊秋看到杜白衡时，眼睛里的疲惫才显露出来，问候了一句："还没走？"

杜白衡点点头，问："如何？"

谢惊秋苦笑一声："是局，这个局的目的是让我们去查太子。"

杜白衡想了想便明白了其中关窍："牡丹是太子的人，官窑里出现人骨瓷瓶也是太子的手笔。"

谢惊秋点点头。

"可是，为何呢？太子为什么要做这种事？"

谢惊秋说："那道人讲了一个故事。"

杜白衡坐下。

"十年前，盛澜芩是波斯进贡的美人，不过数载她便成了盛贵妃，风头一时无两。她怀了孩子之后，术士算出那是个男孩，皇上高兴，说等孩子一出世就封他为太子。由此，便引来了无数忌恨。"谢惊秋说着，有些不忍地看向杜白衡。

杜白衡苦笑一声："无妨，你继续说吧。"

"当年皇上多重视这一胎你应当也有所耳闻，因此帮盛贵妃安胎的就是太医署令，你的父亲。可惜算计的人太多，实在防不胜防，盛贵妃的身子逐渐便不好了，她不听叶太医精心养胎的提议，擅自用了波斯秘法，那孩子最终没保住。盛贵妃迁怒叶家一是为了不让自己私自用药的事情被发现；二是她听闻波斯有个招魂仪式，可以用炼化百鬼的形式作法将自己孩子的魂魄召唤回来。听那道士说，叶家便是引魂的关键，可以从百鬼之怒中将她孩子的魂魄引渡出来。”

“如此无稽之谈，她也信？”杜白衡有些愠怒。

“盛贵妃那时刚经历丧子之痛，再加上她性子本就偏执，想来已经丧失理智了。”

“后来呢？”

谢惊秋叹了口气：“后来盛贵妃将小产的罪名全怪在了叶家头上，说叶家与别的妃子联合谋害皇嗣，皇上盛怒之下便下旨……但皇上只让处死，锢魂钉的事大抵是盛贵妃的手笔。”

杜白衡深深吸了口气，平复心情后问：“这和太子有什么关系？”

“盛贵妃丧子之后不过半年，一个位份不高的婕妤病死，她的儿子由皇后代养。那时的盛贵妃也没有放弃招魂，她在宫中散布风言风语，宫人都说盛贵妃炼化百鬼已成，孩子的魂魄就降生在太子身上。就在那时，她为皇后的儿子请封太子。皇后膝下无所出，再加上盛贵妃力保，而且那孩子能力尚可，这太子之位就定下了，可自那之后，太子身上的猜忌就没停下来过。”

“什么？”杜白衡有些诧异。

“那几年确实闹得厉害，连我也听过一些，可是这种事不会传到民间，所以你大抵不太清楚。太子本就是皇后从别的妃子那里代养的孩子，又有盛贵妃的鬼神之说在其中作祟，不是亲生的到底会离心离德。那几年，盛贵妃有意对太子示好，种种表现都让人觉得太子是她过世的那个孩子。”

杜白衡的脸皱在一起，不由说：“这也太荒谬了。”

“风言风语愈演愈烈，皇上觉得不能再坐视不管了，我便请旨入宫奉圣命私自调查。前面的故事有我当年查到的，也有那道士讲的，结合来看，应当是真的。”

“太子后来又做了什么？”

“那道士说，盛贵妃被打入冷宫，皇后又与太子关系疏远，其他皇子的母妃背后各有势力，太子之位日渐摇摇欲坠，他为求自保只能早日筹谋。”

杜白衡给谢惊秋倒了杯茶水，接上话说：“要想笼络人心，钱财必不可少，于是太子培养起裴昭，给他行了许多方便。”

谢惊秋点头，饮茶后继续道：“裴昭不负所托，可太子身上让人议论最盛的还是妖术。日子长了，连他自己都怀疑他到底是死去母妃所生的太子，还是被附身的盛贵妃之子。你猜，他更情愿用哪种身份？”

“哪种身份？”杜白衡有些诧异，“这还能选？那当然是自己原本的身份。”

谢惊秋笑了笑：“太子可不这么想，他要变成盛贵妃的儿子。”

“为何？”

“他于皇后已是弃子，而盛贵妃多年恩宠不衰，也是经营了一些势力的。只有变成盛贵妃的儿子，那些势力才能为他所用。”

杜白衡紧皱眉头，默然不语。

“盛贵妃当年用的是波斯的秘法，太子也得效仿，好让魂魄降生的事更为可信。所以由他负责的官窑里出现了人骨瓷瓶。在波斯祆教的秘法里，人骨瓷瓶是盛放恶鬼的容器，这些容器可以通过祭祀的手段唤醒太子体内属于盛贵妃儿子的灵魂。”

杜白衡只冷冷道：“疯了，都疯了。”

谢惊秋说：“那道士说，太子德不配位，为一己私利，听信妖风谗言，谋害百姓性命，所以才来引我们入局，想以我们之力肃清这等妖风邪气。”

杜白衡冷笑一声：“那他呢？他又是听谁的令，为哪方势力办事？”

谢惊秋淡淡苦笑：“这些都是后话了，若太子真如他所说，这浑水我们必然要蹚，但在这之后，谁会受利，谁又会上位都未可知。”

二人对视而坐，沉默良久，表情都不算好。杜白衡开口道：“听道士所说，裴昭知道的内情不会少。”

谢惊秋点头道：“明日，就查他。”

## 十一

谢惊秋是以量衣为名将裴昭请到大理寺的，裴昭进了门就笑道：“谢大人怎么请我来了大理寺，在下还以为能有幸去府上坐坐呢。”

裴昭话里有话，暗指谢惊秋胆大妄为，私相授受都不避着人。可他刚一进门却看见了一个无论如何都不想看到的人——灵渊子。

“你怎么在这儿？”裴昭皱眉问道，他常年堆笑的脸上第一次出现如此严肃的表情。

灵渊子慢悠悠开口：“道人为真相而来。”

裴昭这才正视着房内众人，看这架势他还有什么不明白的。

谢惊秋厉声喝道：“大胆裴昭，你毒害牡丹，是否认罪？”

裴昭跪下，但腰板却挺得很直：“在下不认。”

杜白衡念了牡丹的验状，说：“牡丹遇害当日，你的妻子柳氏于申时六刻将其药晕，放于床榻之上，涂朱砂，粘符咒，之后便快速离开。灵渊子进门后见牡丹已晕，便不费吹灰之力用毒针杀害牡丹。只是你没想到，灵渊子会做许多额外的事情，他给牡丹的胸口插上锢魂钉，还放在众目睽睽下引人发现。你想找他质问，可他却如消失了一般再也寻不到踪迹。”

裴昭不语，元崖踢了他一脚，呵斥道：“说话！”

谢惊秋却像是聊天一样问起灵渊子：“道长觉得，裴昭与他妻子柳氏感情如何？坊间总传裴昭留恋花街柳巷，对发妻是冷漠至极。”

灵渊子仍是慢悠悠地说：“非也，非也。裴信士与柳信士有婚约时，曾疑心柳信士是太子殿下派来的人，便找了道人去验，得知柳信士背景清白，裴信士便对其尊敬有加。柳信士因道人的胡说八道误以为牡丹信士是狐妖附体还去大闹，可裴信士却从未怪过她。”

谢惊秋问：“是从未怪过，还是乐见其成呢？”

杜白衡也插话道：“这牡丹姑娘的身份也是疑点重重。”

谢惊秋突然一记眼刀甩向裴昭，问：“裴昭你觉得呢？”

裴昭看着这些人你一言我一语的，什么都明白了，但他不能认罪。

谢惊秋看他这样也知道，于是说：“元崖，你替他说。”

元崖清了清嗓子：“牡丹其实是太子殿下安插在裴昭身边的眼线。裴昭表面上是绸缎商行的老板，实则为太子殿下暗中输送钱财，做着一些见不得人的勾当。牡丹负责监视裴昭，以防他有异心。裴昭虽然一直想摆脱牡丹的监视，但又不敢违抗太子殿下的命令。”

杜白衡接上话，装作一副若有所思的模样：“如此说来，裴昭有杀害牡丹的动机。他想摆脱监视，又怕事情败露，于是请了个道士给妻子吹耳旁风，妻子若是真的因为嫉妒帮他完成谋划，他也能在太子殿下那里混淆视听，说都怪牡丹逼得太紧让妻子因妒杀人，而自己是个完全不知情的局外人。”

谢惊秋赞叹道：“好计谋。可惜，请了灵渊子，却将你谋划好的棋局全部搅乱。”

灵渊子在一旁拱手：“过奖过奖。”

裴昭恨恨地瞪着灵渊子，眼中满是怨毒，灵渊子却仿若未觉。裴昭忽然不屑地笑了一声。谢惊秋说：“你不会觉得太子殿下会救你吧？你办事出了那么大的纰漏，让大理寺将矛头对准了当年那场旧事，太子会信你无辜？第二个案子虽然不是你做的，但仍是干扰了太子的计划，他会信你依然忠诚还是会信你已然背叛？”

杜白衡也说：“你待在大理寺比在外面安全。”

裴昭却冷笑道：“案子都过去这么些时日了，你们觉得太子是因为信我才没对我下手的吗？”

众人看向他，裴昭却缓缓站起身，掸了掸身上的灰：“我有波斯的助力，也是太子殿下联系波斯的唯一渠道，太子殿下对我是忌惮，而不是相信。”

话音未落，谢惊秋的手下疾步闯入：“大人，刑部要提走裴昭！”

众人脸上神色各异，却都没有言语。

谢惊秋到门外迎客，刑部那人的声音却能传入房内：“太子有令，裴昭涉嫌私贩军械，即刻移交东宫审理。”

谢惊秋不卑不亢道：“人犯涉及大理寺正在侦办的要案……”

“少卿是要抗旨？”刑部的人突然压低声音，“谢大人别为难小人，太子殿下有意拿人，没办法的。”

谢惊秋说：“是，我大理寺今日会亲自将人送过去。”

刑部的人离开后，谢惊秋踏入房内，暗讽道：“裴昭还有贩卖军械的罪名呢？”

这莫须有的罪名一看就知道太子是起了杀心的，谢惊秋将人请进大理寺的举动把他们逼得狗急跳墙了。

裴昭一咬牙：“我不能去，得留在大理寺，谢大人可有法子帮我？”

谢惊秋说：“你认罪画押，大理寺将你收监，军械的罪名才能协同调查，我去向皇上请旨，将审问地点定在大理寺。”

裴昭还是服了软，点头答应下来。

裴昭入了狱，牡丹之案便算结了。杜白衡问灵渊子：“你知道即使太子被查，你犯了案也会被收押入狱吗？”

灵渊子事不关己地点头：“道人知晓。”

杜白衡有些不解：“那你为何要以身入局？”

灵渊子笑起来：“对牡丹信士插锢魂钉的做法，不仅是用来引谢信士入局，也是为了震慑太子殿下，让他知晓所作所为都有天道在看。”

杜白衡知道，灵渊子不想回答这个问题。

元崖带灵渊子离开，谢惊秋伏案在快速写着什么，杜白衡说：“牡丹之案了结，接下来就是第二个案子了，查官窑？”

谢惊秋没有抬头，快速说：“是，我现在得入宫面圣一趟，你帮我料理好之后的事。”

杜白衡说：“放心，你也多加小心。”

二人相互点点头，面上都尽量表现轻松，可心里却满是风雨欲来的感觉。

## 十二

天色渐沉时，谢惊秋才从宫里出来，他满脸都是掩饰不住的疲惫。天上又落下蒙蒙细雨，雨脚细若银针，斜斜掠过砖石，在黛色瓦沟里迸溅成碎珠，有人轻声唤他：“谢大人，谢大人。”

谢惊秋抬眼望去，宫门对面的人影浸在烟雨里，轮廓被雨水晕染得愈发清瘦，他快走几步，那人给他递了一把伞，问：“怎么没人送你出来？”

谢惊秋开了个玩笑：“若有人几次三番查我家里那些腌臜事，我也会恼怒，不让他撑伞。”

杜白衡笑了一声算作回应：“那结果如何？”

谢惊秋说：“求了道圣旨，但是是以项上人头为代价换的。”

杜白衡拉住他，正色道：“什么？”

谢惊秋笑笑：“别紧张，我用项上人头担保太子失德，皇上才不情不愿地给了我这道旨意。”

杜白衡皱眉不语，谢惊秋宽慰道：“没事，不会赌输的。”

杜白衡喉头发紧：“五年前，你也是这么求来的机会？”

谢惊秋看着杜白衡。

杜白衡问：“你就这么相信我们家是被冤枉的？”

谢惊秋说：“求仁得仁。”

二人一直走到无人的偏街上时都没再说话，就这么安静地在雨中走着。忽然，杜白衡说：“你再叫一声我的名字。”

“杜白衡？”

杜白衡停下身来，摇了摇头。

谢惊秋明白了他的意思，重新叫了声：“叶珩霄。”

杜白衡对着谢惊秋行了一个认真的大礼，说：“无论是过去还是现在，多谢。”

雨水打在二人身上，淋湿了他们的头发，谢惊秋将杜白衡扶起来，拍了拍他的肩。两个人什么都没说，可在这场雨里，什么都如此清晰。

分别之时，谢惊秋突然道：“你不觉得今天很像你我重新相见的那天吗？今夜子时，夜闯官窑，你来吗？”

杜白衡笑了起来：“定当赴约。”

子夜时分，两道黑影掠过官窑高墙。

高耸的烟囱中升腾着滚滚浓烟，一进来便能闻到浓厚的烟熏火燎的气息。即使这么晚了，窑厂里仍是灯火通明，只是人少了许多，远没有白日那么嘈杂。谢惊秋和杜白衡观察着整个窑厂，四周守卫森严，太子是下了功夫的。

杜白衡低声道：“若要做人骨瓷，在陶泥阶段就要动手。我提前查了，得去西厢库房。”

二人十分有默契地潜行前进，避开官兵，像是在阴影里潜伏的夜鸮一样无影无踪。存储陶泥的库房里倒是没人，只是门口站着守卫的士兵。谢惊秋从怀里掏出黑布蒙面，从屋顶碎瓦处一跃而下，背着的长剑被他一把卸下，鞘身“砰砰”两声闷响，那两名士兵还没反应过来，便已被打晕，悄无声息地倒下。

杜白衡紧跟其后，给两个士兵都扎了针，让他们昏迷的时间再久一些，又迅速将他们拖至暗处藏好，随即在其中一人身上搜出了库房钥匙。

二人踏入西厢库房，映入眼帘的是许多巨型木箱，里面堆满了大大小小的高岭土堆，空气中弥漫着泥土特有的腥气。杜白衡在各个泥堆间仔细翻找，眉头紧锁，口中喃喃：“奇怪，找不到人骨踪迹。”

谢惊秋则警惕地守在门口，时刻留意着外面的动静。突然，外面传来一阵急促的脚步声，紧接着是一声大喝：“库房这边怎么没动静？去看看！”

“巡逻士兵。”谢惊秋立刻回头，拽住杜白衡的手臂说，“走，找错地方了。”

杜白衡也很快反应过来，跟着谢惊秋离开了库房。

二人从紧张的喘息中稍稍平复下来，杜白衡一手撑在墙上，一手捂着胸口："你跑得也太快了。"

谢惊秋说："进去得太容易，而且里面没有一点血腥气。"

"都是正常的高岭土。"杜白衡点头道，"那人骨会存放在哪里呢？"

二人分头行动，可整个窑厂看起来都无比正常，他们一番搜寻仍是无果。直至他们重新碰头之后，蹲在主窑房顶上一筹莫展之际，有个穿绛紫长袍的监工提着灯笼从远处一房间走出，一头卷发扎了一半披散一半，脸上横肉被光影割裂："丑时五刻阴气最重，该添新柴了。"

谢惊秋和杜白衡二人对视一眼：太子监管的官窑出现了波斯人。那里是烧制也是出瓷的地方，眼见着这人走进窑坊，捧着一只白瓷瓶出来，对一个上身赤裸的烧窑师傅说："这批货质量不错。"

杜白衡低声问："要去探探那个房间吗？"

谢惊秋轻轻摇头，拽了一下杜白衡的衣袖，示意撤退。

他们从官窑悄然离开，谢惊秋对杜白衡说："我们现在贸然进去会打草惊蛇，而且我们打晕的守卫估计已经被发现了，不能等到他们通知太子。你回大理寺拿圣旨，我去召集人手，我们得光明正大地进去。"

## 十 三

天还未亮，大理寺的人便已经将整个官窑团团围住，谢惊秋已经收到消息，太子正往这边赶，只是此地偏僻，还需要一些时间。

官窑的负责师傅拦在门外，赔笑道："官爷，这是做什么呢？怎么这个点过来啊。"

谢惊秋不给这些人拖延时间的机会，直接下令："拿下。"

手下利索地将人控制住，谢惊秋大步一迈，直直朝着那波斯人出来的房间走去。各处守卫的官兵集结起来，拦在大理寺一行人面前，双方都剑拔弩张，恨不得下一秒就要动手。

谢惊秋抬手叫停，看了一眼杜白衡，"宣旨。"

杜白衡站出来，打开明黄绢布，念道："奉天承运，皇帝诏曰，大理寺少卿奉旨查案，行一切方便，不得阻拦。钦此。”

守卫官兵互相看了几眼，只能半跪在地，给他们让路。

他们进了那不起眼的小房间，只见里面摆了两套制工桌椅，看起来一切都很正常。谢惊秋一声令下：“搜。”

大理寺众人便在里面一寸寸地搜寻。

不知是谁喊了一声：“大人，这个地砖有古怪。”

谢惊秋走过去蹲下，用手敲了敲，声音发脆，可见底下是空的。他看着这严丝合缝的地砖，问：“可有找到机关？”

众人面面相觑，纷纷摇头。

谢惊秋冷冷道：“那就砸开。”

地砖被砸成碎块，掉落在里面的空间之中，地砖之下是口枯井，沿壁上打着铁制的梯子，机关也是由里朝外开的，因此那房间里什么都找不出来。

两名手下很有眼力见地先行下去探路，谢惊秋也跟着下去，杜白衡紧随其后，元崖则留在上面以防太子赶来。

枯井底部连通着一个密道。密道很长，一开始还觉不出什么，但走得深了就能嗅到一股臭味，这味道越往深处越浓，腥臭的气味几乎可以化为实质，连杜白衡这种见多了尸体的都忍不住反胃。不少人都掏出面罩戴上，或是将口鼻捂住，黏腻的血腥气让每一个人都眉头紧锁。

终于到了密道尽头，一扇石门出现在众人眼前，石门不厚，但上面雕刻着波斯图案，像是祆教秘法里的咒术，从缝隙中能透出光来，里面有人在低声交谈。谢惊秋和杜白衡对视一眼，默契地停下脚步，屏住呼吸。谢惊秋微微侧身，将手按在剑柄上，另一只手比了个手势，大理寺众人直接撞门闯入，将里面的波斯人和制瓷师傅全部绑了起来。

众人看见密室中央是一个仅能容纳一人的窑炉，里面似乎正在烧制着什么。杜白衡强忍着恶心走上前去查看，发现炉内正燃烧着一具人骨。看到这场面，他差点吐出来，其他人也都几欲作呕。因为这密室内摆放着数具残缺不全的尸体，地上满是干涸的血迹，宛如人间炼狱。

另一边的青石台上整整齐齐摆放着十余具尚未完全腐化的尸体，每具尸身心口都钉着三枚锢魂钉。而窑炉燃烧之后的骨粉也被码得整整齐齐放在数十个大箱子里面，谢惊秋用火烛往上一照，这些骨粉还泛着青光。

刚才在密道里光线不好还看不出来，这里满地都是蛆虫，有的都已爬出门外，蝇虫更是满天飞，每一具残尸上都盖着一层会动的黑色苍蝇。

没有人愿意在这种环境里开口说话，杜白衡看着被分解的头颅和躯干，心中难过地想，这哪里是人骨瓷，这分明就是活人俑。

谢惊秋的状态也不好，他往日里所见都是些活人的钩心斗角、阴谋诡计，可这种场面他也是第一次碰上，他只能强撑着不让自己吐出来，还得分出心力去找另一边的出口。他用剑拍了拍一个波斯人的脑袋，那人在如此境地却还是满脸不屑，谢惊秋刚要动怒，另一边的制瓷师傅开口："官爷！官爷！我是被挟持在这儿的，我给您指路，还有一条密道在炉子后面。"

窑炉里的温度很高，两侧的通道也很窄，谢惊秋小心地绕到后面，果然是另一道门。他朝众人点了点头，大理寺的人动作很快，分工明确地记录着这里的惨状、搬运这里的物证、把犯人往外押送……这一次众人的行动都十分快速，没人愿意在这里面多待一秒。

另一侧出口是一片荒林，荒林紧挨着乱葬岗，杜白衡出来后看到熟悉的地方，心中的愤怒逐渐蓄积。十年前，盛贵妃为了一个捕风捉影的招魂仪式，将许多无辜之人炼成恶鬼；五年后，太子为了争权夺势，将平民百姓的尸骨做成瓷瓶。若是世道如此，哪里来的人心安定？

谢惊秋走到他身边，皱着眉说："还来不及缅怀故人，你在此处守好，一定要保住人证物证，现下太子应当赶到了，我先过去会会他。"

谢惊秋说完把自己的令牌给了他，杜白衡接过，道："放心。"

## 十四

谢惊秋赶到时，元崖已经快撑不住了，他被两个东宫侍卫反剪双手按在地上，脸上还带着瘀青。太子抚着腰间金错刀笑道：“谢少卿来得正好，孤正与你的手下探讨——私闯官窑该当何罪？”

“殿下不妨先看看这个。”谢惊秋从怀里掏出圣旨，冷冽的眼神直视太子，“行一切方便，不得阻拦。”

太子的目光在圣旨上打了个转，笑道：“你这副手说奉旨办事，孤还当是唬人呢。放人。”

按住元崖的侍卫松开手，元崖满脸不服地站了起来。

太子说：“不知谢少卿查出什么了？”

谢惊秋冷冷道：“瓷器品质不好，掺了人骨进去。”

太子故意做出一副惊讶的表情：“是吗？官窑出了这么大的纰漏，也是孤监管不力，此事不如就由孤一力清查，将功赎罪可好？”

谢惊秋微眯双眼：“这是大理寺的案子，恕臣难以从命。”

太子继续道：“父皇那边自有孤去解释，谢少卿不必觉得为难。”

谢惊秋看着太子几瞬，忽然道：“元崖，抓捕太子归案。”

元崖立刻兴奋地喊了声：“是！”

在场的东宫侍卫皆是一惊，不知该不该拦。

太子没想到谢惊秋会直接翻脸，怒道：“谢少卿，你敢！”

谢惊秋仍是双手捧着圣旨：“陛下有令，官窑查封，太子涉事，理应回大理寺协助调查。难不成，太子这是想抗旨？”

太子被气笑了，谢惊秋却对元崖道：“将太子殿下好生请回去。”他将“请”字咬得很重。元崖也附和道：“殿下，请吧。”

太子到了大理寺后，谢惊秋没有立刻审案，他让元崖盯着太子，一直给他倒茶。

杜白衡跟着物证一同回来，验尸房如今人满为患，长安城所有的仵作都被叫来帮忙。谢惊秋将他拉到一边，说：“太子不会认罪，他一定会闹到圣上面前。你这里多久能好？”

杜白衡看了一眼身后进进出出的仵作，道："来得及，一定来得及。我可以进宫面圣。"

谢惊秋有些担心地看他："你不怕？"

杜白衡摇摇头："不怕。我如今变化这么大，没人能认得出我。"

谢惊秋说："好，我能拖就拖，但太子若执意入宫，我便带他先行一步。"

"但……"杜白衡有些担忧地说，"要给太子定罪得找到人骨瓷最终的流向，那肯定是祭祀仪式所在之地。"

谢惊秋倒是神色如常地反问："你觉得会在哪儿？"

杜白衡看他这心有盘算的样子，竟然也不担心了："在哪儿？"

谢惊秋做了个口形："盛贵妃。"

## 十五

紫宸殿的蟠龙金柱在烛火中投下狰狞暗影，谢惊秋垂手立于玉阶之下，太子跪在一旁，后背已叫冷汗浸透。皇帝将奏折重重掷于案上，琉璃镇纸应声而裂。

"十年前波斯妖术闹得朕夜不安枕，如今连东宫也……"皇帝被气得咳嗽起来，"太子，你说！"

太子跪着磕了几个响头："父皇，官窑出了这么大的事，儿臣的确是有监管不力的罪过，可是杀人这事，儿臣真是毫不知情啊！"

皇帝冷笑一声："当真是毫不知情？"

太子力呼："父皇明察！"

皇帝对谢惊秋说："谢爱卿，你有何证据？"

谢惊秋不紧不慢地回答："启禀陛下，这案子起初是源于醉月楼一位歌姬之死，此歌姬名为牡丹，是太子殿下麾下的线人；凶手已被关押在大理寺内，是一位名为裴昭的商户，此商户财力雄厚，与太子殿下有多年的交易往来，这是太子写给裴昭的密信，请陛下过目。"

太监将谢惊秋从裴昭书房拿到的密信呈给皇帝看，谢惊秋继续道：

“第二起相关的案子涉及朱雀门外一河渠里打捞上来的浮尸，这具尸体的线索直指官窑的人骨瓷，其中内幕，臣想请一个人证。”

皇帝颔首，谢惊秋将灵渊子带到殿前。

皇帝一见他便起身道：“道长？”

灵渊子微微一笑，给皇帝行了个礼：“参见陛下，正是道人。”

谢惊秋没想到灵渊子竟然会和皇帝认识，退至一旁不再说话。

灵渊子将当年故事的来龙去脉又讲了一遍：“第二件案子是道人做的，那头颅是从官窑密室外的乱葬岗取的，因为波斯祆教认为头骨和骨架烧出来的颜色不同，从而都是分开烧的。而那具枯骨，是官窑曾经的制瓷师傅，当年密室里的其他人不忍心将他烧成灰烬，便偷偷埋了起来，也是道人挖出来的。由此引来大理寺调查。”

跪在一旁的太子越听越恼怒，他愤愤道：“灵渊子，你是在帮四弟铲除异己吧。”

谢惊秋心中这才了然，原来灵渊子是四皇子的人，怪不得能知道那么多内情，还有能力布下这整个局。

“荒唐！荒唐！”皇帝大发雷霆，可在场的所有人都不敢劝，“太子，你还有什么好说？！”

太子仍是嘴硬道：“父皇！你不能只听信这道人一面之词，他是四弟的人，话不可尽信。”

谢惊秋道：“陛下，臣还有一证人，他是大理寺的仵作。”

皇帝已经累到不想再说话，他挥挥手示意把人带上来。

杜白衡恭敬地跟着太监走上前，手里捧着青瓷方匣，匣中整整齐齐码着三十七枚锢魂钉，每枚钉尾都刻着波斯文字。他行礼之后拿出一张很长的验尸录念道：

“永宁廿三年书库案，四枚。

“五年前江宁府爆燃案，七枚。

“三年前洛阳山匪抢劫案，十二枚。

“两年前关内尸首盗窃案，五枚。”

殿内寂静无声，只有杜白衡的声音一字一顿、振聋发聩：

“张氏阿宁，右脸上有胎记。

“江宁绣娘，左肩有烫伤旧疤。

“陈大勇，西关船工，右手六指……”

“够了！”皇帝喝止，“别念了。”

谢惊秋当即跪下：“陛下，这只是今日保留下的尸骨，这么多年，不知有多少尸骨都被烧成灰烬了。”

就在此时，殿外忽起喧哗，羽林卫统领疾步入内：“禀陛下，冷宫走水！”

皇帝脸色骤变，猛地起身，“你说什么？冷宫走水？立刻派人去救火！”

羽林卫统领领命匆匆退下。太子听闻此消息，脸上闪过一丝不易察觉的慌乱。谢惊秋敏锐地捕捉到了太子的异样，迅速向皇帝请命：“陛下，冷宫走水一事或许与本案有所关联，臣恳请陛下恩准，让臣一同前往冷宫查看。”

皇帝心烦意乱，摆了摆手：“去吧去吧，务必查明真相。”

谢惊秋带着杜白衡匆匆赶往冷宫。此时的冷宫已是火光冲天，浓烟滚滚，宫女太监们慌乱地提着水桶来回奔波，却难以遏制火势的蔓延。谢惊秋抓住一个太监，问：“里面的人救出来了吗？”

太监说：“娘娘，娘娘没出来呢！”

杜白衡想进去救人，但谢惊秋拽住他的手腕，对他摇了摇头。

待火势扑灭之后，盛贵妃的寝殿有一半都化成了废墟。

但谢惊秋一眼就发现了不对，这哪里是寝殿的布局，这整个宫殿就是一个法阵。杜白衡也在不远处小声喊道：“谢大人！这里，全是骨瓷。”

他们在盛贵妃的寝殿里发现了好几箱骨瓷，这就已经给太子定了罪。太监从里殿抬出一具焦尸，杜白衡就地查验了一番，焦尸手中紧握着一枚锢魂钉。杜白衡擦拭掉烟灰，竟露出“永宁十六年”的刻痕——

正是当年盛贵妃小产的日子。

看着这枚锢魂钉，杜白衡突然笑出声：“她到死都以为能用炼鬼之法让儿子重临人间。”

谢惊秋站在他身后，轻轻拍了拍他的肩膀。

三日后，皇帝下诏废太子，着大理寺将人骨瓷案涉事人等尽数处斩。裴昭在狱中自缢，临死前留下遗命，将他所有产业与钱财都留给柳氏经营。

灵渊子被关押牢内，但他仍是事不关己的样子，像是早已将生死置之度外。谢惊秋去找过他，他大方承认了自己的确是四皇子的人，背后真正筹谋的执棋之人也是四皇子。

“谢大人，实不相瞒。道人本是山野之人，一心向道，不问世事。可长安妖星未歇，邪祟之气弥漫。四皇子也许不是救世之人，但道人也甘愿做一回棋子，哪怕以身入局，哪怕有大难将至。道人虽能力微薄，但也想尽己所能，为这苍生消弭灾祸。”

朝廷对波斯祆教也进行了全面清查，许多与此事有关的官员和势力都被连根拔起。灵渊子交代了他所用的锢魂钉和海市蜃楼镜都来源于一直与裴昭联系的波斯匠人，裴昭一死，太子被废，这些人也都被收押了起来。

## 十六

杜白衡站在乱葬岗前给无主亡魂烧纸钱时，谢惊秋将叶家案卷宗递给他。泛黄的纸张里夹着一枚玉佩，玉佩上刻着的“珩霄”二字在火光中忽明忽暗。

谢惊秋说：“这应当是你家人为你准备的生辰礼。”

纸灰被夜风卷上高空，杜白衡没有翻开案卷，而是递还给了谢惊秋。

谢惊秋看见十年未见的叶二公子仰起头，眼角映着星火：“都结束了。”

杜白衡转过头看向他，神色有些落寞道：“从今往后，知道叶珩霄的人，唯有你一个了。”

谢惊秋静静看着他，说：“至少，我会一直记得。”

三日后，两匹快马踏过朱雀大街的积水。前头那人突然回头笑道：“谢大人，这次去江南查案，可别再让我付酒钱。”

“你也就请过一次，”谢惊秋策马赶上，“若再出言不逊，本官就把你的俸禄扣光。”

杜白衡大笑。

残阳如血，两道身影没入长安城外官道，惊起一路烟尘。

尸体情况：面部模糊无法辨认，
似被人刻意用石头砸烂，整张
脸像是烂番茄。背后有巨大人
面疮伤疤……
死者：崔玖

伍
人面疮杀人案
文 贺兰邪

# 人面疮杀人案

## 一

黄昏时分，一场小雨刚过，小贩殷阿牛正挑着卖货箱经过废弃水车坊，他看见一只野兔在水车坊的井口停着。他想着自己妻子已经病了半个月，需要吃点肉补补身子，忙放下货箱赶往井边，一心想抓住野兔的他，不慎掉进了荒井里。

谁知井下有个人，正在对他呼救。

“我好饿，我好饿，我要吃。”

他借着微弱的光线一看，那人脸朝地趴着，身上散发出浓烈的尸臭味，他对这个味道十分熟悉，因为他家附近有一处义庄。

活人身上绝不会散发尸臭，再加上那个人一直保持着脸朝地的姿势。这一定是个死人。

他瞥见那人的胳膊已经完全露出，青黑一片，俨然是一具尸体。尸体又如何会说话？

他瞪大眼睛一看，那人胳膊到肩膀处，似乎长着一张人脸！

“我好饿，我好饿……”

那张诡异的人脸极尽贪婪地露出长舌，像是蛇吐信子，随时会把他吃掉。

殷阿牛被吓得大叫起来，他费尽九牛二虎之力，从荒井里爬出来，屁滚尿流地沿着延康坊巡街铺狂奔。

“诈尸了！水车坊井里有活尸吃人！”他撞开虚掩的铺门报案。

层层上报，最终由巡街铺传到了金吾卫章轻衫的耳中。

## |二|

“人面疮。”

听完金吾卫章轻衫的描述，疡医沈阿萝立刻给出这个答案。

章轻衫微微颔首，他记得《乐津医典》中有一个有趣的小故事，那便是“人面疮”。

关于人面疮的记载：江南地区，有一位商人左胳膊上长了一个怪疮，形似人面，有眉毛、眼睛、嘴巴。这个怪疮长在身上让人难受不已，商人深受其害，四处寻医却始终无法治愈。道士说他这是因果偿债，之前必定是做过坏事，才会有此报应，是冤魂索命来了。

沈阿萝知道这人面疮并非普通的疮疤，如果不及时治疗，后果不堪设想。

父亲所编著的医书《乐津医典》里记载，这种怪疮其实是一种邪术，曾经有人以它杀人。故而，父亲离世后，母亲一直嘱咐沈阿萝一定要妥善保管《乐津医典》。没承想两年前医馆来了窃贼，他不偷钱财，只盗医书。

后来章轻衫追查此事，发现盗窃医书的居然是沈乐津手下被逐出师门的弟子——苏稻。

眼下苏稻死了，《乐津医典》又回到了她手上。

沈阿萝坦言：“这种怪术已经失传，当初家父记载人面疮的由来是觉得有趣，我们生为医者，断不会去草菅人命。”

章轻衫倒是特别理智，他摆了摆手：“沈医师这些话可以先放着，眼下最重要的是去看看这怪疮该如何医治。”

“昨日金吾卫下去打捞尸体，一个叫王丘的小伙子被人脸咬了。本以为没什么大事，今日午时，他发现自己的手臂上出现了一个巴掌大小的红疮，奇痒难忍。”

沈阿萝疑惑：“人面疮会传染？”

章轻衫坦言：“我并不清楚此事，所以需要麻烦沈医师陪我去一趟，协助金吾卫查案。”

“好，我这就去。”

沈阿萝把药罐下的炉火熄灭，又忙前忙后地关好门窗，唯恐再有贼人进入。

章轻衫也不着急，他站在一边等着，眼睛时不时地看向医馆左边的那间屋子。

“他去哪里了？”

章轻衫口中的“他”，是沈阿萝一年前收留的一个伤患。

那伤患是在长安城东边的朱雀桥边发现的，当时天寒地冻，男人奄奄一息，全靠一个善良的卖菜老人把他送来沈氏医馆救助。

沈阿萝悉心照料，男人终于好转，醒来却并不记得之前的事情。

沈阿萝想赶他走，他却说自己没钱偿还沈阿萝的医疗费用，硬要留下来给沈阿萝当仆人。

沈阿萝不听，孤男寡女共处一室像什么话。她把他赶出院子，他就在大雨里等了一天一夜。

见他心诚，沈阿萝又心软，于是收留了他，便用一味药材的名字给他取名南星。

章轻衫见过南星几次，始终不喜欢他，总是不叫他名字，只一味叫“他”。

沈阿萝解释：“南星去帮我送药材，估计要明日才回来。”

巡街铺的停尸房除却昨日那具无名尸体，还停放着其他的尸体，尸臭难闻，男子都不愿靠近，沈阿萝却连眉头都不皱一下，从随身携带的布包里摸出面纱和手套戴上，轻车熟路地查看起尸体细节。

死者为男性，面部模糊无法辨认，似被人刻意用石头砸烂，整张脸像是烂番茄。

从身高来看，这位男性的身高似乎比章轻衫还要高一些。男尸的左手背有一条陈年旧伤，看着似月牙形状。

沈阿萝总觉得这个伤疤有些眼熟，似乎在哪里见过，一时半会儿没想起来。

她让章轻衫辅助，两人一起翻过尸体，检查肩膀背后的人面疮，只见那人面疮已经半死不活，全凭着最后一口气吊着，两只眼睛微睁，嘴巴一张一合。

这人脸看起来可怕至极，五官扭曲，它并不像真人的五官那样完整，一只眼睛大，一只眼睛小。鼻子是典型的鹰钩鼻，嘴巴很薄。

沈阿萝总觉得这张脸虽然丑，但她最近这段时间好像在哪里见过。

章轻衫补充道："尸体刚抬回来，这人脸还会说话，现在时间太久了，只会呜呜地叫唤。"

沈阿萝一边查看尸体，一边回复："家父的医书里记载，人面疮的主人死后，如果有人继续喂食，那人脸还可以再活一年的时间，并且尸体本身不会腐烂。如果说停止喂食，不出半个月人脸就会死亡，尸体也会随之渐渐腐败。"

"什么？你的意思是这个人起码死了一年了？"

章轻衫愕然，他想起昨日夜间仵作验尸，说这死者的死亡时间应该在十天左右。

"不排除这个可能。"

沈阿萝小心用银镊撬开下颌，观察臼齿磨损面，又根据死者所穿服饰以及腰间悬挂的配饰，判断出这是个二十岁出头的年轻人，并且家境比较富裕。

查看尸体的内脏，沈阿萝发现一个关键问题。

"他不是死于人面疮，而是被人用鹤顶红毒死的。"

章轻衫大为震惊。

验尸结束后，沈阿萝从自己腰间悬挂的药袋里取出一样东西："这是贝母。”

“在人面疮的故事里，这张脸有眼睛、鼻子、嘴巴，唯独没有耳朵。因此商人每天和人商议如何下毒杀死人脸，人脸毫不知情，你给它喂食物，它照吃不误，唯独有一样东西它不会吃。”沈阿萝举起手中的贝母，“章大人，我想做个实验，不知你是否支持。”

“你想用贝母杀死这张脸。”

“不错。”

“可它现在本来就要死了，你杀它有何用。”

沈阿萝摇摇头：“如果此刻它死去，它还会保持着人脸的形态，那我就无法知道它究竟是怎么形成的。如果我用贝母杀死它，它就会变回原样，这样有助于我知道它更多的信息。”

章轻衫立刻点头：“那就麻烦沈医师。”

沈阿萝用贝母捣成汁水，再让章轻衫撬开人脸的嘴巴，强行把汁水灌入。

人脸表情变得狰狞扭曲，竟然发出叫喊声。

约莫有一刻钟的时间，两人看见人脸逐渐烂去，随之出现的是一个杯盏大的肉痂。

章轻衫被这恶心的场景惊得说不出话，只见沈阿萝面不改色地拿起一把小刀，从肉痂挖下一块肉，再用布袋包好。

片刻后，男尸发生变化，由于人脸的死亡，宿主像是一棵树逐渐走向干枯，最终变成一具干尸。此刻，他看起来确实像是死了一年。

二人忙活完，又赶去被感染的患者王丘家中。

## 三

王丘自感染怪疮后，总是忍不住去抓挠伤口，他想不明白，明明被咬的是右手的手背，为什么整条手臂都奇痒难忍。他对着铜镜看自己的肩膀，只见肩膀上巴掌大小的红色怪疮似乎又扩大了。

他感觉到这东西有了生命，才一天的时间，它就像是要破土而出。

王丘害怕自己会死，也害怕把怪疮传染给家中的母亲，于是他把自己锁在屋里闭门不出，只让母亲送饭到窗口。母亲见状担心不已，此刻听说有疡医前来帮忙医治，赶紧引他们入屋。

二人一进屋，就看见王丘穿着一身薄衫，衣袖上的血触目惊心。

“你不会是想把人面疮挖下来吧？”

章轻衫眼疾手快抓住王丘的手，掀开他衣袖一看，肩膀处确实有一道刀割的痕迹。

原本只有一个怪疮，此刻已经延伸出第二个。

“你……”

王丘跪在地上痛苦哀求：“章大人，我不想活了，可是我母亲还需要有人养。我也是逼不得已，这怪疮让我难受得很。”

章轻衫心中说不出地难受，王丘虽然比自己小四岁，但他却是整个队伍里最让人放心的。他家境贫寒，但遇见危险总是第一个冲上去。

“你莫怕，我把医术最好的疡医沈阿萝请来了，她应当有办法治疗。”

沈阿萝对王丘说：“我虽然不是非常了解这个怪疮，但见过的各种疑难杂症也不少，总能找到救你的办法。”说着她从腰间取下装着肉痂的袋子。

章轻衫补充道：“对，我亲眼看见沈医师把那张人脸消除，她用了贝母。”

王丘放下戒心，撩起衣服让沈阿萝查看伤口。

只见他右手手背上有一圈小小的牙印，别看这牙印小，却咬得极深，已经咬掉王丘手背上的肉，留下一圈血洞。

血洞旁边有一些残留的药渣，应该是王丘自己采取的治疗手段。

沈阿萝仔细清理掉药渣，又拿出随身携带的精致药瓶，倒出一些药酒涂在患处。

王丘疼痛难忍，往嘴里塞了枕头咬着。

清理完手背的伤口，沈阿萝又为他包扎。处理完这些，沈阿萝才去看他肩膀上的两个怪疮。

此时，人面还未形成，只能看见怪疮皮肤下似乎有虫子在蠕动。

“是虫子？”章轻衫问。

沈阿萝缓缓说道：“应该是肉芝蛊。”

“南中有肉芝，生于腐尸，状如人面，嗜酒啖腥。金椿酒饲之。幼虫钻入皮下，分泌黏液模拟人面五官，母蛊宿主死后，子蛊会通过咬伤传染新宿主，并逐渐取代母蛊形态。”

章轻衫忽然想到一个问题：“金椿酒并不便宜，穷人喝不起，更不会拿这个酒来饲养蛊虫，背后主谋如果用金椿酒养蛊，那就证明他绝对不是养着玩那样简单，他会有别的用途，那他也绝不会只养一只蛊虫。”

沈阿萝紧接着说：“的确，肉芝蛊的养成至少需要一年，一年的时间里日日都得用金椿酒喂养……这个案子没有那么简单。”

眼下他们得到两条线索，一个是金椿酒贵，千金难买；另一个便是那具尸体，假设他是第一个感染的人，那就只能从他的身份入手了。

此人脸部已经被毁，无法辨认身份，只能让画像师根据他的穿着打扮，以及周身配饰模拟画出，再张贴悬赏告示。

临走前，沈阿萝又将王丘肩膀上的两处怪疮消毒，其实她也没有把握治愈王丘，毕竟男尸身上那个人脸本就要死了，王丘身上这个却是新生的。

新生的东西生命力往往更强。

沈阿萝只好采取一个新的法子，眼下王丘身上的还只是红色的疮疤，没有形成人脸，那他们就需要等一等，等到人脸出现，再给人脸喂贝母。

王丘有些害怕：“那它到时候会不会遍布我全身？”

“你如果不去伤害它，应该不会出现这种情况。你要知道它是一只虫子，你不伤害它，它就不会反击你。你如果伤害它，它就会想办法折磨你。”

王丘垂头丧气：“那好吧，我只能忍着。”

从王丘家离开后，沈阿萝回到沈氏医馆。她来不及吃晚饭，回到自己房间。刚把那块肉痂取出来观察，门便被人敲响。

“谁？”

“是我。”

南星低沉的声音从门外传进来，沈阿萝诧异，他居然这么快就从疠人村返回。

现在已经是宵禁时间，他是怎么躲过大街上的巡查的？

“进来吧。”

沈阿萝将东西藏起来，正襟危坐。

南星推门进来，手里拿着一个食盒，是鸿运酒楼里最出名的点心——梅花酥。

“阿萝姑娘，我回来的时候特地去买了梅花酥，你怎么不在家呢？”

南星说话时看起来很温柔，他那一双含情桃花眼像是狐狸眼。

沈阿萝说：“有事出去了一趟。”

“是跟金吾卫去的吗？我刚看见他送你回来。”

南星拿起一块梅花酥递给沈阿萝，她刚刚拿住，只听他又委屈地说：“以后能不能别让他送你？”

“嗯？”

“南星吃醋。”

沈阿萝手中的梅花酥掉在地上，她甚是尴尬无语。

尽管南星多次对她表白，她都觉得这是假的，他只是出于对救命恩人的感激之情，并不是真的爱。再加上南星此人看起来有些轻浮，沈阿萝更是将他的话当作耳旁风。

“哪门子的醋，别乱吃，我是有正事。话说从疠人村返回来，至少也需要一天一夜，你怎么回来得这么快，现在宵禁时间已到，你是怎么躲过大街的巡查的？”

南星再次露出伤心郁结的样子。

“我对你一日不见如隔三秋，当然是快马加鞭地赶回来。我在日落前便回来了，因为身体过于劳累，便在房中小憩了会儿。我想睡醒了，再给你梅花酥，结果你却不在家里，把我急坏了。”

“你居然在家？”沈阿萝震惊，难道是她熬药熬得过于投入，家里进了人都不知道？

“看吧，你一点也不在意我。”南星垂眸叹息。

沈阿萝尴尬一笑，目光不知往何处放，瞥见南星左手手背上有一块伤疤，像是被什么东西割伤留下的。此前她也见过这个伤疤，今日她去验尸时，见那男尸左手背上也有相同的伤疤，看起来像是月牙一样。

“我这就关心你。”沈阿萝抓起南星的左手，假意感叹，“你这纤纤玉手怎么就留疤了，什么时候形成的？我看看能不能消掉。”

“这是我小时候留下的伤疤，我调皮惯了，偷玩别人的月牙弯刀留下来的伤疤。”

“小时候？那是多小啊。”

“大概十二三岁左右吧。”

沈阿萝暗道，南星手上的伤疤色泽确实与男尸手上的不同，男尸手上的伤疤应该比南星的伤疤晚几年形成。

她又看了看南星的身高体形，不得不说，他这个体形和男尸真的太像了。

这是巧合吗？

沈阿萝的心思一向缜密，之前她不愿让南星留下来当仆役，就是因为她不信任南星。如今想来，南星重伤出现在朱雀桥边，是在一年前。荒井男尸的死亡时间差不多也是在一年前。

这很难不让人多想。

“在想什么呢？”南星伸出手在她眼前晃了晃。

沈阿萝收回心思，露齿一笑：“在想今日看见的尸体手上也有这样的伤疤。”

## 四

沈阿萝故意向南星透露荒井男尸，她想看看南星的反应，因此她并未完全透露，只拣了一部分说给南星听。

南星惊道："你当时一定觉得那男尸就是我。"

"你怎么知道那是一具男尸？"她的眼神变得锐利，像是一根银针扎向南星。

"巡街铺那个铺长张彪是个大嘴巴，我今日去鸿运酒楼买梅花酥时正听见他在吹牛呢。我听说那尸体背部好像长了一张怪脸。"南星露出恐惧的表情，"这是真的吗？"

"是真的。"

南星瞪大双眼："天下居然有这种怪事，那人脸真的会咬人？"

"嗯。"沈阿萝补充道，"不仅会咬人，还会吃东西，它是被饿死的。"

"啊啊啊！"南星夸张地举起手臂，"好恶心啊，一想到自己身上有一张丑陋的脸，我饭都吃不下。"

沈阿萝注意到南星右手胳膊内侧有一颗红痣，那尸体胳膊内侧也有一颗红痣，她当时检查尸体格外细致，确定自己不会看错。

"金吾卫是想请你去协助破案吗？"南星忽然问。

沈阿萝是疡医，随她父亲沈乐津，隶属于太医院。协助金吾卫破案，也是他们的职责所在。

南星的目光充满着好奇，直勾勾盯着沈阿萝："你对这个了解吗？"

沈阿萝微微摇头："我只在父亲所写的《乐津医典》里见过人面疮的记录，今日还是第一次见。

"书上说，人面疮其实是一种寄生在体内的蛊毒，宿主死后，如果有人继续喂食人脸，人脸还可以再活一年的时间，并且尸体本身不会腐烂。如果说，停止喂食，不出半个月，人脸就会死亡，随之，尸体也会渐渐腐败。"

南星愕然："有这种怪事？那你的意思是荒井里的男尸起码死了

一年？”

“是的。”

“在这一年里，有人隔三岔五去喂食怪脸，确保尸身不腐烂。这听起来很像是变态啊。”

南星抖了抖身上的鸡皮疙瘩：“那现在人脸怎么样了？”

“它消失了。”

南星再次震惊：“人脸会消失？”

沈阿萝点头：“当然，有一种东西可以杀死人脸，只有我和我父亲知道。”

“是什么？”南星追问。

“秘密，暂时不能说。”沈阿萝打了个哈欠，又伸了个懒腰，“我困了。”

南星微笑：“阿萝今日肯定累坏了，早些休息。”

他识趣地离开，动作轻柔地关上门。

沈阿萝熄灯，坐在黑暗处，她无数次回想起自己和南星相遇的那天。

隆冬腊月，长安城下了有史以来最大的一场雪。

那天，她受了风寒，就想早些入睡。正在她要关闭医馆大门时，卖菜的傅伯扛着一个男人来求救。

“阿萝姑娘，救救他吧，他快死了。”

当时天色灰暗，她举着烛灯去看男人的伤势，除了被人殴打的伤之外，还有一大片冻伤，看起来可怖至极。

男人的脸上有泥浆、血污，已经辨认不清长相。

医者仁心，她赶紧让傅伯把男人扛到病榻上。

她忙了一整夜，一直到后半夜，才想起来打一盆水给男人清洗脸颊。

清理干净后，沈阿萝才看清这是个俊俏的年轻人。

男人在医馆里躺了三天才醒来，他好像被人打伤失忆了，只一个劲儿地谢谢沈阿萝的救命之恩。

后来，沈阿萝好心收留了他，说等他伤势好了，再送他离开。

沈阿萝心细，她每日外出替人诊病都会将自己的房间上锁。不仅如此，锁上还缠绕着发丝，屋子里的陈设也是精心设计的，只要有人动过，她一眼就能看出来。

记得某天黄昏，她外出归来，看见房间里的医书柜子被人动过。

其实早在替男人医治时，她就已经看出来了，这男人身上的伤是假的。他确实被人打了，但远没有那么严重。这世上有一种狼毒草，配上冰雪，涂抹全身，就会造成一种遍体冻伤的假象。

沈阿萝铁了心要将男人赶走，她自然不会揭穿男人的把戏，只说男女授受不亲。

男人说自己要报恩，以命相报。

沈阿萝不听，男人就在暴雨之中跪了一夜。

沈阿萝心想，自己是不是误会他了，退一万步来说，就算自己不是误会，那她也必须弄清楚，这个男人究竟想在医馆里找到什么？

既然他是冲着医书来，那就先留他，看清楚他要做什么。

沈阿萝请男人进屋，说外面雨大，他身体刚好不要又惹上风寒，说着还特别体贴地端上一碗姜茶给他喝。

她盯着他喝完，才答应让他留下成为仆役。

那碗姜茶里面有毒药“相思”，这种毒药不是剧毒，而是会让人成瘾。只要定期给他喂药，就能用药物控制他，确保他不会伤害自己。

她是一个医女，不会什么武功，只能选择用毒自保。

一来她想探清男人的底细，二来她想知道男人为何要进屋翻看，他究竟想得到什么。

把敌人放在自己身边，虽然危险，却非常有效。

因此沈阿萝给男人取名——南星，南星是一味药，能够治人也能害人。

在这一年的相处时间里，南星没有露出马脚。

但沈阿萝知道，他隔三岔五都会消失半个时辰。从医馆到荒废水车坊的距离，刚好就是半个时辰。

沈阿萝的鼻子很灵，她能够闻见，南星每次回来他身上都有一股“食物”的气味。

南星说是去喂小巷子里的猫狗，起初，她信了。今日，她忽然明白了，也许南星投喂的不是猫狗，而是人脸。

天底下不会有两具差不多的身体，除非尸体和活人是一对兄弟，又或者是有人刻意把自己打扮成尸体的样子。

总而言之，沈阿萝觉得，南星肯定认识那具尸体，且他们之间有着密不可分的关系。

南星进入她的房间翻看医书，一定是想了解人面疮。

刚才她和南星的对话，南星一开始表现得浑不在意，直到她提到“人脸消失”，南星的眼睛亮了，说明他对此事极为在意。

除却这些，沈阿萝还发现了一些怪事，南星在医馆的这一年里，她总是看见有人在盯梢沈氏医馆，她无法辨认那些人的来历。这个男人身上全是谜团，目前还是没法分清是敌是友。

接下来两日，沈阿萝在医馆无事可做。她看见大街上已经贴满画像，这画像里男人没有脸，只有服饰和配饰。

看客们议论纷纷，全都在讨论是谁这么惨，感染了人面疮这个怪病。

沈阿萝暗地里观察着南星的反应，南星还是照旧忙着收拾屋子里的药材。他是一个很贴心的管家，屋子里的一切都被他收拾得整整齐齐。

## 五

在等待男尸身份消息的这些天，沈阿萝去了一趟鸿运酒楼旁边的杂耍馆，听说十天前有个西域杂耍艺人来此驻扎，每日都在表演吞蛇绝活，与蛇共舞。

围观看客纷纷拍手叫好，沈阿萝的目光却被一个叫阿摩罗的男人吸引。

阿摩罗三十出头，一头卷发，鼻子高挺，嘴唇很薄。也不知是不是她看人面疮看多了，产生了错觉，她总觉得阿摩罗的脸和人面疮长得有些相似。

父亲曾经说过人面疮长出来的脸，一定是第一个被虫子吃掉的人，那些虫子和人一样拥有记忆，它们进入人的身体里，会不断地演变那张死人脸。

虽然男尸身上的那张人脸看起来丑陋不堪，与略显俊朗的阿摩罗完全不同，沈阿萝却找到了一些相似的细节。

阿摩罗的眼睛很大，炯炯有神，人面疮的脸上却是一只大眼睛一只小眼睛。那只大的眼睛确实和阿摩罗的眼睛很像。

再看阿摩罗的鼻子，那是鹰钩鼻，仔细想来人面疮的鼻子也是鹰钩鼻。他们的嘴巴也是一样的薄唇。

沈阿萝目不转睛地盯着阿摩罗看，阿摩罗注意到这灼热的视线，他用不标准的长安话问沈阿萝："漂酿滴姑娘，你向与蛇共舞吗？"

沈阿萝尴尬地摇头离开，转身去鸿运酒楼买梅花酥。

她耳尖，听见周围食客都在传，说巡街铺的男尸有人来认领了。那人居然是镇国将军裴宇圳，死者是他的私生子裴延琅。

沈阿萝听完消息，赶紧往巡街铺赶去。

据说，裴延琅是裴宇圳和湖州的一位江姓女子所生。后来，裴宇圳去参军，从默默无闻的小兵变成小将，又一步步爬上了将军的位子。

宰相左利泉想把自己的女儿左月嫁给裴宇圳，助力他成为镇国将军。可他居然毅然决然返回湖州，想要迎娶江姑娘为妻。

江姑娘得知此事后，以死相逼，让裴宇圳回去，继续当他的大将军，不要因为儿女私情误了前途。裴宇圳只好回去做大将军。

可他不知道，那时的江姑娘已经怀有身孕，有神算断言，只要她生子，寿命不会超过二十九岁。

她赌不起，她害怕自己死后裴宇圳会伤心欲绝，便故意放出消息说自己已嫁给他人，让裴宇圳不要再等。

裴宇圳心灰意冷，迎娶左月为妻，在第二年生下裴继业。

江姑娘在二十一岁生下裴延琅，死在二十九岁的秋天。那一年裴延琅刚满八岁，他失去母亲，却迎来一个从未见过面的父亲。

父亲请来仆役，将他养在回琅别院。

日子一天天过去，裴延琅长大了。可他一日也不安分，整日在湖州花天酒地，什么好玩他就玩什么。

裴宇圳多次写信骂他："究竟要折腾到什么时候，你母亲用命给你换来的生命，你就是这样作践的？"

此时，巡街铺已经围满看热闹的百姓，沈阿萝自然也在其中。

裴宇圳穿着一身朱红长衫，冰冷地看向那具被毁容的男尸："我早就劝过你，不要胡作非为，现在好了，落得如此下场。江琅因你而死，这样到底值得吗？"

沈阿萝直到此刻才明白，裴延琅名字里的"延琅"其实是在延续江琅的生命。

章轻衫走上前，例行公事般询问裴宇圳："裴将军，你能确定这是裴延琅公子吗？"

裴宇圳此时才露出悲伤的神情："能确定，他手上的月牙伤疤是摆弄我的弯月刀所伤，那年他才十二岁。"

"说来也奇怪，十二岁之前他一直很听话懂事，还跟我说长大了想和我一样报效大唐，成为大将军。十二岁之后，却忽然像变了个人。"

裴宇圳很悲伤："可能是我忙于公务，很少去回琅别院看他，他才会走上歪门邪道。"

沈阿萝心里又想起南星手上的疤痕，那时南星回答的也是"十二三岁留下的，偷玩月牙弯刀"。

巧合实在过多。

如果男尸就是裴延琅本人，那南星又是谁？

裴宇圳再次开口："金吾卫章轻衫，你负责调查此案是吧？"

"对，裴将军有何吩咐？"

"尽管这逆子顽劣，终究是我裴宇圳的儿子，如今他死在荒井，又感染怪疮，你一定要彻查此事。我要知道凶手是谁。”

“这正是金吾卫的职责所在，裴将军放心。”

“这尸体，我就不带走了，留在此处助你们查案，等到案件告破，我再带他回湖州。破案时如有需要我帮忙的，我会全力配合，绝不会让这鬼疮再次害人。”

“是。”

裴宇圳忽然想起什么：“你们发现尸体时，在他身上见过一块芙蓉玉佩吗？”

“不曾见过……”

“这是他母亲的遗物，对我来说很重要，如果看到，请把它交还给我。”

“好。”

裴宇圳离开后，人群欲散，却看见一个熟悉的人影映入眼帘。那是裴宇圳家的大公子裴继业，他坐在白马上，眼神似在睥睨众生。

“这个祸害早就该死了，仗着父亲对那女人的愧意，花天酒地，祸害四方。”

“继业，无须多言，回府吧。”

闻言，众人视线再往后移，只见白马后面跟着一辆华丽马车，里面坐着的正是左月夫人。

看完这出戏，沈阿萝忽然想去王丘家里看看情况。

一阵微风吹过，她闻见了独特的檀香味。南星出现了，要求和她一同前往，保护她的安全。

沈阿萝没有拒绝，应允南星与自己同去王丘家中。

王丘肩膀上的怪疮明显比上次大了许多，那张怪脸已经初步形成，嘴巴比男尸身上的要小一些。此刻，怪脸的眼睛是闭着的，像是熟睡的婴儿。而怪脸旁边的疮疤还在长大，里面的虫子蠢蠢欲动。

王丘哭道：“我觉得很饿，不仅我饿，这张脸也饿。”

“不要给它喂食。”说话的是南星。

沈阿萝瞥向她，南星嘿嘿一笑：“我感觉这就像是怪物，你喂食的东西越多，它就会比你强大，到时候它可能会剥夺你的意志。”

王丘震惊：“是这样吗？我早上没忍住喂了它一些肉渣……”

南星挠挠头：“我猜的，你也可以不信我。”

沈阿萝叹息，从腰间取下随身携带的药袋，里面装着的正是贝母。

南星惊讶：“你上次就是用贝母把人脸杀死的？”

“嗯。”

沈阿萝将贝母捣烂成汁，让南星撬开人脸的嘴巴，将汁水灌入。

这一次人脸再次露出痛不欲生的表情，并且王丘也感觉到疼痛，几乎快痛死过去。

沈阿萝大惊失色：“难道，贝母只能杀死死人身上的人脸，却不能杀死活人身上的人脸……”

“你的意思是我必须死了，贝母才能杀死人脸？”王丘悲愤欲绝，“那就麻烦你们动手杀了我吧。”

沈阿萝自然不肯：“我再回去找找办法。”

临行前，她嘱咐王丘的母亲，一定要看好他，别让他自杀。

走出王家小宅，忽然有个女子跪在沈阿萝跟前：“沈医师，求求你救救我家相公吧。”

沈阿萝认得这位女子，一个月前她来店里买了许多治疗疮疤的药材，她好像叫柳娘。

“你站起来，仔细说说你家相公怎么了。”

“他……他身上长了人脸怪疮！”

## 六

沈阿萝和南星跟着柳娘往云烟小筑赶去。

从柳娘嘴里得知，她家相公李建树从外地回来后，身上便长了一个怪疮。起初以为只是普通的疮肿，涂抹一些草药就应该好了，哪知怪疮在七天后长出了一张人脸。

自从人脸出现，李建树就像变了一个人，日日夜夜吵闹着要吃肉。

不吃肉，他就要杀人。

吃了肉，李建树才能恢复正常，只是如今这人面疮越来越大，李建树神志不清的时间也越来越长。

柳娘害怕极了，它怕人面疮会将李建树取而代之，便想着趁其不备将它杀死。

没承想，李建树受伤后，背上又长出第二个人面疮……

柳娘推开门，只见昏暗的室内有一男子被五花大绑在床上，他和背部的人面疮一起叫嚣着要吃肉。

此番画面诡异至极，令人作呕。

沈阿萝上前查看人面疮，李建树竟发出类似于猛兽的低吼，想要吓退沈阿萝。

南星不忍再看，直接伸手打晕李建树。

沈阿萝检查后，发现李建树已危在旦夕，那些虫子控制了他。

她转身问柳娘："你说李建树从外地回来就感染了怪疮，那外地是何地？"

柳娘抹泪道："好像叫什么……神仙府。"

"神仙府，这地方我略有耳闻，它家赌坊怪得很，寻常时候根本找不到入口，只有满月之夜才会让客人进入……"

察觉到沈阿萝的视线盯着自己，南星赶紧解释："这些都是我从鸿运酒楼老板陈贵那里打听到的，他的客人来自五湖四海，什么都见过。据说，神仙府最出名的除了赌坊舞姬，还有一样美酒。"

沈阿萝惊道："金椿酒。"

"你怎么知道？"南星微惊。

沈阿萝只觉此事非同小可，这或许不是普通的疮疤感染，而是一条黑色产业链，背后目的暂时无法得知。

现在必须马上通知章轻衫，让他去查一查神仙府。

南星忽然问沈阿萝："你在荒井男尸身上看见的人脸，跟李建树身上的人脸一样吗？”

李建树背后的人面疮一共两个，一大一小，看起来像是父子，因为这两张脸长得都像同一个人。

“这是一个人？”

沈阿萝自言自语：“在喂养肉芝蛊时，需要献祭一个人的身体。那些虫子将尸体啃噬干净后，虫子就会记住那个人的长相，以至于每次演变出来的人面疮都是同一张脸。”

“咦——”南星皱起眉头，嫌弃地说，“那这张脸的主人也太丑了，嘴歪眼斜，大小眼。”

沈阿萝却陷入沉思，这实在有太多的巧合。

神仙府靠近西域，那里盛产金椿酒，今日她看见的西域杂耍艺人阿摩罗刚好是十天前进入的长安。一切证据都指向西域。

可是阿摩罗来到长安才十多天，荒井里的男尸却已经死了一年，这究竟是怎么回事？

接下来，沈阿萝又询问柳娘，李建树前往神仙府到底发生了哪些事情。

柳娘照着李建树之前的讲述，把过程说了一遍。

四月十三日，李建树收到远房表哥的邀请，去湖州游玩。他们二人都没去过神仙府，便想着找个机会去一次。

这机会还真让人等到了。

神仙府原本是不接待穷人的，那天神仙府的主人破天荒地想要为自己庆祝生日，什么人都能进，只要能在黑市买到邀请函。

李建树跟着表哥李明源进入神仙府，在里面见到了美丽的舞姬，也喝到了美酒金椿。

在神仙府有个规矩，进入神仙府必须在里面停留三天。

三天后，等李建树从梦中苏醒，发现自己躺在当地的乱葬岗，之前的一切就像是一场梦。

他招呼表哥回家，于当天下午乘船走水路返回长安。

回到长安的第三天，他感到后背很痒，脱下衣服一看，发现长了一个怪疮。

柳娘哭哭啼啼地说：“后来我们也写信问了表哥，听说他也受不了痛苦，自杀了。”

根据以上交谈，沈阿萝总结出了人面疮的特征。

第一，人面疮的蛊毒应是来自神仙府里的金椿酒。幼虫须在宿主体内存活三日才会产卵，这也是神仙府强制客人滞留三天的原因。

第二，如果有人能承受感染人面疮的痛苦，它就会给宿主带来一些好处，并以此来操控宿主。不能承受痛苦的人，会死在人面疮形成之前。

第三，饮下金椿酒后，人面疮会在六天内长出，这是根据李家兄弟感染的时间来推算的。

“李家兄弟六天才能形成人面疮，那为何王丘的疮上四五天就长出了人脸？”南星问。

“很简单，因为王丘伤害过人面疮。”沈阿萝解释，“人面疮在受到攻击后，会加快生长速度。”

“那我还有救吗？”被人面疮折磨得半死不活的李建树发出虚弱的求救声。

“你喂食的东西太多了，它几乎已经吃光了你的脑子和心脏……”沈阿萝叹息道，“你现在已经是它的容器了。”

李建树瞪大双眼，他不敢相信自己居然会变成虫子的容器。

沈阿萝和南星走出李家，找到章轻衫，将这些事情一一告知。

章轻衫问道：“阿萝，你父亲研究人面疮到底是为了什么？”

沈阿萝却言：“起初父亲认为这世上应该不会有这种怪疮。可他是个医痴，对于诡病十分好奇，便花费大量精力去研究。第一名患上人面疮的商人就是他治好的。”

章轻衫瞪大双眼，难以置信。

“起初这种怪疮并非人为，而是真的存在。父亲用贝母杀死人面疮，挖下它一块肉，研究出里面存在着某种怪虫，这便是人面疮的来源。为了让这个怪疮不再害人，他又花时间去寻找这种怪虫，后来他似乎找到了，但没有告诉我。他那年外出就是为了寻找这个虫子，只是没有想到他会被匪寇杀死，再也无法回来。”

章轻衫恍然大悟:“原来如此，沈老是为了救人才会研究这个怪疮。那他当时究竟去了哪里？”

沈阿萝摇头：“父亲去世时我才十四岁，我听阿娘说，他的尸体是在抚仙村发现的。抚仙村有个男子是我父亲的旧识，他看见被乱刀砍死的父亲后，便立刻写信给沈氏医馆，我阿娘找了几个帮手去抚仙村领尸回家。”

“有没有可能，你父亲并不是被匪寇砍死，而是被人谋杀呢？”南星忽然说，“你看，沈老去寻找怪虫的来源，刚好就被匪寇杀死，这也太奇怪了。”

章轻衫补充:“抚仙村那个地方我听说过，在靠近西域那个方向，那边的人特别奇怪。沈老的旧识怎么会去这个地方呢？”

“当时我年纪尚幼，没有仔细思考。现在看来我父亲的案子确实有很多疑点，而且他死后居然有人来偷窃医书，医书被盗后，人面疮就现世了，这或许是谋划已久的阴谋……”

## 七

第二日，章轻衫带着金吾卫兵分两路去外地办案。

他此行是为查清两件事，第一件就是怪虫到底吃了谁的尸体。章轻衫找了一个画像师，将人面疮那张脸画下来，满城张贴。画像上注明:若是见过这张脸，上报者重重有赏。他又派了两个人去西域打听神仙府，顺便沿路问问有没有人见过这张脸。

章轻衫本人则去抚仙村打听当年旧事。

去抚仙村路途遥远，即使配上最快的追风马，也需七天时间。

在这七天里，沈阿萝除了在医馆给病患诊病，便是外出查看被人面疮感染的两位病人。

沈阿萝每日往食物里倒进少量的贝母，她想起父亲说有时候毒药也是解药，于是又往食物里加了一味毒药。两种药混合，人面疮全然不知危险即将来临。

在第五日午后，沈阿萝见王丘身上的人面疮已经奄奄一息，再过一些时日，应该就会化为血水。

李建树身上的人面疮就比较难治，若想得救，那可能真需要神仙再世。沈阿萝只能悄悄告诉柳娘，可以为李建树准备身后事了，并建议一她定要选择火化。因为如果选择土葬，说不准过几日李建树会复活。

柳娘吓了一跳，说死人怎么会复活。沈阿萝告诉她，复活的并不是李建树本人，而是虫子在操控他的身体。

柳娘接连点头，表示自己一定会选择火化。

沈阿萝每次外出，南星都寸步不离地跟着，似乎比之前更黏人了。

南星笑着说："我这不是喜欢你吗，就希望一直看着你呢。"

沈阿萝倒也不在意，只是在每日饭菜里给他施药。

意外出现在第七天黄昏，一名富商仆役来找沈阿萝，说是主人也患上了人面疮。

沈阿萝跟着仆役上了马车，刚上车她就察觉到不对劲，这马车内有一股奇怪的香味，像是迷香。反应过来时，她已经晕倒在马车内。

她终于知道这几日南星为何一直在她身边徘徊，他不是太喜欢她，而是太害怕她被人绑架。

她已经知晓太多关于人面疮的秘密，那个幕后之人要出手了。

这个幕后之人十分聪明，前几日他不出手，是因为金吾卫章轻衫一直在她身边，如果她失踪了，金吾卫肯定会动用一切力量找到她。今日她身边没有章轻衫，也没有南星……

凶多吉少。

沈阿萝的意识渐渐涣散。记不清过了多久，她被一桶冷水浇醒。

"赶紧醒一醒，我们主人要找你问话。"

她还没有睁开眼睛，那人就一脚踹过来，刚好踹到她小腹，很疼……

她睁开眼睛，看见面前站着四个男人。他们都穿着夜行衣，脸上自然也戴着面具，面具上画着妖艳到夸张的牡丹花。

“沈阿萝。”

有人在叫她的名字，声音是从上方传来。

沈阿萝抬头看去，在废弃酒楼的二楼围栏处，站着一个黑衣人，他戴着的面具上画着白牡丹。虽然他穿着的服饰和周围人相同，但沈阿萝一眼就看出此人气度不凡。

“知道我为什么抓你？”轻飘飘的声音像是在嘲讽她的无知。

沈阿萝质问：“你用人面疮害人，还想阻止我研制解药。”

“不算太笨。”白牡丹凑近她，温热的气息吐在她的耳郭上。

“今夜我是来杀你的。”白牡丹伸手捏着沈阿萝的下颚，“沈姑娘，你不是特别喜欢治病救人吗，那今天我们就来玩个好玩的游戏。人们都说医者难自医，我把人面疮喂给你，你能把自己救活吗？”

旁边的随从立刻端出一壶酒，沈阿萝立刻猜到这就是金椿酒。

沈阿萝看了眼随身携带的护身瓶，里面有她饲养的毒蜂。这毒蜂特别护主，会叮咬除了主人以外的所有人，被叮咬的人不出半个时辰就会毒发身亡。

“我们做个交易吧。”

“你一个将死之人，有什么资格跟我谈交易？”

“如果我猜出你的身份，你就放我走。”沈阿萝知道这个男人的身份不凡，如果自己毒死他，说不准会惹来大祸。

“哦？”

“几天前，我在巡街铺听过你的声音。还有你身上的香气……听说大相国寺最近新上贡了一种檀香，能够萦绕人身半月而不散，因此得名萦月散。”

“你是将军府大公子裴继业，我说得没错吧？”

白牡丹身形一顿，声音变得狠厉：“那你就更不能活着离开了。”

沈阿罗抿唇一笑："我都要死了，不妨让我猜猜你打算做些什么。"

"说。"

沈阿萝自认看不见明日的太阳，便摆出一副死马当作活马医的架势。

"那就从最开始说起吧。两年前，你让人来医馆窃取医书，是想利用人面疮做一件事。根据我的了解，人面疮可以操控人的思想，把人变成行尸走肉。但此事过于离奇，难以相信，于是你找到了第一名试药人。"

"是谁？"

"你弟弟裴延琅。"

"他才不是我弟弟！他不过是个没人要的畜生而已。"一提到裴延琅，裴继业变得像个疯子。

"你嫉妒他。或许说得更准确一点，你是在替你母亲嫉妒他的母亲江琅。"

裴继业一巴掌扇在沈阿萝脸上，鲜红的五指印立马显现。

"那个女人明明是个插足者，却被人夸赞深明大义。"

"那我猜对了。"沈阿萝倒也不生气，继续激怒裴继业。

"长安城中一直有传闻，说裴大将军根本就不爱左月夫人，他只是被迫迎娶了她。成婚后，两人看似相爱，实则一直分居。他爱的是江琅，青梅竹马的江琅，温柔的江琅，那个为了让他达成心中抱负，而放弃儿女私情的江琅！"

"啪！"又一巴掌打在沈阿萝的右脸上。

沈阿萝越说越激动，她的声音很激昂，即使被打也没有停下："我也佩服江琅，她实在是个不可多得的好女人。"

"啪！"又是一巴掌。

"一个贱人，一个夺走我母亲幸福的贱人……"

"他还夺走了父爱，对吧？"沈阿萝嘴角挂着血，她笑了，"你不敢承认你母亲嫉妒江琅，你也不敢承认你嫉妒裴延琅。所以，你的第一个实验对象就是裴延琅！"

“哈哈哈，是啊，我做梦都希望他死。”

裴继业不装了，他摊牌了。

## 八

裴继业一直以为自己是个幸福的孩子，至少在那个贱种没出现前，他是幸福的。

但他不懂，父母为何看似相爱，背地里却一句话也不说。

直到后来，父亲提出想把延琅带回长安抚养，裴继业这才明白，原来他的幸福来源于父母的伪装。那天晚上，父母卸下伪装，为了一个叫延琅的贱种大吵大闹。

他看见高傲的母亲哭着问父亲：“将军，我十九岁时便为你生下继业，我们在一起已有八年，你究竟有没有爱过我？还是说，从头到尾你心里都只住着一个江琅？”

那时，父亲是怎么回答的？他没有回答，只是提醒母亲：“今夜大雨，小心风寒，关窗休息吧，我去书房了。”

后来，父母再也没有在同一个屋子里出现过。

他们过着井水不犯河水的日子。

父亲也没有把裴延琅接来长安生活。听说，他在湖州给裴延琅修了回琅别院。

每隔一段时间，父亲就会去回琅别院小住。

可是以前父亲休假时，都会带他外出爬山打猎，为什么现在父亲把仅有的休息时间都给了裴延琅这个贱种？

他看见父亲收到那人来信时露出的笑容，这种温和的笑容，父亲从未给过他。

他看见父亲连夜给裴延琅写信，又让管家给裴延琅买长安的糕点、长安的玩具，全都寄往湖州。

父亲是不是忘记了，裴继业也是他的儿子。

裴继业嫉妒得发狂，十三岁那年，他再也忍不住，让仆役带着自己去回琅别院，他要去见一见这个裴延琅。

那天，裴延琅在大街上游玩，裴继业找来一群人把他痛殴一顿，并且把自己和母亲的遭遇添油加醋地告诉了他。

裴延琅是个心思纯粹的小孩子，他真的以为是父亲对不起裴继业母子，便想着赎罪。

他开始学着做坏孩子，只要父亲能平安无事。

后来，父亲果然不再来回琅别院，就算是来，也只是夸赞裴继业，说裴继业聪明懂事。

裴延琅失望了，原来父亲的爱和母亲不同。母亲说过，她爱延琅，不是因为延琅聪明懂事，而是因为延琅是世上唯一的延琅。

大概是真的和那群混混学坏了，裴延琅学会了去赌坊，学会了去青楼。父亲不喜欢的事情，他全都做过了。

裴继业哈哈大笑：“但我选择他作为第一个试药人，并非因为嫉妒。”

“去年冬天，我在鸿运酒楼看见有个酒鬼赌钱赌输了，别人叫他给钱，他不给，他叫嚣着说自己是裴宇圳的儿子。那些人当然不信，但我信。因为我看见他手上的月牙伤疤，正是被月牙弯刀所伤，还有他腰间挂着的那半块玉，与我父亲手中的芙蓉玉佩相吻合。这家伙居然从湖州来长安了，他还大肆宣扬自己是裴宇圳的儿子，这让我颜面何存？我让仆役去帮他付酒钱，又让他去某个地方等我。”

见面后，那人不知死活继续要求：“裴继业你有钱吗？给我些钱，我想去赌坊。就是那个神仙府，要不你带我去吧？”

他又说：“别摆臭脸装冷酷，谁不知道那神仙府的幕后老板是你裴继业。你说，如果父亲知道你开赌坊和西域人勾结，会如何呢？”

裴继业动了杀心，原来裴延琅来长安就是为了这件事，他想让裴宇圳知道这些龌龊事，将裴继业大公子的位置取而代之。

“不怪我杀他，是他自己找死啊。”

“我找了几个人按住他，给他喂了金椿酒，没想到这家伙居然逃出去了。也不知道怎么回事，他居然死在了长安水车坊的荒井里，这可能就是天意吧。”

裴继业俯视着跪在地上的沈阿萝：“现在轮到你了。”

眼见着金椿酒即将送到嘴边，一记飞镖打破了这碗酒，酒水倾洒在地。众人循声看去，居然是南星。

裴继业冷笑：“没想到你居然还能活着出来，我看你身上的毒好像还没解啊。”

沈阿萝双眼含泪，她没想到南星居然能扛过“相思”蚀骨之痛。

她忙从怀里摸出解药丢给南星。

“快服下。”

南星眼疾手快地接过解药，看他熟练的动作，沈阿萝已经猜到，南星其实早就知道她在给自己下毒。他没有拆穿，反而默默接受了。

在二人打斗时，沈阿萝冲着裴继业大声喊道：“你知道站在你面前的人是谁吗？他是你弟弟裴延琅！”

弟弟两个字像是控制裴继业理智的阀门，一旦打开，他就失控。

“你怎么可能会是裴延琅？！他早就死了。”裴继业招招狠戾，带着一股无比强大的怨气。

“死去的人是我的朋友崔玖。”南星开口道，“当年在西域边境，阿史那部族内乱，是他救了我。我感激他，又因我二人长相有几分相似，便结为挚友。后来我得知崔玖为复仇隐忍多年，我帮他查到，他的母亲之死本质是一场政变阴谋。”

“为了找到犯罪证据，崔玖与我互换了身份。他模仿我的脸，模仿我的姿态，他在明处，我在暗处。直到一年前他终于想到破局之法，利用自己引你现身抓他，只是他没料到你裴继业的心肠如此歹毒，居然用蛊毒害人。他患上人面疮后，精神一日比一日萎靡，他害怕自己变成被蛊虫的傀儡，便让我毒杀他。等他死后，再利用他的尸体让真相大白于天下……”

沈阿萝终于明白男尸体内的毒是从何而来，也明白了为何南星看见痛苦难耐的李建树后，会忍不住打晕他。那是因为他曾经看见过太多次挚友被人面疮折磨的痛苦……

裴继业丝毫不思悔改，他的表情更加狂妄。

“既然当日没能杀你，今日我定不会放过你，还有沈阿萝！”

一声令下，四个黑衣人齐上，沈阿萝打破护身瓶，毒蜂立刻飞出，以最快速度叮咬了身边所有人，也包括南星。

沈阿萝再次拿出解药让南星服下，南星将她护在身后。

“裴继业，现在我终于有资格跟你谈条件了。”

裴继业感觉到被毒蜂叮咬的地方又痛又痒：“你对我做了什么？”

“这是护身毒蜂，被它叮咬，半个时辰内不吃解药，必死无疑。”

“那我就杀了你，从你身上拿到解药。”

“你杀了我也没用，这解药只有一颗，我刚才给他吃了。”

“你！”裴继业捂住被咬的伤口痛苦大叫，“来人，去把阿摩罗给我叫过来，他是解毒高手。”

沈阿萝惊道：“你果然和阿摩罗是一伙的，人面疮的脸和阿摩罗长得有几分相似！”

“哼，阿摩罗的父亲是我外祖父的下属，他甘愿被蛊虫啃咬致死，只为让我当上新的王！再过两日，我会让人面疮遍布长安，到那时我再让西域人发起攻击，我要成为新的王！”

“你疯了！西域人怎么可能帮你？！”沈阿萝怒斥，“你被人利用了。”

“我外祖父左丞相本就有一半西域血统，当初他支持裴宇圳成为镇国将军，就是为把他收为己用，没想到这家伙一根筋。他不做也罢，那就换我来！”

沈阿萝没料到竟有此等惊天秘密。

这时，她已经听见外面整齐划一的脚步声……

她本就不会武功，裴延琅也身受重伤，他们插翅难飞。

## 九

火光照亮废楼，熟悉的叫喊声从楼外传来。

“镇国将军裴宇圳在此，凶犯立刻束手就擒！”

裴继业做梦都没有想到，来人居然不是阿摩罗，而是他父亲裴宇圳。怎么会这样？

裴宇圳带着一队人马杀进废楼，马背上的裴宇圳看起来像是战场修罗。

裴宇圳拿着长枪直指裴继业：“孽子！还不束手就擒！你和西域的通敌证据我早已收集好了。”

“这不可能，我做得滴水不漏，父亲怎会知晓？”裴继业完全失去理智，“我在您面前明明是乖巧懂事的孩子，您怎么会怀疑到我头上？”

裴宇圳怒目而视：“你知道我为何会娶你母亲为妻吗？”

“因为那是先帝的旨意。数年前他就曾派我去调查左利泉，他怀疑左利泉通敌西域却没有证据。左利泉那个老匹夫实在太爱演戏，若不是你心浮气躁漏洞百出，恐怕我很难找到机会。”

裴继业摇头：“这不可能，外祖父离世前说他已经打点好了一切，只需要我……”

话音未落，裴宇圳拿出当年的密信。

“高宗二十三年，先帝密诏，命我暗查左利泉通敌之事。彼时你外祖父借丝路商队之名，向西域输送军械图册，若非崔玖冒死告密——”他指向南星，“你以为延琅为何要假死易容？他潜伏沈氏医馆这一年，正是为了查清你与阿史那部族的交易！”

闻言，沈阿萝终于明白南星在沈氏医馆工作时，附近为何会出现这么多盯梢的，原来他们都是裴大将军手下的人。

裴大将军早就掌握了沈阿萝的行踪，因此才会出现得如此及时。

这是一场布局多年的必胜棋局。

裴宇圳以身入局，迎娶左月，让左利泉误以为裴宇圳已能够为己所用。

“哈哈哈，都是假的，都是假的。”裴继业像是得了失心疯，他笑得东倒西歪。

“我努力了那么久，就为了让你能正眼看我，让你夸奖我，没想到这些年你对我的态度都是演的。你是不是早就知道我在威胁裴延琅，故意做戏？你害怕我和外祖父会出手伤害裴延琅，因此故意在我面前骂他是个不孝子、废物。你骂他，是因为你爱他。你夸我，是因为你想把我赶尽杀绝。”

裴继业此时已疯，他不顾一切地拿刀刺向沈阿萝：“只要你死了，长安就是我的。”

南星以身相护，将沈阿萝推开。

鲜血从南星胸腔溢出，他感觉到自己的心脏已经破裂。

同一时间，裴继业体内蜂毒发作，七窍流血。

沈阿萝抱着奄奄一息的南星，眼眶里的眼泪再也忍不住，如洪水决堤。

“阿萝……我总说我喜欢你，你总是不信……现在呢？”

沈阿萝连连点头，泪水滴在南星脸上：“我信，你好好活着好吗？你以后多骗骗我。”

“我也想骗你一辈子，但现在好像没机会了……”裴延琅轻轻替沈阿萝擦掉眼角的泪，并从内袋拿出半块芙蓉玉佩，“这是我阿娘的遗物，她说如果我遇见心动的姑娘，就把玉佩给她。”

“阿萝，我的一辈子太短了，你要吗？”

“我不要，我要你活着。”沈阿萝感觉到南星身上的体温正在一点点消失。

“好……”

这是南星留在世上的最后一个字。

等她回过神来，南星已变作一抔黄土。

## 十

一个月后，鸿运酒楼吃酒的客人都在说那夜的事。

原来，沈氏医馆的小伙计南星就是裴延琅，他金蝉脱壳假死藏匿，是为了调查裴继业背后的秘密。

裴继业和他外祖父左利泉勾结，妄想自己称王。

二十年前，先帝就已经预料到左利泉会叛变，便暗中下旨让裴宇圳调查此事。

裴宇圳潜伏二十年，终于找到将左相的势力一网打尽的机会。

金吾卫章轻衫从外地回来，将他们在湖州、抚仙村收集到的证据一一上报。

此事一出，无数人赶往沈氏医馆求医。沈阿萝的悲伤早已因忙碌而消散。两个月后，在沈阿萝的治疗下，患者们身上的人面疮基本得到抑制。只是药毒并用，会使得这些人的寿命大大缩短。

患者并不在意，这样已是最好的结果。

后来，天后下旨彻查，与左氏相关者足足有一百一十三人，天后下令秋后问斩。

那一夜，裴继业和裴延琅都死了。

长安城无数百姓感叹，孽子裴继业死了也就罢了，裴延琅这么好的孩子也死了，真是英年早逝啊。大将军白发人送黑发人。

叹息之声不绝于耳，沈阿萝只能快步走出鸿运酒楼，往后再也没有人给她买梅花酥了。

她早已习惯有个聒噪的小狐狸在身边嘤嘤叫，那只小狐狸却提前离开了。

她提着梅花酥往家走，忽然撞见了裴宇圳从马车上下来。裴宇圳盯着她腰间的芙蓉玉佩愣神。

她有些尴尬："裴大将军是想拿回玉佩吗……"

裴宇圳对那一晚的事情再清楚不过，他知道这芙蓉玉佩是定情信物，当初江琅给了自己半块，剩余的半块给了儿子。

如今，裴延琅临终前把芙蓉玉佩交给沈阿萝，裴宇圳当然明白其中深意。

“沈姑娘不用归还，这是延琅给你的，那便收着吧。”

沈阿萝微微颔首，准备道别。

她忽然想起什么，抬起头看向裴宇圳。

“裴大将军，有件事不知当不当问。”

“你说。”

“你早就在暗中布局，为何那天晚上出手这么迟，是想让裴继业交代完所有真相吗？哪怕裴延琅会因此死去，你也必须按兵不动吗？”

裴宇圳愣神，是啊，是因为天后下令，必须拿到全部证据，少一样都不行，哪怕儿子死在这场布局里，他也必须听从所有命令。

“将军不必回复阿萝，阿萝已经从你的表情知道了。”

她加快步子离开，再也不想掺和这些纷扰。却听见那人在背后说：“天下哪有父亲不爱孩子的。”

长安城的人都知道，那一夜之后，裴宇圳头上的青丝一夜变白。

他爱裴延琅，也爱裴继业。他曾经无数次想引导裴继业走上正道。

今日，他去狱中探望左月，希望左月交出名单，抓住全部叛党。

直到此刻，左月才对他说了真心话：“这些年，我因为嫉妒江琅，与你渐行渐远。时至今日，我才察觉你其实不止一次想拉我和继业回头。”

左月在狱中自尽，临死前交出了最后的名单。

裴宇圳迷茫地走出天牢，他知道自己在这世上什么也不剩了。

长安城的风突然变大，卷走了裴宇圳头上的帽子。

他弯腰去捡帽子的那一刻，沈阿萝看见了他作为父亲的慌乱、失措、痛心……

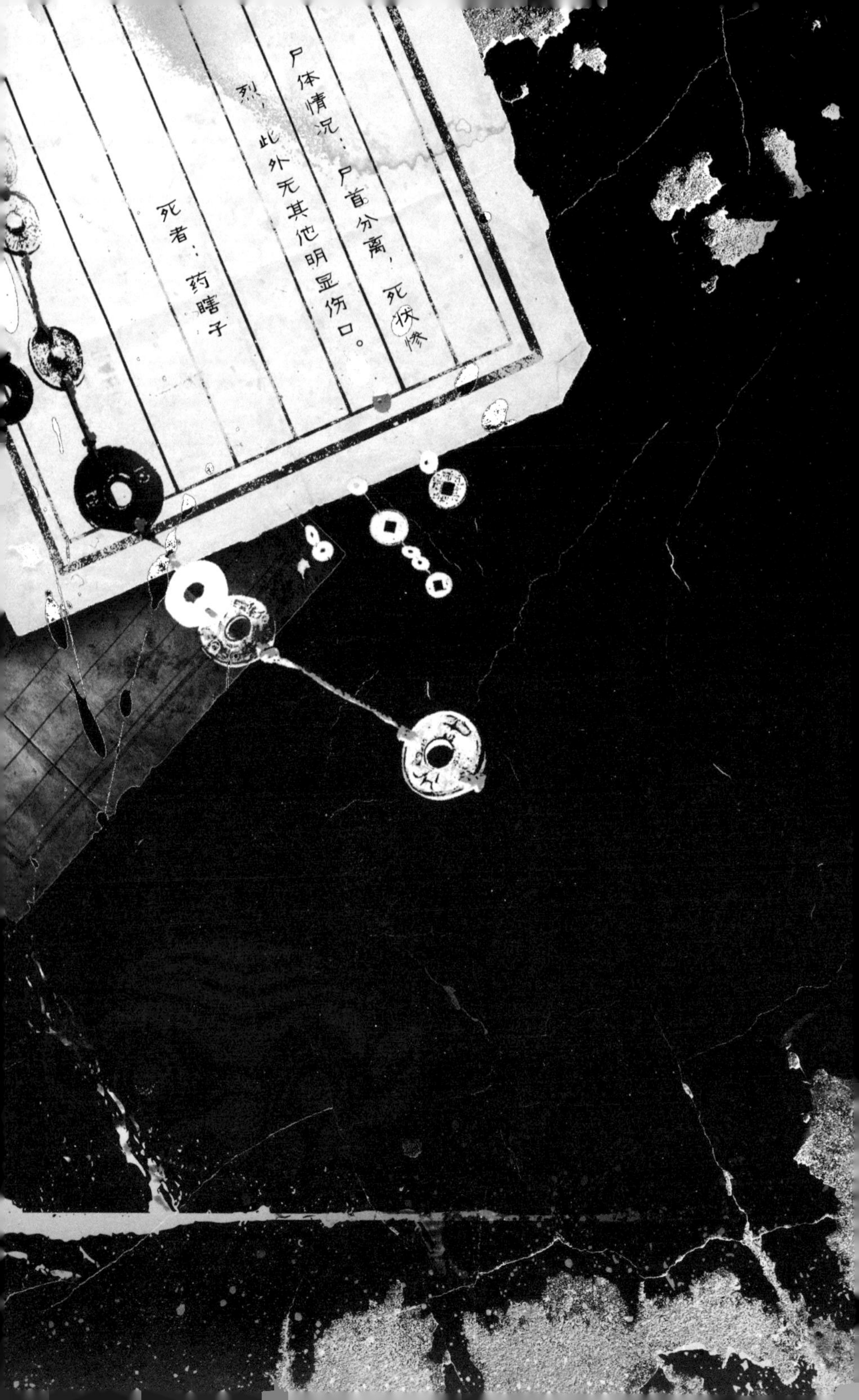
尸体情况：尸首分离，死状惨烈，此外无其他明显伤口。
死者：药瞎子

算死案
文
白二狗

# 算死案

## 一

“郎君今日也看了好些宅子了，可有看中的？待过了年关，户主缓过神来，知道出价低了，怕是还要再往上涨涨……”

牙人嘴皮子利索地迅速替怀英分析了一番这几日看过的那几间宅子的利弊，又捧了几句：“看郎君气宇轩昂、气度不凡，来日定是要步步高升的……”

牙人踮起脚凑到青年男子耳侧低语了几句，无非吹嘘那宅子的好处，尤其是风水好，前几任户主要么高升了，要么手头阔绰了，置大宅子去了。

怀英站定，牙人心道客人这是要心动了，大喜，正要掏出早先备好的契书，又听头顶传来客人的询问：“前方在热闹什么？”

怀英身量高，虽隔着远，一眼望去，视线却不大受阻挡。

牙人踮起脚张望半天，发现看不见，便一头钻进人群里，嘴里喊着“让让”，怀英顺势从他清出的一条道跟了进去，只见里头是一瞎子掀翻了算命摊子，和算命老头吵了起来。

“天下奇闻啊！”牙人大呼，“疯癫药瞎子找疯癫李老头算命，这不是疯到一块儿去了吗？”

药瞎子年过五旬。那算命的李老头看着比药瞎子还大了近两轮，被揪着领子大骂。

围观的路人怕李老头那半截入土的身子骨给推搡散架了，拦着，药瞎子连带着劝架的一起骂："他说我死期将近，还说我死法离奇，要在睡梦中被人斩了头！好端端让人这么咒，你能咽下这口气？让开，都给我让开，我今日非砸了他的摊子……"

四下哗然，有说这确实让人恼火的，也有说李老头这顿打挨得不冤，少数几个劝药瞎子算了，别把人打出个好歹。

最后还是金吾卫路过，才平息了事端，本就在气头上的药瞎子又骂了两句才气呼呼地走了。

李老头佝偻着身子，一边道谢，一边狼狈地去收拾被砸的摊子，其间险些跌倒，所幸怀英伸手扶了一把，嗅得李老头身上有一股松木与墨香混合之味。

李老头愣了愣，连连道谢后匆匆离去。

围观的见无热闹可看，这才慢慢散去。

那巡捕队长叫张彪，抬头瞧见和牙人站在一起的怀英，不敢确信地盯着瞧了一会儿，忽而大喜："怀英？可是怀英？！你小子高了，壮了，咋还生得这般俊气，可成家了？这次来，是来长安办事，还是要安定下了？"

二人少小时打过架、逃过学，后来怀英随家里回了并州，张彪也跟家里去了别处，没承想十来年后，二人在长安又遇上了。

张彪当上了巡捕队长，屁股后头跟了一班兄弟，怀英回礼："张兄如今甚好，还是一如当年一般豪爽。"

"走，喝酒去，咱哥俩十多年未见，得好好喝一杯！"张彪揽住怀英的肩，恨不得立刻与他大醉三百杯。

怀英只能抱歉地向牙人行叉手礼，牙人忙回礼，没半点不高兴，只说客人若考虑好了再找他，价格上他还能再帮着和原户主谈谈。

## 二

张彪与怀英故友重逢，心里高兴，不免多喝了几杯。

酒后闲谈，就说起今日在街上遇到的那一幕，怀英问："今日与我一道的牙行小哥为何说那药瞎子与李老头是疯一块儿去了？"

怀英长居并州，对长安城里的事不了解。张彪摆了摆手，又点了点脑子，然后给怀英倒酒："说来那药瞎子也可怜，早年间丧子，打那以后，哭瞎了双眼，脑子也不大好了。不过还好，平日里瞧不大出来，日子也还算过得去，他那安康药铺，生意还可以。李老头，就那算命的，哪年来的……记不得了，平日就在茶馆门口摆摊，一会儿说自己是佛家弟子，一会儿又说自己是被长清观赶出来的弟子，说话疯疯癫癫的。店家见他年老拮据、无儿无女、孤苦伶仃，大多也不赶他，偶尔还会施舍一二，给些吃的。嘿，你今天也瞧见了，那李老头说的是什么话？"

好端端的说人家死期将至，还是在睡梦中被人砍了头，这搁谁能不冒火？

"平日里胡说八道也没人跟他计较，你听听，这话说的，要我说，打他都是轻的！他那摊子被砸了，半点不冤。"张彪有些醉了，但心里头高兴，"怀英，喝！"

怀英也有些醉了，哥俩最后往那一倒，都不知道是谁先把谁喝趴下的。

"彪哥，彪哥！"

一早上，张彪是被自己手底下的小弟兄一通吵吵嚷嚷给吓醒的，差点一屁股坐桌底下去，把怀英也吵醒了。

宿醉后的张彪爬起来骂骂咧咧："听着了听着了，吼什么吼，我又没聋。"

手底下的小弟兄顾不上挨骂："药瞎子死了！"

"谁？！"张彪顿时酒醒了大半。

"胡泰康！就那安康药铺的药瞎子胡泰康！"小弟兄的脸色发白，

像被吓着似的，但环顾四周，又怕引起骚乱，就凑近了张彪，压低声音，“那药瞎子死在自己家里，就死在自己那屋，人躺在床上，睡梦中被砍了头！”

应验了！

张彪这会儿是彻底酒醒了，火急火燎地就往安康药铺赶，怀英也跟着一道去了。

京兆府的人接到报案，已经让人把现场封了。昨天算命摊子上闹的那一出，府尹也知道了，年关将近，天子脚下，这种案子闹大了，只会人心惶惶，上头是高度重视。

报案的是药瞎子的女儿，叫胡翠翠。

按胡翠翠的说法是，因近了年关，铺子里的伙计提前请了假回乡去了，因此铺里只有药瞎子和胡翠翠父女二人。

昨日父亲也不知为何与人起了争执，回来后就有些不快。胡翠翠当时忙，也并未上心，到了晚饭后，父亲就和平日无异了。

“阿爷歇下后，我便也早早去睡了，天没亮就起了。今早还有批药材需要送到长清观去，这是几个月前就订好的，陆陆续续已经送了有小半个月了。出门前，我还和阿爷喊了声……”

张彪问：“药瞎子可回你话了？”

胡翠翠脸色苍白，泪痕未干，几欲昏厥：“不曾。但我听到阿爷屋里的呼噜声了，我想让阿爷多睡会儿，便也没再吵他。等我送完药回来，因来不及做早饭，便在路过早点摊子时买了些饼子，想叫阿爷起来趁热吃，叫了好一会儿，却不见应答……”

胡翠翠这才推门而入，远远地就隐约觉得不对劲了，屋子里有一种发腥的味道。胡翠翠当时隐约觉得是血腥味，只是没多想。屋子里光线不好，粗布帘子又挡了大半。等胡翠翠走近了，才发现阿爷死了。

死在床上的药瞎子身首分离，凶器是前两日就找不着了的铡刀，铺子里铡树根、药材用的，不知怎么的，竟然跑到药瞎子床上去了，还把药瞎子的脖子给铡断了。

胡翠翠尖叫着跑出了屋，外头的牛家二郎听到声音跑进来，才知道出了事，陪着胡翠翠去报了案。

张彪问话的工夫，怀英仔仔细细将屋内给检查了一遍，没有从外入侵过的痕迹，现场凌乱的脚印中，也只有药瞎子和胡翠翠自己进出过的痕迹。事发时门窗紧闭，也未曾被人撬开……凶器，正是一铡刀。

“铡刀不见了？”怀英问。

“是。只是早先伙计回乡前就将药材料理得差不多了，这几日不大用到铡刀，我就没多想，想着用时再找，谁知道……”胡翠翠憔悴无比地点头，说着说着，眼泪又无法抑制地往外流。

怀英又向张彪确认了长清观订药材和送药材的事。

“年关了，长清观每年这个时候都会施粥施药，最近确实在这里订了药材，按批送去。”张彪核实后答道。

怀英一时没再说话。

张彪却头疼不已。

算死算死，难道药瞎子真是给人算死了？！

## 三

说到算死，张彪赶紧让人去把李老头找来。

手底下的弟兄头疼地说：“上头刚接到报案就让人去找了，没找着，李老头家里人去屋空，这会儿已经派人发榜寻人了！”

“跑了？！”张彪瞪大眼，“怎么能让人跑了？这几日就属他与死者起过争执，掘地三尺也得把人找出来啊！光张榜有什么用，找，挨家挨户找过去！几处城门那儿也去查查出入名册。”

昨夜宵禁，若是名册上没有李老头出城的记录，那李老头十有八九还在这长安城中。

张彪火急火燎地将手底下的弟兄都派了出去。

“胡泰康平日里还与什么人常往来？”

怀英这么一问，张彪一拍脑门：“近日安康药铺不是还有个……

南方来的什么圣女，在这儿坐诊吗？人呢？怎么也不在？找！”

张彪安排部署的空当，怀英也没闲着，见胡翠翠脸色苍白、神色茫然、眼神发直地坐在那儿，不时又有眼泪淌下，显见是打击过大的缘故。怀英轻叹了口气，递了帕子给她：“胡娘子节哀。”

胡翠翠回过神来，茫然地接过帕子，继而又泪如雨下。

“令尊这几日，可有什么不对劲的地方，或是，与什么人有异常的往来？”怀英想了想，又问，“平日也常是胡娘子一人去送药材吗？”

“往日里都是阿爷同伙计一起送药的，伙计不在时，我也会与阿爷一道送药。那批药材虽说是分批送，但每批也不少，我一人是送不了的。”胡翠翠说到这儿，摇了摇头，“阿爷并未与谁有过异常往来，他近日心情是不大好，总是一人喝酒，喝得酩酊大醉，昨夜想是又喝酒了，我才想着让阿爷多睡会儿。这两日，一直是隔壁牛家二郎帮我一道去送药的。”

胡翠翠说得没错，说话的工夫，牛家二郎也被叫来了，问过话，和胡翠翠说的一般无二。

牛家二郎与胡翠翠年龄相仿，又比邻而居，相互帮忙是常有的，那牛二郎也有意于胡翠翠，因此格外殷勤些。

当时他在门口装好车，过程中进进出出的，确也听到了药瞎子的呼噜声。

说着，牛二郎想起一件事：“对了，我与胡娘子装好车要走时，似听到了一声怪声，哦，就是从瓦头那儿传来的。”

牛二郎指了指高处，正是药瞎子死的那屋正上方的瓦顶：“当时我抬头，瞧见一黑影一闪而过，我还大喊了一声，叫翠翠看去。但再定神，却什么也无，翠翠也说并未看到什么，我疑心是自己看错了，便也没多想，同翠翠一道送药材去了。如今想来……”

牛二郎大惊，自己怕是与杀死药瞎子的凶手险些打照面了。

这么一想，牛二郎又慌了，怕凶手会不会寻他报复。

怀英与张彪当即互看了一眼，怀英一跃而上，在瓦上的缝隙间，发现了一枚极小的羽毛被压在其中。

羽短，且硬挺。

## 四

牛二郎的话当即让京兆府越发感觉棘手，也让张彪头疼不已。

不仅那曾断言药瞎子会死的算命老头不知所终，借住胡家、在安康药铺坐诊的南方圣女如今也未找到，现在还多出了个可能曾出现在胡家瓦顶的神秘身影。

在案子有更多眉目前，张彪邀怀英一道去了趟长清观，要与长清观确认今晨胡家送药抵达和离去的准确时辰。

那长清观已有数百年历史，几百年间香火从未断过，听闻平日也是有诸多达官贵人来访的。如今这一任观主倒是从未示人，神秘得很。

施粥施药一事，都是由观主的关门弟子青竹道士全权负责，那安康药铺的订单，也是青竹道士印的章。

张彪与怀英道明了来意，又等了许久，才等到青竹道士来。

“让二位居士久等。”青竹道士一身青衣，赶来时步履匆匆，显见真的是赶回来见他们的，见二人身前换了一盏又一盏茶，青竹道士忙道出愧意，“今日城外施粥药，实在是事忙。二位是来问胡家药铺的事吧？”

回来的路上，青竹道士显然已经听说了药瞎子遇害的事，不由得叹息，继而也答了张彪的话，确认了胡翠翠与牛二郎送药抵达与离去的时辰。

直到离开长清观，怀英才感叹了句：“这青竹道士实乃妙人。”

“怎么说？”张彪回问。

“瞧着不过十一二岁的年纪，言谈举止却已是稳妥非常。观主常年云游在外，竟放心将观中大小事交由这般年少的弟子打理，我起先还觉得奇怪，如今交谈下来，方觉情理之中。”

张彪大笑：“说得对咯，怀英，想你我十一二岁时，可调皮捣蛋得很，哪似这般能干。”

“不过，青竹道士看着面色却不大好？”怀英觉得奇怪。

张彪却见怪不怪了：“你是说他面色比旁人白，少些气血是吧？这不奇怪，听说青竹道士从小就被寄养在长清观，就是因为体弱多病才被寄养在这里的……”

天色不早，张彪又邀怀英去家中喝几杯，晚上就住家里。

怀英推托，张彪连抓带拽地拖着他往家里去：“怀英老弟，怀英兄，你就别推了，昨日见你，你还在与牙人看房，屋子还没定下吧？何苦花那冤枉钱住驿馆，为兄家中是不大，一张空床榻还是有的。”

怀英推不过，只好同张彪去了。

有正事在身，张彪也不敢喝酒误事，只沾了一点点。

但酒沾喉头，愁上心头，张彪说：“怀英，你可知算死案一出，人心惶惶啊。”

尽管京兆府立马就将案发现场围了，可这天底下哪有不透风的墙？加之昨日目睹药瞎子与李老头争执的看客不少，如今这算死案，算是越传越邪乎了。

这可是在长安，在天子脚下，好端端一个人，让一算命的给算死了，死期、死法，都算得一般无二。

仅仅一日，此事在长安城里已是闹得尽人皆知，说是神算算死，鬼神杀人。

圣人大怒，说鬼神杀人，要律法何用，责令京兆府限期破案。

一层层压下来，上头唯恐乌纱帽不保，再一层层压下去，压到张彪头上，竟要他三日内给出个说法，今日已经是第一日。

为何这差事会落到张彪头上？

因他昨日调停了药瞎子与李老头的争执，上头非说他是最了解此案的人。

“怀英啊，你可得帮帮为兄！”张彪苦不堪言，“我认识的人中，就属你脑子最好使。”

“我不信鬼神杀人，更不信算命算死。”怀英安慰张彪，“张兄莫急，只要是人为，必有蛛丝马迹。”

“说得好！我也不信鬼神杀人，不信算命算死！”张彪拍案而起，又颓然坐下，“那你说，是谁杀了药瞎子？”

“在此案中，胡翠翠是第一个接触死者的人，也是除死者外，唯一一个在案发现场留下出入痕迹的人。”

张彪睁大了眼：“你是怀疑胡翠翠？不不不，不可能，胡娘子虽非药瞎子亲生，但药瞎子收养胡娘子时，胡娘子尚且年幼，彼时虽已是记事的年纪，但父女俩感情甚好，胡娘子很是感激药瞎子，药瞎子也待之如亲生，这些我们都是看在眼里的。”

药瞎子早年丧子，如今膝下也只有胡翠翠一女，这两年，药瞎子觉得自己日渐年老，更是慢慢教胡翠翠上手了药铺经营事宜，有意将铺子留给胡翠翠。

怀英点头：“我的确疑心过胡翠翠，但种种证据和证言表明，胡翠翠并无杀人作案的时间与动机。”

胡翠翠的行踪从头到尾一直有牛二郎、青竹道士做证，至少他们出门时，药瞎子还活着。

唯一一段脱离二人视线的时机，便是胡翠翠喊药瞎子起来吃她从早点铺子带回的饼子时，但这点时间，不足以杀人。

断头杀人，必将血溅三尺。胡翠翠若是凶手，衣发必然染血，那点时间，不足以清理身上血迹。

再次，从药瞎子周身血迹干涸的情况来看，他死亡的时间应是在胡翠翠抵家至少半个时辰前。

“那是瓦顶闪过的黑影？”张彪眉头紧锁，“有人想杀药瞎子？可到底是什么人想杀药瞎子，又为什么要杀他？”

药瞎子平日虽偶有疯癫，但大多时候都守着这间铺子，想来不至于得罪谁，惹来什么杀身之祸啊。

“我料此人或许想杀药瞎子，但未必是本案凶手。”怀英摇了摇头，

“张兄，你可还记得我从瓦顶取下，交予你的短羽？”

张彪记得，那羽短且硬挺，夹在瓦与瓦的夹缝间。

“此羽应是箭矢尾端脱落的那截短羽，落在瓦间夹缝，可见有人曾将其中一片瓦翻开过，应是想从那片瓦的缝隙射杀药瞎子。”

但药瞎子最终不是被射杀的，而是被人铡断头。因此，彼时瓦上之人，怕是并未得手便匆匆离去，而后药瞎子才被杀。

张彪发愁：“或许是‘算死案’的另一主角，算命的李老头？”

“李老头的确可疑。”但怀英还是摇头，“可杀人的未必是他。”

怀英扶过李老头，李老头连站都站不太稳，凭怀英习武的经验看，李老头的骨头轻易就能捏碎，如何能杀药瞎子。

“那李老头为什么要跑？”

“是啊，为什么呢？”怀英重复这句话，若他是李老头，要杀药瞎子，为什么要事前在大庭广众之下和药瞎子争吵？

一个人先断言另一个人的死期与死法，又令死期与死法应验，无非是为了名扬天下，图个神算之名。

可若真有此打算，他跑什么呢？不是更应现身，置身于这风浪之中，洗脱自身嫌疑，扬其威名吗？

张彪想不明白，正当此时，有人来敲张彪家的门，说是借居胡家，在安康药铺坐诊的那位从南方来的圣女回来了。

## 五

张彪与怀英闻言，当即要赶去见那圣女一面。

出门时，瞧见张彪家对面的墙角坐着一个小乞丐，小乞丐也正巧抬头看他们。怀英当即回身，从桌上拿了两张刚才二人喝酒时未碰过的饼子，放到了小乞丐的碗里才离去。

张彪与怀英见到了那位借住胡家的圣女，圣女是南诏人，叫苗花。

“苗花娘子。”怀英行礼。

那苗花回到家才知胡家出事了，张彪问她这两日去哪里了，苗花一一道来，说是两日前曾有一妇人在她看诊时前来求药，那妇人的儿子上山时遭遇毒蛇啃咬，大夫皆断言不出七日必死。妇人本已无望，不知打哪儿听说了长安城里安康药铺来了位南方来的圣女坐诊，特意找来。

苗花听了妇人描述，当即带上药箱同妇人一道出诊，一来一回的，也耽搁了两日才回来。因那日走得匆忙，也未曾与药瞎子和胡翠翠交代一声。

进出城的记录，城门那儿都有。

张彪的手下点头，城门那边已经核验过了。也就是说药瞎子死亡前后，苗花根本不在长安城内。

至于苗花为何要借住胡家、在安康药铺坐诊，这并不奇怪，大唐之国，万邦来朝，长安城更是人杰地灵。

苗花在南诏也是行医好手，为求精进医术，此番特意来长安与更多医者切磋交流，借宝地坐诊，也是为了赚取些许往来的盘缠。

药瞎子年轻时也曾为了一批南方才有的药材去过南诏，与苗花家有些许交情，家里写信，才托药瞎子对苗花照拂一二的。

见过苗花，怀英与张彪步行回去，张彪叹息：“苗娘子的嫌疑也可排除了。”

怀英点头，表示认同。

如此一来，张彪更愁了。

与药瞎子同住一个屋檐下的只有胡翠翠与苗花，胡翠翠杀人时间与动机不足。

苗娘子这两日根本不在城中。

出现在瓦顶的神秘人未曾得手。

李老头没有动手的条件，但眼下人却跑了。

除此之外，药瞎子的屋子再无旁人进出过的痕迹。

难道，真是天机泄露，被算命算死的不成？

“张兄少安毋躁。”怀英安慰张彪，“明日天明，我陪你再探现场。”

次日天明，怀英果真与张彪一同再探现场。

药瞎子的尸体已经被带回京兆府由仵作验尸，今日也该出结果了。

怀英再次确认，从案发到京兆府的人来之前，这间屋子里确实只有药瞎子与胡翠翠两人的脚印。

但……

“有一处新发现。”怀英叫来张彪，二人果真在床头上方的房梁之上发现了一处小小的磨损。

除此之外，再无其他发现。

怀英沉眉，问道：“我记得胡翠翠是不是说过，这几日药瞎子的心情不大好？张兄，你曾与我说过，药瞎子早年丧子，因悲伤过度哭瞎了双眼，从那以后才变得脾气古怪、疯疯癫癫。”

张彪思索片刻，拊掌拍手：“你这么一说，我想起来了，药瞎子的儿子就是在当年岁末死的。”

“怎么死的？”

“十八年前的事了，听说是意外。”张彪唏嘘，“胡家不是做药材生意的吗，药瞎子的儿子与儿媳常年在外奔走，有时为了一味稀世的好药材，年头离家，岁末归家也是常有的。我听药瞎子说过，那年儿子儿媳曾写信回来，说儿媳妇有身子了，药瞎子催他们归家……”

药瞎子的儿媳是江南人，写那封信时，已近儿媳家乡，孕初期胎象不稳，儿子便给药瞎子回信，说先送儿媳回娘家养胎，待胎象稳固，再陪儿媳妇回长安待产。

又过了几个月，儿媳妇胎象稳固了，儿子写信回来告诉药瞎子，说他们准备启程回长安了。

谁知，这一等，又是好几个月杳无音信，再收到儿子儿媳的消息时，便是他二人的马车在回长安途中遇了匪。当时马受惊，车坠崖，儿子儿媳连带药瞎子那未出世的孙儿，就这么一起摔死在崖下了。

药瞎子赶去替儿子儿媳收尸，这才哭瞎了眼。

“药瞎子的儿子儿媳埋尸何处？”怀英语出惊人，“我要挖坟、开棺。”

## 六

张彪大惊，但在片刻惊讶后，还是一口应下：“就依你说的办，一应后果我来承担！”

圣人大怒，从上到下无不关切此案，上司唯恐乌纱帽不保，张彪是唯恐人头不保啊。眼下别说是挖坟开棺了，只要怀英能助他破此算死案，就算要他躺进棺材里都行！

张彪带上一众弟兄吭哧吭哧地挖了胡家的坟。

不出意外，药瞎子的儿子儿媳早就在棺中化为白骨，但妇人腹中，却并无胎儿白骨。

“死胎呢？”张彪呼出了声。

虽觉察这死胎应该就是问题所在，但又想不明白药瞎子的儿子、儿媳之死和药瞎子今日被害有何关联。

怀英一时没说话。

这死胎正是问题的关键，按当年官府给药瞎子的说法，儿子、儿媳回长安途中遇匪坠崖，那孩子呢，不在儿媳腹中，应在哪儿？

似想到什么，怀英问：“胡翠翠今年几岁？”

张彪答：“应是十八。”

“十八年前……”怀英掐指一算，面色微变，“永徽四年。”

未及张彪深思，怀英当机立断：“张兄，药瞎子的验尸结果应该出来了吧？可否再看一看尸体？”

京兆府。

仵作验尸，药瞎子确为断头而亡，生前并未中毒，死亡时间正是在胡翠翠离家之后与归家之前。

除断头之外，身上并无其他致命伤。

唯一一点……药瞎子手上虎口处有一处新的擦伤。

事已至此，怀英已知晓全部真相，只是，有些还需要验证……

二人从京兆府出来时，又在京兆府对面看到了那个小乞丐。

小乞丐见怀英看她，当即起身跑了。

怀英若有所思，看着小乞丐跑离的方向，问张彪："张兄可认得那小乞丐？"

张彪想了想："面熟，我想起来了，好似叫……小豆花！是了，小豆花，我常在茶馆、酒楼、寺庙外见到她。怎么了，你怎么问起她？"

张彪对那小豆花有印象，全因那小豆花也是个怪孩子，他曾见过小豆花神不知鬼不觉地从人身上偷了什么，那手法，那速度，说是身怀绝技也不为过，被偷之人竟是毫无察觉。

若非偶然，张彪恰好从高处看到他们，将一切尽收眼底，怕是他身处其中，也未必能做到有所警觉。

当时，那小豆花让张彪抓了个正着。

"你猜怎么着，被盗之人，身上的钱袋子、金佩子都还在，那孩子放着这些东西不取，偏取那人身上藏的一包桂花糕。"说着说着，张彪似想起什么，嘀咕了一句，"说起来，这丫头最近似乎常往长清观跑……"

怀英深思片刻，才做决断，附耳张彪低语了几句，让张彪亲自盯着小豆花，他自己则要再去见胡翠翠一面。

二人分头行动，怀英再次见到了胡翠翠，开门见山问她："胡娘子为何要藏匿现场物证？"

胡翠翠的面色一白："郎君所言，翠翠不知。"

怀英行叉手礼："在下方才从京兆府出来，仵作验过尸了，令尊的虎口处有新擦伤。令尊屋中梁上，也有一处摩擦痕迹，位置正是床榻上方。在下猜测，造成此二处相似擦痕的，应是一细绳。娘子为什么要藏绳子？"

胡翠翠偏过脸："郎君若有证据，直送京兆府便是，何必在我这消磨时间！"

胡翠翠不肯答，怀英虽是意料之中，仍是叹息。

张彪正是此时找过来的，神色有些激动："怀英，你猜得果然不错，那小豆花果然又去了长清观，去找青竹道士！”

此话一出，胡翠翠果然脸色又是一白。

怀英叹息着看了眼胡翠翠，却不再逼问她，只是郑重对张彪道：“请张兄带几个人。”

“带人干吗？”张彪虽有猜测，但还是问。

“拿李老头。”

“李……”张彪跳了起来，“你知道李老头在哪儿了？！”

## 七

怀英同张彪再度去了长清观，但怀英有私心，请求张彪带人先候在观外，他有话想单独与青竹道士谈一谈。

张彪应允。

小道士请怀英入内时，等候他的，不仅有青竹道士，还有李老头。

怀英当即朝李老头行礼：“后生拜见李先生。数年前听闻先生仙逝，怀英神伤已久，不承想，今日在此得见先生。”

李老头……不，准确来说，是数年前就已“仙逝”的李淳风并不意外，只笑道：“后生可畏。只是……你是如何认出老朽来的？”

怀英并未直接回答，只是道：“胡翠翠今年一十有八，药瞎子的儿子与儿媳死于十八年前，死胎不翼而飞。数年后，有一人云游至此，抱一流浪女孩给药瞎子抚养，此人，应是先生，是也不是？”

李淳风点头：“不错。”

“倘若，当年那‘死胎’已经出生，药瞎子的儿子儿媳也并非死于意外，这孩子怕就是二人音信全无期间出生，又被人抱走了。而后，药瞎子听闻儿子儿媳坠崖身亡，前往收尸。哭瞎双目，乃因白发人送黑发人。脾气古怪疯疯癫癫，只怕是有冤难伸，才有今日破釜沉舟，借‘算死案’博得天下瞩目，京兆府誓破此案，就连圣人都关切此案。”

怀英叹息：“药瞎子有冤难伸，只怕是知道仇人乃人上人。要破釜沉舟才能引得圣人关注，只怕‘人上人’之上的，只有圣人。一人之下万人之上的……当今皇后。”

青竹道士与李淳风面上并无意外之色。

怀英再次拱手：“此案，只怕与永徽四年那桩案子有关。”

李淳风没有否认，只是反问：“你为何说破釜沉舟？”

怀英一一道来：“药瞎子虎口磨损，屋顶亦有磨损，乃因落其头的真凶，正是他自己。”

借一根绳、一把铡刀，药瞎子手握细绳，坦然卧其中，松绳，刀落，断首。

“能在药瞎子死后收走绳子的，唯有第一个发现死者的胡翠翠。”怀英摇头，神色悲戚，“药瞎子，不……胡泰康早已安排好了自己的死期与死法。”

故而那日，算出胡泰康死期与死法的，不是李老头，而是胡泰康自己。

也是胡泰康有意与李老头争执，闹大算死案。

“若到这里，我的猜测都没错。请先生回答我——”怀英正色作揖，“永徽四年死的是谁？胡翠翠，又是谁？”

答案，呼之欲出。

李淳风叹息。

永徽四年，她当时还是武昭仪，生下了安定公主。

世人皆知，王皇后杀死了尚在襁褓中的安定公主。

这只是开始……后面一发而不可收，永徽五年，废王立武。

虎毒不食子，武后自然不舍公主，当日的死婴，正是药铺老板胡泰康的亲孙女。

胡泰康的儿子儿媳生下了孩子，孩子落到了武后手中，他们才将胡泰康的儿子儿媳等灭口，并伪造了现场，让人相信他们是遇匪坠崖身亡。

为儿子儿媳殓尸时，胡泰康就知道水至深，无处可申冤，却又无时不想申冤。

药瞎子为何选在那日与李淳风争执，当夜断首……乃因安定公主，正是于十八年前这日为人所害。不，准确来说，药瞎子的孙女，正是死于当年今日。

“他选在这日动手，是因这日之后，他全家尽数死于‘那位’之手。”怀英叹息，“便是如此，他也足足等了十八年才筹谋报此仇。”

胡翠翠今年亦年满十八，药瞎子约莫是觉得，自己已无什么可再教翠翠的，留一药铺也够胡翠翠谋生，从此无牵无挂了吧。

“死的是胡家女郎，那么安定公主何在？”其实这个答案，怀英心中已有数。

李淳风看了怀英一眼：“胡翠翠。”

可那胡翠翠尽人皆知，乃一流浪女孩，李老头从哪里找到胡翠翠，为何要瞒天过海将胡翠翠交给药瞎子抚养？

武后又是否知道，安定公主在李老头手中，又被李老头交给了胡泰康？

“李先生可是心里有愧？又何故多年前诈死，改头换面、隐姓埋名在长安城中装疯卖傻？”

“从前或许不知，但现在，她应是知道了安定公主便是胡翠翠。”李淳风料算至此，已是无悲无喜。

当年武后还是武昭仪，四面楚歌，欲从李淳风处求得破局之法，李淳风给了她一卦。

这一卦，指出了武后命定的贵人，以及贵人必死之局，这才有了胡家之难。

我不杀伯仁，伯仁因我而死。

李淳风心中有愧，多年前算出胡泰康有死劫，请旨游历，找到被武后送出的安定公主。

李淳风将孩子抱给了胡泰康，纵然他日武后想起了胡泰康，父女情深，安定公主或可保胡泰康一命。

而后李淳风以死遁世。

只是……李淳风算出了胡泰康有死劫，甚至猜测或许他日武后想起了胡泰康，会将其灭口。

但没算到，这死劫乃胡泰康的蚍蜉撼树，虽死未悔。

## 八

李淳风许久不语。

怀英沉默难言。

一直没说话的青竹道士这才开口询问怀英："你又如何知晓李老头在我这里？"

怀英这才回过神来，对那矮他大半截的青竹道士行了一礼才答话："小豆花身怀绝技，能神不知鬼不觉探囊取物，却对金银财宝毫无兴致，绝非常人。"

但她近来却常往长清观跑，且怀英屡屡见到她，这让怀英不得不将视线转至长清观。

怀英直接道明："她可是二位先生的弟子？"

李淳风与青竹道士不语，算是默认了。

"方才李先生问我如何认出先生，实不相瞒，初见那日，后生有幸在先生身上嗅得松木与墨香混合之味，可是松烟墨？"

松烟墨由松木燃烧产生的烟灰制成，色泽黑亮，墨香浓郁，但因工艺繁杂，故而价格高昂，绝非一衣食拮据、家徒四壁的算命老头能用得起的，倒是已故李先生甚爱此墨。

当下怀英便觉，李老头只怕绝非常人。

怀英又看向青竹道士："坊间传闻，青竹道士从小被寄养在长清观，乃因体弱多病才被父母送来，却不知青竹道士究竟出身如何，父母是谁。在下瞧先生面白，不是无气色，而是再像人也非人，无气血运行周天，自然面白无血色。"

李淳风在圣人与天后眼皮底下诈死，改头换面隐姓埋名出现在天子脚下，还敢暗夺安定公主，令武后怒而不能发。

“方才在下道出李先生身份，青竹道士并无意外之色。那么敢窝藏嫌犯，藏匿李先生于此，又能知晓李先生身份的，怕是只有先生的至交好友……”怀英再次抬手行礼，“可是袁先生？”

话落，李淳风果真大笑，直呼后生可畏，还问那青竹道士服是不服？

“果真你慧眼独具，这怀英，人中龙凤也。”眼前的青竹道士果真顿了一顿，然后面皮剥落，里头果然是一众奇巧机关，乃一偃偶，袁天罡的化身。

只是不知，袁天罡在何处操纵这偃偶。

算死案只怕早已惊动了武后，那么李淳风诈死，武后大概也知道了，这也是李老头不便再现身的原因。

当日胡泰康已存死志，李老头知道自己已无力阻止，唯一能做的，就是将错就错，遂了胡泰康的心愿，任算死案惊动圣人。

那剥落面皮的奇巧机关不知从何处发出声音，语气颇为惋惜：“只是你们小看了皇后，当夜就算胡泰康不死，皇后也会派人灭口。她的动作，远比你我想象中快。”

胡泰康在安定公主忌日闹这么一出，武后多疑，耳目遍布，偏又是这特殊日子，怕是早料到胡泰康有异心。

怀英想到了在瓦顶发现的落羽，心中已然猜到那本欲取胡泰康性命之人是谁派来的。

若非牛二郎眼尖，出了变故，只怕胡泰康此计未必能成。

事已至此，李老头和青竹道士唯一能做的，就只有让胡泰康死得其所。

“如此说来，胡翠翠便是在送药当天，知晓自己身份的。”至此，怀英已想通了全部关节，能将这一切告知胡翠翠之人，自然也只有当日和胡翠翠交接过药材的青竹道士。

故而胡翠翠赶回家，悲痛之下，依然选择替胡泰康收了绳子……

## 九

怀英走出了青竹道观。

道观内外，跪倒了一片。

胡翠翠也在场，武后含泪欲拉起胡翠翠的手，要认胡翠翠为义女，让她享公主之尊。

张彪和手底下的弟兄们更是想都没想到此生会有此遭遇，一时腿软，跪得发抖，头都不敢抬。

但让人没想到的是，在这样的天家威严面前，胡翠翠却只是慢慢地抽出了自己的手，直挺挺地跪了下来，背脊亦是挺直，不卑不亢："一日为胡家女，终身为胡家女，民女愿为亡父戴孝。请恕民女福薄，不配与天家攀亲。"

武后已知胡翠翠的态度，静默许久，叹息一声，不再勉强。

胡翠翠拜下谢恩，头未抬："若天下百姓过得不好，翠翠不畏效仿我父，蚍蜉撼树。"

武后一怔，而后金口一开："往后的日子，必是盛世。"

至此，胡翠翠才起身，而后跌跪在地，潸然泪下："我终是……对不起阿爷。"

武后在此，就已经说明了一切。

就算圣人亲临，今日此案，没有凶手，也会捏造一个凶手出来，总归药瞎子不能是"破釜沉舟虽死不悔"的。

武后回宫，离去前，似才看到从观中走出的怀英，回头看了他一眼。

天家威严，便是怀英也不得不下跪行礼。

武后问怀英："你可是狄怀英？"

不等怀英回答，武后轻叹："狄仁杰，果然名不虚传。"

【全文完】

**图书在版编目（CIP）数据**
长安谜案簿 / 司南主编. -- 北京 : 新世界出版社，2025. 8. -- ISBN 978-7-5104-8172-7
Ⅰ. I247.7
中国国家版本馆 CIP 数据核字第 2025DF2045 号

# 长安谜案簿

作　　者：司南
选题策划：马飞
责任编辑：楼淑敏
执行策划：李牧宸
校　　对：宣慧　张杰楠
装帧设计：杜荳　熊婧怡
责任印制：王宝根
出　　版：新世界出版社
网　　址：http://www.nwp.com.cn
社　　址：北京西城区百万庄大街 24 号（100037）
发 行 部：(010)6899 5968（电话）　(010)6899 0635（电话）
总 编 室：(010)6899 5424（电话）　(010)6832 6679（传真）
版 权 部：+8610 6899 6306（电话）　nwpcd@sina.com（电邮）
印　　刷：武汉市卓源印务有限公司
经　　销：新华书店
开　　本：889mm × 1230mm　1/32　　尺　　寸：145mm × 210mm
字　　数：219 千　　印　　张：7
版　　次：2025 年 8 月第 1 版　2025 年 12 月第 3 次印刷
书　　号：ISBN 978-7-5104-8172-7
定　　价：49.80 元